Titolo originale: Tempting Levi

Traduzione: Mirella Banfi

La tentazione di Levi

Jules Barnard

Capitolo Uno

Levi Cade sarebbe morto dalle risate se qualcuno, sei mesi prima, gli avesse detto che avrebbe gestito la società di suo padre.

Adesso non rideva più.

Si accarezzò la peluria sul mento mentre ascoltava il suo avvocato blaterare degli investitori del Club Tahoe. E di quanti si stavano tirando indietro a causa dei profitti calanti. Il loro concorrente più importante, il Blue Casinò, in qualche modo stava rubando loro affari lucrativi. Bastardi.

L'avvocato sulla sua destra guardò gli stivali di Levi e arricciò le labbra.

Levi sospirò mentalmente. Se doveva essere costretto a dirigere il resort di lusso che suo padre era riuscito a obbligare lui e i suoi fratelli a gestire, avrebbe continuato a vestirsi come cavolo gli piaceva. Jeans, t-shirt girocollo e stivali da montagna. I compassati avvocati con i loro completi firmati potevano andare a farsi fottere. Specialmente visto che gli stavano dando notizie sconfortanti sulle finanze.

«Signore, dopo la morte di suo padre, i nostri investitori

si sono rivolti altrove. La multinazionale coreana interessata a fare del Club Tahoe la loro destinazione per le loro conferenze negli Stati Uniti potrebbe dare al resort il capitale necessario per restare a galla. Il consiglio di amministrazione sarebbe lieto di intrattenerli durante il loro soggiorno e assicurarsi che il Club Tahoe si presenti al meglio.»

C'era un'aria di disperazione nel tono di quell'uomo? Gli avvocati lo volevano dietro le quinte perché non ritenevano che potesse recitare la sua parte?

Levi era stato un vigile del fuoco, prima che il lavoro dei suoi sogni gli fosse strappato da un blocchetto di cemento da due chili e mezzo che era atterrato nel posto sbagliato. O nel posto giusto, visto che era ancora in vita. Ma aveva perso troppa visione periferica da un occhio ed era bastato. A quel punto la scelta era: restare incollato a una scrivania o abbandonare del tutto. Aveva scelto di dimettersi invece di vivere come uno scribacchino, guardando gli altri fare il lavoro che amava. Che fosse finito comunque dietro una scrivania era semplicemente pura sfortuna.

Il padre di Levi era morto pochi mesi dopo le dimissioni del figlio dal corpo dei vigili del fuoco e il testamento aveva stipulato che Levi prendesse il posto di Amministratore Delegato del Club Tahoe, il resort di famiglia. Solo uno dei suoi quattro fratelli minori sarebbe stato adatto per quel lavoro e lavorava per la concorrenza, il Blue Casinò. Nessuno degli altri voleva lavorare lì, per non parlare di dirigere quel posto.

Levi non era un tipo ozioso. Aveva avuto bisogno di uscire da casa dopo i mesi di convalescenza. Semplicemente non aveva mai pensato che sarebbe diventato un tipo da giacca e cravatta. E tecnicamente era così, visto che finora si era rifiutato di indossare quella maledetta roba.

Appoggiò una caviglia sul ginocchio, mettendo in

mostra la splendida lavorazione dei suoi stivali. Gli avvocati che circondavano il piccolo tavolo da riunioni nel vecchio ufficio di suo padre avevano titoli di studio più importanti della laurea di primo livello in ingegneria meccanica di Levi, ma lui non era comunque un idiota. «Innanzitutto, chiamatemi Levi e non signore. E secondo, no, non avrò bisogno del vostro aiuto. Non ci baseremo sugli investitori per restare a galla. Possiamo farcela da soli se riusciamo a ottenere più account societari e manteniamo alta l'occupazione delle stanze.»

Gli avvocati, che guadagnavano in un anno più di quello che Levi aveva guadagnato in tutti i suoi cinque anni da pompiere, si guardarono l'un l'altro, innervositi.

Levi non aveva la minima idea di ciò che stava facendo, a parte seguire il proprio istinto. E dato che suo padre aveva messo in moto tutta quella stronzata, gli avvocati, e chiunque altro volesse comandare, avrebbe dovuto accettare le sue decisioni. L'unica questione era se Levi fosse in grado oppure no di affrontare le conseguenze delle scelte che avrebbe fatto.

Era la seconda volta in cui perdeva quasi tutto. Quando era ancora un bambino ed era morta sua madre, poi di recente, quando gli era stata strappata la carriera dei suoi sogni. Tre volte, se prendeva in considerazione il futuro che aveva programmato con la sua ex-ragazza, prima che lei lo tradisse. Sapeva che cosa significava perdere quasi tutto e non si sarebbe mai perdonato se avesse incasinato la società di suo padre e lasciato i suoi fratelli senza un'eredità.

Gli uomini riunirono le loro carte e si alzarono per andarsene. «Sì, signore... ah, Levi» disse il capo degli avvocati e schioccò le dita in direzione di un assistente. L'altro uomo allungò una grossa cartelletta. «Ecco il dossier della società. La Shin Electronics porterà un traduttore per il ritiro aziendale la settimana prossima, ma la sua nuova assistente... scelta da suo padre, vorrei aggiungere, parla bene il coreano.»

«Davvero?»

«Sì, sign... Levi. La signorina Wright ha già visitato il resort e al momento si sta addestrando con Esther, la vecchia assistente di suo padre.»

Levi rimise a terra lo stivale con un tonfo. «Ha appena detto *Wright?*» Quel nome gli diede un brivido lungo la spina dorsale. Ma non era minimamente possibile che la sua nuova assistente fosse la sua ex. Nemmeno suo padre sarebbe stato così crudele.

Uno degli avvocati, quello con i capelli rosso scuro con la riga da una parte, indicò una giovane donna che stava entrando dall'altra parte della stanza. «Secondo il testamento di suo padre, la signorina Wright l'aiuterà durante la sua transizione ad Amministratore Delegato. Sapeva che Esther sarebbe andata in pensione e aveva programmato la sua sostituzione.»

Esther era stata quasi una madre per Levi e i suoi fratelli dopo la morte della loro quando Levi aveva otto anni. Era abbastanza grande da capire che cosa avesse perso e che suo padre non era più stato lo stesso. Lavorava per ore e ore, non era mai nei paraggi; suo padre si era mentalmente defilato ed Esther aveva fatto del suo meglio per cercare in qualche modo di sostituire la loro madre. Ma Esther era l'assistente di suo padre, non la loro madre. Il più delle volte, era Levi che aveva assunto un ruolo paterno per i suoi fratelli.

Diede un'occhiata alla ragazza dall'altra parte della stanza. Grazie al cielo non era la sua ex. «Vuol dire quella ragazzina?» disse a voce bassa. «Mio padre ha scelto *lei* per aiutarmi a dirigere questo posto?»

La donna che era entrata nel suo ufficio non assomigliava per niente alla sua ex-ragazza. Questa signorina Wright era alta e snella, con lunghi capelli biondi ondulati, non era bruna e con le curve provocanti. E sembrava poter dimostrare diciassette anni, se non avesse indossato un tailleur.

Philip (o forse era Sam?) tossì coprendosi la bocca con la mano. «La signorina Wright potrebbe non gradire sentirsi chiamare in quel modo. Ha un master ottenuto alla Harvard Business School e ha di recente completato un anno di stage in un rinomato albergo in Corea. È la candidata ideale per assisterla con il gruppo che intratterrete la prossima settimana. Se, cioè, desidera ancora fare a meno del nostro aiuto...» L'espressione speranzosa dell'uomo rivelava chiaramente il suo pensiero.

Non solo speranzosa, si sarebbe detto disperata. Decisamente non volevano che se ne occupasse lui.

Levi ispezionò la bionda dalla testa ai piedi. Lei aveva appena finito di parlare con l'altro suo avvocato. Perché diavolo aveva tanti avvocati? Non ricordava il nome di quell'uomo. Non era colpa sua se si assomigliavano tutti, con i loro completi identici e lo stesso raffinato taglio di capelli. La signorina Wright, d'altro canto aveva dei lineamenti minuti per una ragazza che doveva essere alta un metro e ottanta con i tacchi. Bei lineamenti. E giovane. «Ascolti... Philip?»

«Samuel.»

«Non è assolutamente possibile che quella ragazza sia abbastanza grande da servire alcolici, per non dire poi di essere l'assistente dell'Amministratore Delegato del più bel resort sul Lago Tahoe.» Era stato obbligato ad assumere quel ruolo, tanto valeva farsi valere. «Qui non controllate la carta di identità prima di assumere la gente?»

«La signorina Emily Wright ha ventisei anni, signore.»

Levi sbatté gli occhi. *Ventisei?* Poi li strinse. «Ricordate l'età di tutti i nostri dipendenti?»

L'avvocato arrossì. «No, ma come ha detto, lei sembra... ah, giovane. Le assicuro però che è maggiorenne.»

Levi fissò ancora una volta la ragazza. Guardandola più attentamente, le gambe erano sottili, ma ben fatte, le scarpe con il tacco alto facevano risaltare i polpacci e su fino a un gran bel sedere. «Ragazzina» borbottò.

«Signore, ripeto, non penso...»

«Giusto.» Levi agitò una mano con indifferenza. «Non devo chiamarla così. Bene. Fissate un appuntamento nel mio ufficio per domani con la signorina Wright.»

«Ma è qui adesso, signor Cade. Non vuole conoscerla?» Il suo avvocato non lo chiamava più signore, ma chiaramente trovava difficile usare il suo nome di battesimo.

«Non oggi.»

«Certo, signor Cade» disse Samuel, ma non sembrava molto contento.

La signorina Wright guardò verso di lui e Levi deglutì. C'era qualcosa in quella ragazza che lo metteva a disagio. Non era la sua ex, ovvio, ma la faccia della sua ex gli appariva nella mente ogni volta che sentiva quel nome, ed era irritante.

«Domani andrà bene.» Samuel fece un gesto per indicare all'altro avvocato e alla nuova assistente di Levi di uscire.

Una lieve smorfia segnò il bel volto della ragazza, che però uscì con l'altro avvocato.

«Non le dispiacerà se glielo dico,» Samuel ripiegò le mani davanti a sé, «suo padre era un uomo d'affari molto acuto, ma c'è sempre posto per le nuove leve.» Sorrise e sembrava sincero. «Il Club Tahoe fiorirà sotto la gestione dei fratelli Cade.» L'ultima frase suonava meno sincera ed era finita con una lieve smorfia.

Fiorirà? Scelta di parole interessante per un uomo adulto.

Né Levi né i suoi fratelli erano qualificati per le posizioni che avevano adesso al Club Tahoe, ma diavolo se avrebbe lasciato che quel posto andasse a pezzi o che fosse gestito da altri che un Cade. Suo padre aveva costruito il resort, sacrificandovi tutto, perfino l'amore della sua famiglia.

Diede un'occhiata al telefono. «Tutto ciò che conta è che gli ospiti siano contenti. E che i miei fratelli e io non incasiniamo tutto.» *E a proposito di quello...* «Devo andare, ho un appuntamento. Non sarò disponibile per le prossime due ore.»

Non c'era bisogno di dire a Samuel che Levi aveva un appuntamento alla Fireside Lounge. Gli avvocati gli stavano talmente con il fiato sul collo che probabilmente lo sapevano già.

«Che cosa faremo?» Wes era il terzogenito dei fratelli Cade, dietro Levi e Adam, proprio in mezzo a loro cinque.

«Ospiteremo degli uomini d'affari coreani. Shin... qualcosa. Grossa società che ne possiede circa un'altra dozzina.» Levi bevve un lungo sorso di birra. «Pensi di poterli portare sul campo da golf?»

Wes alzò le braccia, fissandolo furioso. «Certo, perché no? In qualunque momento, tra gestire il negozio, occuparmi del campo e respingere l'orda di ricche donne vogliose che mi infilano il loro numero di telefono nei pantaloni durante le lezioni. Gesù, Levi, non credi che dovresti parlarne con noi prima di fare questi programmi? Poi tocca a noi riuscire a fare tutte queste stronzate.» Wes si chinò pesantemente indietro sulla sedia, passandosi una mano tra i capelli. Era il più scuro tra loro cinque, con i capelli dello stesso colore di quello della loro madre, castano scuro.

Levi fissò Wes. «Sono io l'AD di questa impresa o no?»

Wes continuò a guardarlo furioso. «Solo perché sei il più vecchio. Certamente non perché abbia una mentalità da imprenditore. Resta un mistero perché papà abbia messo te a questo posto invece di Adam.»

Adam era l'unico dei figli che in effetti avesse assecondato il vecchio. Aveva fatto tutto quello che voleva il padre. Finché l'ultima richiesta del loro padre aveva piazzato Adam al Blue Casinò, il concorrente locale che stava dando filo da torcere al resort. E non solo quello, il Blue Casinò avrebbe potuto far fallire il Club Tahoe, se Levi e i suoi fratelli non avessero prestato attenzione. Ma questo non voleva dire che Adam li avrebbe aiutati. Il bastardo.

Adam aveva avuto una specie di illuminazione durante il periodo passato al Blue Casinò per studiare la concorrenza. Aveva deciso di restare lì e, per qualche motivo, al loro padre, che era un maestro nella manipolazione, non era importato. I pettegoli dicevano che il vecchio si era rammollito durante l'ultimo anno di vita, quando aveva saputo che non gli restava molto da vivere.

Due genitori morti prematuramente erano una sfortuna del diavolo. Ma Levi e i suoi fratelli sarebbero sopravvissuti, come sempre. In ogni caso, Adam non faceva parte della lista dei figli che il vecchio poteva indurre dall'oltretomba a gestire il Club Tahoe.

«Sai che Adam non è un'alternativa» disse Levi. «Al Blue Casinò è stato promosso e la sua fidanzata lavora lì. Siano noi quelli che non avevano niente in ballo.»

«Parla per te» borbottò Wes. «Io non ho rinunciato al tour.»

No, Wes non aveva mai ammesso di aver avuto una fila di tornei perdenti al golf. Il periodo nero era cominciato alla fine del college, quand'era al massimo della sua forma, ed era continuato. Da un paio d'anni era diventato l'assistente pro al Club Tahoe. Dopo la morte del padre aveva cominciato a gestire il club come professionista capo e dava lezioni. Tutto considerato, era probabilmente il più qualificato dei quattro per i posti che ricoprivano. Ma Wes non smetteva mai di ricordare ai fratelli che era solo questione di tempo prima che cominciasse la sua vera carriera come giocatore professionista di golf.

Levi allungò le gambe. «In ogni caso, papà sapeva quale dei suoi figli aveva il carisma, il magnetismo e la forza di dirigere...»

«Avete finito voi due?» chiese Bran, poi finì la birra e fece un cenno a una cameriera, che si voltò immediatamente e si diresse al loro tavolo, con un brillante sorriso sul volto.

Bran era il penultimo dei figli e anche se assomigliava ai suoi fratelli – spalle larghe e la statura dei Cade – aveva i capelli biondo scuro che teneva più lunghi del resto di loro, e aveva quell'aspetto da *GQ* e brillanti occhi azzurri che colpivano le donne come frecce.

Bran non doveva sforzarsi per ottenere l'attenzione femminile, e non era un maledetto spreco? Nove volte su dieci non capiva nemmeno quando una donna era interessata a lui. Era un tipo silenzioso, eccetto quand'era con Levi e il resto dei suoi fratelli, era più un tipo casalingo che un playboy.

«Mi sto solo scaldando» sogghignò Levi, ma non era vero. Non era assolutamente preparato per dirigere il Club

Tahoe, ma lo avrebbe fatto perché adesso era il capo della famiglia.

Bran gli spinse davanti una nuova bottiglia di birra. «Bevi la tua birra e dacci un taglio. Ho avuto una pessima giornata al ristorante e non sopporto di sentire te e Wes che litigate per l'ennesima volta.»

Imbronciato, Wes fece roteare tra le dita il suo marca-palla portafortuna.

Un muscolo accanto all'occhio di Levi si contrasse. *Maledetto questo lavoro.* «Adesso che cosa c'è che non va al ristorante?»

Bran si massaggiò la fronte. «Che cosa c'è che non va? Non consegnano gli ordini per il vino. I dipendenti rubano dalla cassa. Le cameriere litigano...»

«Tra di loro?» Il commento, in tono eccitato, veniva da Hunter, il più giovane dei fratelli Cade. E l'unico dei fratelli con cui Levi non andava d'accordo. Assolutamente.

Hunt si avvicinò e si sedette al tavolo. «Magari dovrei occuparmi io dei ristoranti e fare da arbitro tra le *cameriere.* Avete mai pensato a un'attrazione secondaria?» Hunt alzò le mani come se fossero la cornice di un tabellone. «Le signore del lago Tahoe: fango, lingerie e alette piccanti. Accatti-vante, no?»

Levi lo guardò storto. «Chi ti ha invitato?»

Hunt sbuffò. «Vedo che sei di ottimo umore oggi. Prima che te ne accorga, sarai esattamente come papà.»

Nessuno di loro voleva essere come il loro padre. Era il motivo per cui non avevano voluto avere niente a che fare con il Club Tahoe. Fino a quel momento. «Fottiti.»

«Gesù, posso finire quello che stavo dicendo?» Bran sospirò pesantemente, con i brillanti occhi azzurri che lampeggiavano. «Levi, abbiamo troppo da fare perché tu e Hunt continuiate con la vostra faida. E Hunt, avevo appena finito di dire a Levi e Wes di darsi una calmata. Non cominciare tu a seminare zizzania.» Bran bevve un lungo sorso della birra che la cameriera gli aveva messo davanti.

«Hai ragione, dobbiamo assicurarci che la settimana prossima fili via senza intoppi» disse Levi. Poi aggiunse con una smorfia: «Indossate i vostri abiti migliori e comportatevi al meglio».

«Parla per te» disse Bran.

Vero. Levi non era famoso per il suo atteggiamento affascinante, anche se poteva riuscirci, se lo voleva. «Maledizione, mi metterò perfino un vestito da pinguino. E se lo farò *io*,» aggiunse indicando ciascuno di loro, «sarà meglio che lo facciate anche voi. Dobbiamo intrattenere queste persone e convincerle che il Club Tahoe è il resort migliore che possano trovare.»

Levi pensò alla signorina Wright, la sua nuova assistente e al fatto che la sua conoscenza del coreano avrebbe potuto aiutarli. «Qualcuno di voi sapeva che papà aveva assunto una donna di nome Emily Wright?» Levi rabbrividì. «Sono quasi fuggito dalla stanza solo sentendo il nome.»

Hunt emise un verso soffocato. «*Emily Wright?*»

Levi tese le spalle. «Sì, allora?»

«Levi, conoscevi bene la tua ex-ragazza?» gli chiese Hunt.

Levi si passò la lingua sui denti, con la bocca stretta. «Non abbastanza bene» ringhiò. Da quattro anni tollerava appena la presenza di Hunt.

Hunt ebbe la dignità di sembrare imbarazzato, ma solo per un secondo netto. «Ti ho chiesto scusa un milione di volte. Quando hai intenzione di perdonarmi?»

«Sei andato a letto con la mia ragazza. Chi dice che devo perdonarti?»

Hunt allungò il collo e si alzò. «Vedo che venire qua oggi

è stata una pessima idea. Sarò nella rimessa delle barche se qualcuno avesse bisogno di me. E... Oh, Levi?» Gli diede un'occhiata dura. «Emily Wright è la sorellastra di Lisa Wright. Sai, Lisa, la ragazza che dicevi di amare? Se l'avessi amata tanto, forse ti saresti preso il tempo di conoscerla. O almeno ricordare che aveva una sorella.»

Cazzo.

Capitolo Due

Emily Wright era la *sorella* di Lisa?

Non era possibile. Ma ogni volta che Levi ci pensava, temeva che suo fratello avesse ragione. Hunt era molto più bravo nei rapporti con la gente e a ricordare i nomi.

Emily non assomigliava assolutamente a Lisa. Era il motivo per cui Levi aveva ignorato la propria reazione iniziale quando l'avvocato aveva menzionato il suo nome. Ma le sorelle non sempre si assomigliavano, specialmente quando avevano madri diverse.

Levi aveva visto di rado la sorella di Lisa in tutti gli anni in cui erano stati insieme. La ragazza più giovane era stata al college e poi all'università. L'aveva incontrata una, forse due volte, durante le vacanze invernali. Ma Levi ricordava pochi particolari, motivo per cui ne aveva dimenticato l'esistenza. Anche perché allora pensava raramente a qualcosa che non fosse combattere gli incendi e il suo futuro con Lisa.

La sua ex-ragazza era piccolina, aveva i capelli scuri ed era formosa. Era anche piena di vita e riusciva a ridare la vita a Levi quando il suo lavoro, combattere gli incendi e salvare – o *perdere* – della gente, gliela portavano via. Levi interiorizzava i sentimenti, ma Lisa non l'aveva mai trovato difficile. Tirava fuori il meglio da lui. Almeno era quello che aveva pensato.

Finché lei non era andata a letto con Hunt.

Bussarono alla rustica porta di mogano dell'ufficio del padre, che ora suo. Quel giorno Levi indossava pantaloni con le pince e una camicia elegante. Non era riuscito a convincersi a indossare un completo, ma aveva immaginato che fosse una buona idea abituarsi a lavorare con abiti scomodi, in preparazione della settimana seguente.

«Avanti» disse, chiudendo l'e-mail che stava fissando da dieci minuti, troppo distratto dai ricordi del passato per finirla.

Entrò Esther, che indossava il suo classico tailleur con la gonna, questa volta blu scuro. Era sempre una visita gradita, con il suo sorriso pronto e i capelli bianchi corti spazzolati all'indietro. Sembrava l'assistente di direzione per eccellenza, ma Levi e i suoi fratelli sapevano che era molto di più. Lei *era* un'esemplare assistente di direzione, ma aveva anche un cuore d'oro.

«Buongiorno, Levi. Vorrei presentarti Emily, la tua nuova assistente.» Esther indicò dietro di sé con un sorriso mentre la giovane donna entrava nel suo ufficio.

Eccola di nuovo. La bionda dalle gambe lunghe che sembrava ancora troppo giovane per essersi laureata ad Harvard e aver passato un anno in Corea.

L'entrata di Emily nel suo ufficio non fu né grandiosa né imperiosa, ma la ragazza mostrava una sicurezza di sé, che Levi apprezzò. Si alzò e tese la mano oltre la scrivania per stringere quella di Emily.

«È un piacere rivederti, Levi... scusi, Signor Cade.»

E adesso lui si sentiva un idiota. Lei si ricordava di lui?

Il massimo che era riuscito a ricordare la sera precedente era un'immagine sfuocata di una ragazza snella con gli occhiali e Converse alte, con capelli chiari che le ricadevano sul viso. «Buongiorno.»

«Sto istruendo Emily da un po'» disse Esther, interrompendo il tumulto che aveva in testa. «Sarà una splendida assistente esecutiva. Anche se quel titolo mi sembra insufficiente. È qualificata per un ruolo dirigenziale e ha accettato questo posto per fare un favore a tuo padre.»

Levi distolse lo sguardo da Emily. «Ti ha detto perché l'aveva assunta?»

Forse Levi avrebbe dovuto aspettare finché lui ed Esther fossero da soli per fare quella domanda, ma gli era uscita di bocca prima di riuscire a fermarsi.

«No» disse Esther. «Solo che riteneva che sarebbe stata una buona scelta per te.»

Emily tossicchiò nel pugno. «Potrei spiegarlo io. Suo padre è stato un mentore per me. Mi ha incoraggiato a frequentare l'università quando mia madre si è trasferita in Europa con il suo nuovo marito.» Davanti allo sguardo vacuo di Levi, Emily aggiunse: «Lisa e io abbiamo madri diverse, ma ricorda nostro padre?».

Di colpo, quella parte del passato gli tornò in mente. Il padre di Lisa era un vero e proprio bastardo. Non si faceva mai vivo per gli eventi di famiglia e passava raramente del tempo con Lisa. Levi immaginò che fosse stata la stessa cosa per Emily. «Lo ricordo.»

«Justine, la mamma di Lisa, è stata meravigliosa con me mentre crescevo. Quando scoprì che non ero interessata a lasciare il paese o a vivere con mio padre, mi offrì l'alternativa di vivere con lei e mia sorella. Negli anni, Justine è diventata una seconda mamma per me, molto meno criticona della mia.» Emily ridacchiò come se avesse detto qualcosa di divertente.

Levi la guardò aggrottando la fronte. Non riusciva a immaginare perché qualcuno dovesse vedere questa ragazza sotto una cattiva luce. Era bella, a essere sincero, anche se in un modo diverso da Lisa. Più discreto. E intelligente, con una laurea magistrale e la capacità di parlare un'altra lingua. Ma non si spiegava come avesse ottenuto il lavoro. «Quando hai conosciuto mio padre?»

Emily aprì la bocca e sbatté un paio di volte le palpebre. «Un Natale, alla festa.» Abbassò gli occhi. «Un anno ero venuta qua con lei e Lisa. Ma non si senta in colpa per non essersi ricordato di me. Allora ero veramente goffa.» S'infilò i capelli dietro le orecchie, senza guardarlo negli occhi.

«Mi dispiace» disse. «Io...» *Ero innamorato di tua sorella? Ero ossessionato dal mio lavoro?* O era semplicemente stato troppo concentrato, come suo padre? «A volte posso essere distratto.»

«No, no, non è stata colpa sua. Sono sgattaiolata via per la maggior parte della festa. In effetti non abbiamo passato molto tempo insieme.» Gli rivolse un sorriso tremulo e Levi si chiese se stesse cercando di farlo sentire meglio. «Avevo intrappolato suo padre alla festa, cercando di farmi dire tutto il possibile sul lavoro. Mi ha invitato a visitare i suoi uffici e ovviamente ho accettato. Siamo rimasti in contatto negli anni. Sono andata da lui quando non ero sicura di voler andare all'università, dopo il college. Era veramente un grand'uomo.»

Levi non aveva idea che suo padre avesse fatto da mentore a qualcuno, men che meno alla sorella minore di Lisa. La sua ex non ne aveva mai parlato. L'idea che suo padre avesse fatto una cosa così generosa, aiutare una giovane donna con poche risorse, lasciò Levi... senza parole. Come se non avesse mai conosciuto il suo stesso padre.

«In ogni caso, sono veramente onorata di lavorare al Club Tahoe per il prossimo anno, per aiutarvi nella transizione.»

Transizione. Era un modo gentile per dirlo, quando l'uomo che aveva costruito quel posto era morto e aveva lasciato al comando i suoi figli, che avevano poca o nessuna esperienza nel settore.

Emily strinse le labbra piene, con un'espressione addolorata sul volto. «Non lo avevo ancora fatto, ma vorrei farvi le mie condoglianze per la vostra perdita. Ho partecipato al suo funerale, ma non volevo disturbare la famiglia, quindi sono rimasta in fondo.»

Esther uscì dall'ufficio senza parlare e Levi avrebbe voluto afferrarla e tenerla lì. Non voleva restare da solo con Emily, a ricordare il passato. O a non ricordarlo, nel suo caso. Lisa poteva avergli fatto un torto, ma lui era un somaro distratto. «Grazie, e perdonami per non averti ricordato immediatamente. Non assomigli...»

«A Lisa?» Emily ridacchiò. «Niente da fare. Nessuno è favoloso come mia sorella.»

Levi non percepì gelosia da parte di Emily. Credeva veramente che sua sorella la eclissasse. Certo, erano diverse, ma anche Emily era bella.

Per non lasciarsi intrappolare in quel vespaio, Levi cambiò argomento. «Sono lieto di avere il tuo aiuto. Dio sa che i miei fratelli e io ne abbiamo bisogno.»

«Sì» disse Emily. Non notò il sopracciglio alzato di Levi davanti alla sua sincerità e appoggiò una grossa borsa di pelle sul tavolo riunioni. «Ho dato un'occhiata alle finanze, al marketing e alla gestione generale del resort e ho alcune idee.»

Levi alzò una mano. «Dovranno aspettare. Non ho dubbi che questo posto abbia bisogno di essere rinnovato, ma, ed è la cosa più importante, abbiamo bisogno di capitali. Tanti e in fretta se vogliamo restare sul mercato. Essere un resort di lusso non è un affare a buon mercato e, con i clienti che sono recentemente migrati al Blue Casinò, stiamo subendo delle perdite.»

Emily ripiegò le mani davanti a sé e una ciocca dei folti capelli le ricadde sulla guancia. «Che cosa aveva in mente?»

«Immagino che il direttore finanziario e gli avvocati che hai incontrato ieri ti abbiano informata di una società che arriverà la settimana prossima?»

«Sì, la multinazionale coreana. Stanno cercando un resort di lusso dove intrattenere i loro soci d'affari sulla costa ovest.»

«Giusto, dobbiamo ottenere quel contratto.»

Capitolo Tre

Un respiro profondo. Levi Cade non era attraente come Emily lo ricordava.

Chi stava prendendo in giro? Era attraente come il giorno in cui l'aveva incontrato sette anni prima. Quando usciva con sua sorella. *Più* attraente, perché adesso era più adulto, più raffinato eppure rude, con una piccola cicatrice rossa sopra l'occhio che non c'era prima... ed era single.

A quel tempo, Emily poteva aver sognato a occhi aperti una volta o due il bel ragazzo di sua sorella. Allora, si stava addestrando per diventare un vigile del fuoco e aveva appena ottenuto il suo primo lavoro. Emily non si era resa conto che quello non era più il suo lavoro finché Ethan Cade era andato da lei più di un anno prima, per vedere come se la stava cavando. O almeno era ciò che aveva pensato volesse. Ora non ne era così sicura.

Il padre di Levi sapeva già di essere malato tanto tempo fa? Perché cercare proprio lei, tra tutti? Certo, le aveva fatto da mentore, ma ci dovevano essere dozzine di persone locali qualificate per avere quel posto. Ethan avrebbe potuto assegnarlo a uno dei suoi dipendenti, promuovendolo. Invece aveva assunto Emily.

Levi era sembrato sinceramente sorpreso quando gli aveva detto che suo padre era stato il suo mentore. Scosse la testa. Non aveva senso e comunque non importava come avesse avuto quel posto. Perché lo avrebbe accettato comunque... per ripagare Ethan per la sua gentilezza.

Lei non aveva nessuno, tranne la madre che si era scelta, grazie alla generosità di sua sorella che aveva deciso di condividerla con lei. Ethan aveva passato lunghi pranzi spiegandole l'importanza di un'educazione superiore e insegnandole come gestire un'impresa, strumenti che avrebbe usato per far avverare i suoi sogni. Quindi, quando si era fatto vivo e le aveva chiesto di accettare il posto di assistente esecutiva al Club Tahoe, Emily aveva accettato senza esitazioni. Le mancavano solo pochi giorni per partire per il suo lavoro temporaneo in Corea, ma sarebbe durato solo un anno. Con una breve pausa di un mese tra i lavori, la tempistica era perfetta.

Adesso non era più così sicura che fosse una buona idea.

Dentro il fiato, fuori il fiato. Tutti i pompieri avevano bicipiti rigonfi sotto le giacche? La stavano seriamente distraendo.

Tutto ciò che sapeva era che quasi non riusciva a respirare o a mantenere la testa sgombra quando Levi Cade era vicino e questo la riportò direttamente a quando l'aveva incontrato la prima volta. Nel suo ufficio aveva blaterato come la giovane donna goffa che era stata. Ora poteva anche avere un'istruzione ed esperienze di vita alle spalle, ma non cambiava come si sentiva vicino a Levi.

Emily appoggiò i gomiti sulla scrivania che le era stata assegnata fino all'ultimo giorno ufficiale di lavoro di Esther, venerdì, e si massaggiò le tempie. Come avrebbe fatto a superare quella sensazione? Anche se Levi non la vedeva in altro modo che come la sua nuova assistente, lei non vedeva *lui* solo come un capo.

Erano passati anni da quando Emily aveva posato gli occhi su Levi. Aveva finito l'università e aveva avuto un paio di ragazzi da allora. Aveva superato la sua piccola, segreta cotta per il ragazzo di sua sorella.

Finché era entrata nell'ufficio di Levi il giorno prima e l'aveva rivisto. L'ondata di emozioni che l'aveva travolta non era stata diversa.

Che tipo di donna desiderava il ragazzo della sorella?

Era così sbagliato.

Premette il palmo delle mani sulla scrivania e guardò diritto davanti a sé. «Andrà tutto bene.» Quell'uomo nemmeno la ricordava. La sua cotta sarebbe sbiadita, come tutte le cotte, una volta che fosse stata con lui per un po'. Levi era una fantasia, Emily non lo *conosceva* davvero. Le era semplicemente piaciuto il suo aspetto. Ma adesso era un'adulta ed era più saggia. Aveva bisogno di qualcosa di più di una bella faccia. E un corpo sexy. E un atteggiamento potente, virile...

Era fottuta.

Emily impilò qualche cartelletta e si tirò la tracolla sulla spalla. Doveva semplicemente concentrarsi sul lavoro e tenere gli occhi puntati da qualche altra parte. C'erano un sacco di uomini attraenti al resort. Un mucchio di bocconcini che potevano distrarla dal suo capo. In effetti, con la società straniera in arrivo la settimana seguente, sarebbe stata troppo occupata a organizzare per fantasticare su Levi. E sapeva esattamente dove cominciare a distrarsi.

Sarebbe andata a trovare un altro bel Cade, uno che non fosse off-limits.

Accidenti a quegli attraenti fratelli Cade.

* * *

«Sei la sorella di Lisa?» Wes, alto, in forma, capelli scuri e occhi azzurri, ispezionò la faccia di Emily, abbassando poi gli occhi sulla sua figura. Poi tornò a impilare sacche di mazze da golf su uno scaffale.

Okay, lei non aveva un fisico impressionante come quello di sua sorella, cui voleva un bene da morire, ma, *ahi!*

Si lisciò i capelli gonfi, maledicendo le ciocche ondulate ereditate dal padre. Lisa aveva i capelli scuri e setosi di sua madre, mentre Emily era stata condannata ad avere la massa di capelli ricci e biondi di suo padre. «Siamo diverse.»

«Direi.» Wes schioccò le dita a un commesso che stava allineamento scarpe da golf in una vetrina. «Togli quei secchi dal corridoio prima che qualcuno inciampi e si rompa l'osso del collo.»

Emily si schiarì la voce. Gli affascinanti uomini Cade, uno dopo l'altro. *No.* «Okay, comunque prenderò il posto di Esther.»

«Brutta cosa.»

«Scusa?»

Wes alzò gli occhi. «Non tu. È solo che questo posto non sarà più lo stesso senza Esther.»

Se Levi poteva essere distaccato e spigoloso, Wes era diretto e brusco. «Sarà dura sostituirla. Comunque, sono qui per parlarti degli ospiti in arrivo la settimana prossima. Pensavo che potremmo organizzare qualche attività e assicurarci che sia il campo sia il club siano pronti.»

Wes si voltò e questa volta continuò a guardarla. «Che cosa pensi che dovremmo fare? Potrei chiudere il campo da golf per un paio d'ore una mattina, in modo che possano averlo tutto per loro.»

«Sarebbe perfetto.» Emily prese un appunto sul suo

tablet e si guardò intorno. «Prenderò alcune cose da aggiungere al cesto regalo che metteremo nelle loro stanze e scoprirò il numero di persone interessate a una partita di golf. Hai delle mazze extra? Quelle che noleggi magari?»

«Se sono giocatori incalliti probabilmente porteranno le loro, ma sì, ho parecchie mazze di alto livello da affittare, se serve. Scoprire quanti giocatori ne avranno bisogno sarebbe d'aiuto.»

Emily prese un altro appunto. Guardò il campo. Sembrava bello. Verde. C'era qualche altro criterio importante? Aveva giocato a golf, ma non era un'esperta. «Il terreno deve essere favoloso. È in buone condizioni?»

Wes le rivolse un'occhiata incredula. «Innanzitutto, abbiamo alcuni dei green più belli della costa occidentale. Secondo, se non fossero perfetti, una settimana non basterebbe a cambiare la situazione.»

Emily gli rivolse un sorriso mortificato. «Giusto. Non sono una gran giocatrice. Ma tu sì, vero? Stai ancora giocando a livello competitivo?»

Gli occhi di Wes si scurirono e lui schioccò le dita a un altro commesso con la maglia rossa del Club Tahoe. «Quello yuppie è lì da trenta secondi a guardarsi in giro» disse al ragazzo. «Vai ad aiutarlo.»

Il commesso corse via, chiaramente intimidito dall'atteggiamento di Wes, che spinse un'altra sacca piena di mazze nuove sullo scaffale. «Gioco da schifo. Abbastanza decentemente per essere il professionista in questo posto, ma non per i tornei. Comunque, non durerà per sempre. Appena questo posto funzionerà liscio come l'olio, tornerò ai tornei, checché ne dica Levi.»

Quindi era un argomento spinoso. *Bel lavoro, Emily.* «Uhm, okay, spero che funzioni.»

«Andrà bene.» Smise di fare quello che stava facendo,

sospirò e si voltò verso di lei. «Sono contento che tu sia qui, Emily. Abbiamo bisogno di tutto l'aiuto che possiamo ottenere. Fammi sapere se hai delle nuove idee per la prossima settimana. Mandami un'e–mail.»

«Certo. È stato bello rivederti, Wes.»

Lui si gratta la guancia liscia. «Ci siamo già conosciuti?»

Emily evitò per un pelo di scoppiare a ridere. «Sì, ci siamo già conosciuti, ma è passato tanto tempo. Ho un aspetto diverso adesso. I capelli sono più... vaporosi.»

I suoi capelli *erano* gonfi. Non li portava lunghi come una volta e il taglio più corto li rendeva più gonfi. Ma i capelli lunghi richiedevano troppe cure. Aveva scelto il minore dei mali e li portava una decina di centimetri oltre le spalle.

Wes la fissò senza espressione, poi fece spallucce. «Okay, bene, fammi sapere se ti serve altro.»

Poco dopo, Emily tornò alla sua scrivania negli uffici direzionali. Wes era attraente, ma non c'era stata la scintilla dell'attrazione. Quando non l'aveva riconosciuta, non c'era stata la fitta di delusione come quando Levi aveva dimenticato la sua esistenza.

Comunque non era una commedia romantica, dove il bell'eroe si struggeva segretamente per la nerd abbottonata. Poteva aver fatto dei progressi per emergere dal suo guscio, ma quando si trattava di Levi era sempre la stessa ragazza goffa che era una volta. Però adesso indossava scarpe col tacco invece delle sneakers e gonne diritte invece dei jeans.

Dentro di lei non era cambiato niente.

Era ancora attratta da Levi Cade.

E non aveva ancora la minima possibilità con lui.

Capitolo Quattro

«Lavori veramente con Levi?»

Emily sprofondò sul divano moderno di velluto bianco nell'appartamento che sua sorella condivideva con Jared, il suo fidanzato. «Sì.»

Lisa appoggiò il suo bicchiere di Merlot sull'isola della cucina, fissando Emily dall'altra parte della stanza. Incrociò le gambe nei jeans aderenti da cui spuntavano i tacchi dei sandali a punta. Aggrottò la fronte. «Come sta?»

«In effetti non lo so. Cioè, suo padre è morto qualche mese fa, quindi...»

«Sì, l'avevo sentito.»

Lisa era veramente dolce, ma a volte poteva essere ignara di tutti quelli che non facevano parte del suo mondo. «Davvero?»

«Ho letto il giornale, o almeno le notizie lampo. Come stanno i suoi fratelli? Stanno bene?»

Emily le diede un'occhiata sorniona. «Vuoi dire Hunter?»

Lisa storse la bocca, fingendosi offesa. «Intendevo dire *tutti* loro.»

«Ho visto solo Levi e Wes, che mi è sembrato stressato. Quei ragazzi... beh, non voglio dire che si sono assunti un compito troppo gravoso, ma...»

Lisa bevve un sorso di vino e alzò una mano. «Loro quattro che gestiscono il resort? Che cosa stava pensando il signor Cade? Levi è un pompiere...»

«Ex–pompiere.»

«... quindi che ne sa di come si gestisce un resort di lusso? Il loro padre dev'essere stato fuori di testa quando ha preso quella decisione.»

Emily batté il piede per terra e tirò verso di sé la sacca di pelle, perplessa. Per qualche motivo, i dubbi di Lisa su Levi e i suoi fratelli la preoccupavano. «Ethan Cade era un imprenditore molto sagace. Non avrebbe preso quella decisione se non avesse avuto fiducia nei suoi figli. Sono brave persone e sembra che lavorino sodo.»

Lisa sbuffò, riuscendo solo a irritare ulteriormente Emily, che si alzò e andò verso l'isola al centro della cucina. Versò del vino rosso in uno degli eleganti bicchieri di cristallo di Lisa. «Non sottovalutare Levi. Può farcela e io lo aiuterò.»

Lisa seguì con gli occhi ciò che stava facendo Emily, ruotando il suo sgabello per guardarla. «Senza offesa, ma uno stage di un anno in un albergo internazionale non fa di te un prodigio che fa miracoli.»

Emily rimise il tappo di sughero nella bottiglia con un colpo del palmo della mano, spalancando gli occhi rivolta a Lisa. «Grazie per il voto di fiducia.»

Lisa arricciò il naso. «È la verità.»

Emily poteva non avere esperienza di direzione, ma sapeva quello che stava facendo. Era in grado di aiutare Levi.

«Allora...» Lisa allungò la mano verso un sottobicchiere senza alzare gli occhi. «... mi odia?»

Emily bevve un sorso di vino, facendo aspettare sua sorella. Voleva bene a Lisa, ma sua sorella aveva fatto un vero casino con i fratelli. Ed Emily era abbastanza sicura che facesse parte dei doveri di una sorella renderle la vita difficile. «A quale fratello Cade ti riferisci?»

Lisa piegò di lato la testa e strinse le labbra. «Levi, naturalmente.»

«Non gliel'ho chiesto. Ma lo biasimeresti se fosse così?»

«No» disse Lisa, imbronciata. «Anche se non avevo intenzione di ferirlo.»

Emily appoggiò il bicchiere sul ripiano. «Ci avevi pensato prima di andare a letto con Hunt?»

Lisa fece una smorfia. «Non è così semplice. Non mi ero resa conto che stavo cercando un modo per porre fine alla relazione con Levi finché non è finito tutto.»

E quella era la parte meno immaginabile della storia di Lisa con Levi Cade. Lei voleva *veramente* porre fine a una relazione con uno degli uomini più attraenti e ricercati della zona. Emily non l'aveva capito allora e riusciva a malapena a capirlo un po' meglio adesso.

La porta si aprì cigolando e Jared entrò nell'appartamento. «Le mie due donne preferite.»

Jared lavorava nel reparto finanziario di uno dei casinò in città e quindi indossava giacca a cravatta ed era attraente come sempre.

Si tolse le scarpe eleganti accanto alla porta. «Avete cominciato la festa senza di me?»

«Solo vino, baby.» Lisa sorrise da un orecchio all'altro mentre Jared si avvicinava. «Abbiamo aspettato che arrivassi tu per tirar fuori la roba buona.»

Emily poteva pensare tutto quello che voleva delle

passate relazioni di Lisa, ma sua sorella amava veramente Jared. Era lui il motivo per cui Lisa si era ripresa dal dramma di Levi e Hunter qualche anno prima. Jared era l'uomo che l'aveva finalmente *capita*.

Lisa aveva bisogno di attenzione. Tanta. Ma la sua bellezza, per alcuni, era un fattore di distrazione. La riempivano di complimenti per portarla a letto, ma lei era una brava persona e aveva bisogno di un brav'uomo. Uno cui importasse veramente di lei e le desse l'attenzione che agognava.

Hunt Cade avrebbe potuto essere quell'uomo. Se non fosse stato il fratello di Levi. E se non avesse avuto diciotto anni. E non fosse stato assolutamente impreparato per qualcosa di serio.

Tutto era cambiato quando Jared era entrato nella vita di Lisa. Negli ultimi tre anni Lisa era stata felice ed Emily non sarebbe stata sorpresa se si fossero fidanzati.

Solo perché Lisa aveva trovato la felicità con Jared non significava che il suo senso di colpa nei confronti di Levi fosse sparito. C'erano alcune cose che nemmeno il carattere spumeggiante di Lisa poteva nascondere. Aveva fatto implodere la sua relazione con Levi ed Emily sapeva che sua sorella si sentiva in colpa da allora.

«Ehi, Em.» Jared le mise un braccio sulla spalla e le diede un bacio sulla guancia. «Ho sentito che hai un nuovo lavoro. Come va al Club Tahoe?»

«Finora tutto bene.» Non era necessario informare sua sorella e Jared che la sua cotta per Levi era ancora saldamente al suo posto. O che fonte di distrazione sarebbe stata lavorare con lui. Non aveva mai parlato a Lisa della sua cotta segreta e non aveva intenzione di farlo adesso.

Jared abbassò gli occhi su Lisa. «Che cosa ti piacerebbe? Mango Martini? Mojito al lampone?»

Emily bevve il resto del vino e andò al divano dove aveva lasciato la sua sacca. «Devo andare. Ho del lavoro da fare stasera, se voglio avere successo con la società coreana la settimana prossima.»

Lisa finì il suo vino e tese distrattamente il bicchiere a Jared, che prese la bottiglia e gliene versò ancora. «Non ho idea di che cosa comporti, ma ti prendo sulla parola.»

Era palese quanto Emily e Lisa fossero diverse. Lisa era dolce e appariscente, Emily era riservata. A Lisa piaceva la moda mentre Emily era fedele ai jeans e ballerine, quando non stava lavorando. A Emily piacevano i numeri e a Lisa interessavano solo quando arrivavano all'importo di cui aveva bisogno per la borsa di Gucci per cui stava sbavando. Ma nonostante le loro differenze, il loro legame era forte. Erano in disaccordo su un sacco di cose, ma mai sulle cose importanti.

Emily piantò un bacio sonoro sulla guancia della sorella mentre lei flirtava con Jared che era dall'altra parte del ripiano.

Proprio quando stava pensando che sua sorella non stesse prestando attenzione, Lisa si voltò. «Ehi, Em, cerca di fare in modo che Levi abbassi la guardia e si rilassi un po'.»

Per un attimo, Emily non capì di che cosa stesse parlando Lisa. Far abbassare la guardia a Levi? *Lei?* Quello era stato il compito di Lisa quando stavano insieme. «Non sono la persona giusta, Lis.»

Sua sorella piegò la testa di lato. «Non lo so. Voi due siete più simili di quanto tu pensi.»

Lisa aveva perso la ragione. Emily non era appariscente, non assomigliava assolutamente alle donne con cui usciva Levi. «E anche se fossi il suo tipo, cosa che non sono, è il tuo *ex*. Assolutamente no.»

Posso fantasticare, però.

Lisa sbuffò. «Non intendevo in *quel* modo. Non nel senso romantico, ma nel senso di...» roteò la mano in aria, «... nel senso di spezzare il muro di granito che si è costruito intorno. Levi e io eravamo troppo diversi. Ma tu... tu potresti essere proprio quella di cui ha bisogno per ammorbidirsi.»

«Il granito di cui parli è il muro di pietra che si è costruito intorno quando l'hai distrutto?»

Lisa aggrottò la fronte.

«Mi dispiace... o anche no.»

«Non ho messo io il granito intorno a quell'uomo. C'era già da prima che cominciassimo a uscire insieme.»

«Okay. Ho preso nota. Cercherò di impedire alla società di fallire e proverò a scalpellare il granito intorno al tuo ex. Hai bisogno di qualcos'altro?»

Lisa sembrò veramente pensarci per un momento. «No, per ora basta così.»

Emily si mise la tracolla sulla spalla e pensò se fosse il caso di sollevare l'altra questione di cui aveva intenzione di parlare con Lisa. Sua sorella lavorava in una boutique sulla strip ed effettivamente sapeva qualcosa della moda, diversamente da Emily che restava fedele allo stesso stile per l'ufficio: gonna diritta scura, camicia con i bottoni. «Prima che me ne vada, pensi di potermi aiutare a trovare degli abiti migliori? Club Tahoe è un posto di classe. Non so... vorrei fare bella figura.» *E non essere messa completamente in ombra dalla bellezza di Levi.* «Sai quanto detesti lo shopping e tu sei decisamente più portata.»

Lisa appoggiò il bicchiere sul ripiano, facendolo risuonare. «Oh, sorella, *sì*. Me ne occupo io.»

Emily trasalì. «Merda. Lisa, per favore, non fare follie. Io sono meno osé di te.»

Sua sorella ridacchiò. «L'eufemismo del secolo. Ma vedrai, farò la brava.»

Il sorriso sul volto di Lisa non rassicurò Emily. «Forse dovrei pensarci da sola.»

Lisa volò fuori dalla poltrona e attraversò la stanza più in fretta di quando Emily pensava fosse possibile. Spinse Emily verso la porta. «No, no, ci penso io. Tu vai a lavorare. Resta alzata tutta la notte se serve. Lascia che mi occupi io dei vestiti.»

«Ma...»

«Arrivederci!» Lisa spinse fuori Emily e le sbatté la porta in faccia.

Non c'era niente che Emily potesse fare per Levi eccetto aiutarlo a tenersi saldo il Club Tahoe e a renderlo nuovamente remunerativo. Non era nemmeno sicura che Levi avesse superato la sua infatuazione per Lisa. Ma poteva comunque fare un salto di livello e non sembrare una sciatta segretaria. Qualunque altra cosa, per quanto potesse fantasticarci sopra, sarebbe stata poco professionale e completamente fuori dalla realtà.

Capitolo Cinque

Il giorno successivo, Emily tirò l'orlo del maglioncino senza maniche, blu scuro, finché cadde perfettamente e bussò alla porta dell'ufficio di Levi. Lisa l'aveva chiamata quella mattina dicendole che avrebbe portato dei vestiti dalla boutique quella sera ed Emily aveva quasi paura. Che cosa diavolo aveva in testa per affidare a sua sorella il compito di trovarle un nuovo abbigliamento per l'ufficio?

Si preannunciava un disastro, ecco tutto.

Lisa aveva indubbiamente un senso della moda migliore di quello di Emily, ma era più orientato sul sexy. Ed Emily non era sexy.

«Avanti» rombò la voce profonda di Levi attraverso la porta.

Emily sentì un brivido per tutto il corpo. Dio del cielo, anche la voce era sexy. Questa attrazione si sarebbe esaurita... doveva esaurirsi.

Raddrizzò le spalle ed entrò nell'ufficio come se le appartenesse. O almeno, come se non la intimidisse. «È un buon momento per una riunione?»

Levi era in piedi e guardava fuori dalla finestra, con la schiena rivolta verso di lei.

Voltò la testa. «Buono come qualsiasi altro.»

E fu in quel momento che Emily si accorse di che cosa indossava Levi. Pantaloni con le pince, su misura per il suo corpo. Camicia bianca elegante, con le maniche arrotolate un paio di volte, fin sotto i gomiti. Probabilmente indossava qualcosa di simile anche il giorno prima, ma lei era troppo distratta dalla sua presenza per notarlo. E non lo aveva visto da dietro. E il suo sedere...

Restò a bocca aperta.

Quando Emily era più giovane, Levi con una camicia di flanella e stivali da lavoro aveva stimolato le sue fantasie sugli uomini rocciosi. Ma con vestiti firmati addosso che aderivano perfettamente alla sua figura muscolosa e lo facevano sembrare un modello? Non era giusto. Nessuno avrebbe dovuto essere così bello. Il suo sedere e quella schiena che si stringeva verso i fianchi... In che guai si era messa?

Emily andò a sedersi su una sedia accanto alla scrivania, fissando il suo tablet e non la perfezione virile davanti a lei.

«Ho fatto una lista» balbettò.

«Una lista, eh?» C'era un tocco di divertimento nel tono di Levi. Lo sentì che si avvicinava e si sedeva alla scrivania (non riusciva ancora a guardarlo senza sembrare un'ebete). «Sentiamo questa lista. Dovrebbe essere migliore di quello che sono riuscito a pensare io.»

Emily picchiettò sullo schermo per far apparire le idee che aveva compilato la sera prima. «I nostri ospiti speciali arriveranno lunedì mattina. Avranno passato molte ore in aereo. Pensavo che potremmo far venire dei massaggiatori extra per quando arriveranno, poi programmare un incontro per il tardo pomeriggio.» Alzò gli occhi per valutare la sua reazione. Levi la stava fissando intensamente, cosa che non l'aiutò a concentrarsi. «Potremmo usare un servizio di catering oppure far preparare degli stuzzichini e da bere a uno dei nostri ristoranti.»

Levi annuì lentamente. «Parlerò con Bran perché faccia preparare qualcosa di buono allo chef.»

Emily prese nota. «Servire i nostri vini migliori potrebbe non essere una cattiva idea. Potremmo fare una mini-degustazione dei vini dei vigneti della California. L'incontro potrebbe finire sul presto, per permettere ai nostri ospiti di riposare la notte. Sto preparando dei cesti omaggio per ogni stanza, con degli snack e altre cose, se vorranno qualcosa di leggero da mangiare più tardi.»

Levi picchiettò un dito sulla scrivania ed Emily non riuscì a capire che cosa stesse pensando. «Che altro?»

«Uhm.» Diede un'occhiata ai suoi appunti. «Il giorno dopo pensavo che potremmo fornire un buffet al mattino, seguito da un tour del resort. Il pomeriggio potrebbe essere riservato alle riunioni che la società ha chiesto di avere con i loro contatti americani. La cena sarebbe formale, nel salone da ballo.»

«Quindi pensavi di colpirli duro appena riprendono fiato?»

«Io... Sì. Pensavo che fosse una buona idea fare del nostro meglio fin dall'inizio. Lasceremmo liberi i pomeriggi, fornendo sale riunioni attrezzate, con snack, beveraggi, qualunque cosa desiderino. Dopo la cena nel salone la seconda sera, i pasti sarebbero informali e potrebbero aver luogo in uno dei diversi ristoranti del resort, oppure potrebbero cenare in modo indipendente. Sto parlando con Wes per far riservare il campo da golf per loro per un giorno. E potremmo fornire un intrattenimento serale...»

«Intrattenimento?»

Emily si morse il labbro. Il giorno prima era stata nervosa e aveva blaterato sui cambiamenti da fare al Club Tahoe. Ma era vero, qualche tocco più vivace avrebbe fatto solo del bene alla sua atmosfera elegante. «Abbiamo tre dei ristoranti migliori in città ma nessun intrattenimento dal vivo, a parte il pianista che suona nella Fireside Lounge. Pensavo che potremmo assumere dei musicisti.»

Levi incrociò le braccia. «È necessario? Siamo un po' alle strette dal punto di vista finanziario. Non sono sicuro che spendere più soldi sia una soluzione.»

«Generalmente può essere vero, ma a volte si devono spendere soldi per fare soldi. Ci sono dei complessi locali e talenti nazionali e internazionali che passano in città. Non abbiamo lo spazio per ospitare grandi eventi, ma una piccola band oppure un chitarrista potrebbe attrarre nuovi clienti e intrattenere i gruppi più grandi. Oltre alla musica potremmo riservare una serata per un comico.» Emily smise di parlare perché Levi era rimasto in silenzio. «Signore?»

Lui si massaggiò la mandibola squadrata che, nonostante l'abbigliamento più formale, aveva ancora un velo di barba. «Levi, chiamami Levi, niente signor Cade e dammi del tu.» La fissò per un lungo momento ed Emily ancora non capiva a che cosa stesse pensando, se gli piacessero le sue idee o se le odiasse, anche se sembrava aver apprezzato le sue idee iniziali sull'incontro e i pasti. «Mio padre avrebbe detestato l'idea di far venire un comico in albergo. Riusciremo a trovare i musicisti per la settimana prossima?»

«Forse.»

Levi storse la bocca a quella risposta vaga.

«Sì... Penso di riuscirci. Dammi un giorno o due per fare una ricerca.»

«Bene, anche il comico.»

«Ma avevi detto che tuo padre...»

«Lo avrebbe detestato. Ma questo non significa che non sia una buona idea. Programma un intrattenimento per ogni sera della settimana. Parlerò con Bran riguardo al catering per le feste, ma voglio che sia tu la persona di riferimento per organizzare tutto e assumere i dipendenti extra di cui potremmo avere bisogno mentre ci sono la Shin Electronics e le società collegate. Ci saranno settantacinque persone se includiamo i loro clienti.»

Emily rimase senza fiato. «Settantacinque? Ne avevo calcolati trenta.»

«Settantacinque. Confermato questa mattina e questo significa che saremo molto impegnati.» Le rivolse uno sguardo pieno di preoccupazione e decisione, esattamente le stesse emozioni che stava provando lei.

Grazie al cielo per Emily. Le sue idee erano brillanti e Levi non sarebbe riuscito ad arrivare a una sola di quelle. Che ne sapeva su come intrattenere uomini d'affari stranieri? Lui spegneva gli incendi e rianimava le persone.

Bran aveva avuto ragione in tutto la sera prima, non che Levi lo avrebbe ammesso. *Non* era qualificato per dirigere il Club Tahoe ma poteva assicurarsi che i suoi dipendenti avessero il controllo della situazione o sarebbero cadute delle teste.

Toccava a loro far funzionare le brillanti idee della sua assistente.

Avrebbe dovuto essere qualcuno come Emily a dirigere quel posto, ma suo padre aveva deciso di fare di Levi la persona di riferimento e avrebbe cercato di fare del suo meglio.

«È tutto per ora.» Si alzò in piedi e andò alla finestra.

Quando non la sentì uscire immediatamente, guardò indietro e la colse che guardava... il suo sedere? «Emily?»

«Oh, uhm, sì.» Emily si alzò in fretta, tenendo in equilibrio il tablet e le cartellette. «Mi metterò in contatto più tardi nel pomeriggio e ti farò il resoconto di come vanno le cose.»

«Bene. Parleremo dopo.» Emily uscì e Levi si tolse dalla testa l'idea che si era fatto. Emily stava guardando nel vuoto, non gli stava fissando il sedere. Emily era la sorella di Lisa... *Lisa.*

Levi non pensava tanto a Lisa da quando lo aveva tradito con Hunt. Non aveva mai amato una donna tranne lei. Le brevi relazioni che aveva avuto dopo erano finite in disastri diversi ma uguali, ed era stato allora che aveva smesso di avere relazioni significative. Adesso erano tutti incontri casuali ed era così che sarebbe dovuto restare per il prossimo futuro. Aveva troppe responsabilità.

Capitolo Sei

Levi aveva detto che sarebbe stato nei dintorni sul tardi, ma Emily lo aveva cercato negli uffici senza trovarlo.

I dipendenti lavoravano sodo al Club Tahoe, cosa che Emily apprezzava. Non si sentiva così sola finché era occupata e la sua carriera progrediva. Lavorare fino a tardi faceva parte del suo lavoro, ma sembrava che la maggior parte dei dipendenti di alto livello al Club Tahoe se ne andasse tra le cinque e le cinque e mezza.

Buon per loro.

Il sole era calato ore prima ed Esther era l'unica ancora lì. Si era messa sulla spalla la borsa Coach e avvicinato la sedia alla scrivania, pronta a uscire.

«Ha visto il signor Cade?» le chiese Emily.

Lo conosceva da tempo, ma non riusciva a chiamarlo Levi parlando con gli altri. Non ancora. A questo punto pensava che sarebbe stato meglio continuare a chiamarlo signor Cade, per impedirle di instaurare un rapporto troppo personale. Lui non aveva idea dei pensieri che le riempivano la mente quando era vicino a lui.

«Oh, tesoro,» disse Esther, «probabilmente è giù al molo. È dove va quando... Beh, lo capirai da sola. Non credo che ti possa essere d'aiuto laggiù, ma puoi provare.»

Emily aveva detto a Levi che gli avrebbe fatto un resoconto della giornata. Sicuramente voleva sapere che cosa era riuscita a fare. Si sarebbe fermata un momento al molo e poi sarebbe andata a casa. «Grazie, Esther, e buona serata.»

Emily tornò nel suo ufficio e prese quello che le serviva per la sera. Uscì attraversando la grande sala che non mancava mai di toglierle il fiato. Divani di velluto con cuscini decorativi di seta e poggiapiedi di cuoio invecchiato piazzati strategicamente riempivano i quasi cinquecento metri quadrati di foyer e di soggiorno. Il Club Tahoe offriva uno spazio simile a una baita di lusso ai suoi ospiti, legno scuro nodoso e inserti di pietra sulle pareti, lampadari di cristallo e ferro battuto sul soffitto.

In fondo alla parte posteriore della sala, Emily passò attraverso il grande arco di pietra e attraversò il ponte sul fiume lento al coperto nel quale gli ospiti galleggiavano pigramente durante il giorno. La sera, si riunivano per arrostire gli s'more sui fuochi nell'isolotto al centro, in stile campeggio. Alla sinistra del fiume lento c'erano negozi e ristoranti di lusso, che correvano lungo tutto il piano inferiore dell'edificio e sulla destra c'era il favoloso Timber Casinò.

Emily superò l'area delle piscine e si diresse alla spiaggia, attraversando la sabbia, con i tacchi che affondavano a ogni passo. Arrivò al molo, su una delle spiagge più frequentate ed esclusive della parte sud del lago Tahoe.

Ma non c'era molta gente quella sera.

Era buio, il cielo pieno di stelle luminose e c'era una lieve brezza fredda nell'aria. Qualche ospite si attardava sulla spiaggia ma la maggior parte riempiva i ristoranti oppure gettava incessantemente soldi nelle slot machine o *fiche* sui tavoli da gioco.

Emily controllò le persone all'esterno, ma nessuna di loro aveva la figura alta e imponente di Levi.

Controllò il telefono. Erano quasi le otto. Non riusciva a immaginare che cosa stesse facendo in quel posto così tardi, ma Esther aveva detto che sarebbe stato lì.

Emily prese il telefono per mandargli un altro messaggio e fu in quel momento che intravide con la coda dell'occhio una schiena ampia in una camicia bianca.

La parte in fondo del molo era quasi invisibile. Ma la camicia bianca che Levi indossava quel giorno risaltava nell'ombra, la sua schiena rivolta verso di lei come quando guardava fuori dalla finestra del suo ufficio. Gomiti in fuori, mani sui fianchi stretti. Sembrava che stesse comandando il lago. E forse era così.

Levi Cade poteva fare qualsiasi cosa: condurre uomini, spegnere incendi... spezzare dei cuori.

Per un attimo, Emily prese in considerazione di voltarsi e tornare indietro. Era da solo e sembrava che gli piacesse. Poi le venne in mente qualcosa. Forse veniva lì perché si *sentiva* solo.

Quando si era sentita sola, crescendo, e le mancavano sua madre e il padre che conosceva appena, oppure si sentiva isolata e goffa intorno ai suoi compagni, Emily andava al lago e si sedeva su un pontile. Fissare l'acqua, in qualche modo, la faceva sentire connessa, come se fosse la vita stessa e in qualche modo una parte di tutti. Immaginava gli altri che riversavano silenziosamente le loro speranze e i loro sogni nel lago, come faceva lei.

Era quello che stava facendo Levi?

I suoi piedi si mossero prima che ordinasse loro di farlo. Fece un respiro profondo mentre si avvicinava e percepì un sottile cambiamento nella postura di Levi. I suoi tacchi non erano esattamente silenziosi sulle tavole di legno del molo.

«Levi?» Non c'era nessuno intorno e le aveva chiesto di chiamarlo per nome.

Lui si voltò, il volto era una maschera. Niente dolore, solitudine o rabbia. Niente che rivelasse i suoi sentimenti. Era quello il muro di cui aveva parlato sua sorella.

Emily avrebbe voluto che Lisa non avesse parlato del muro che Levi si era costruito attorno perché adesso non riusciva a smettere di pensarci. E al motivo per cui c'era. Prese il tablet e aprì la schermata dei suoi appunti. «Ho fatto dei progressi questo pomeriggio. Con il poco tempo a disposizione, pensavo fosse meglio tenerti al corrente.»

Levi si voltò di nuovo a guardare l'acqua, abbassando le spalle come se un peso invisibile le stesse premendo. «Continua.»

Sbatté gli occhi. Per un uomo che gestiva uno dei resort più stimati nell'area, sembrava... rassegnato. «Ho aggiornato il numero degli ospiti basandomi sulle tue informazioni e ho informato la squadra addetta all'ospitalità. I cestini omaggio saranno pronti per tutti gli ospiti e abbiamo aumentato il personale del centro benessere. Ho anche verificato con la Shin Electronics che avrebbero apprezzato avere il campo da golf per loro una mattina. Wes si sta occupando di questa parte con i giardinieri per assicurarsi che i green siano perfetti e che abbiano caddy a sufficienza per ogni golfista.» Levi non si era mosso né aveva dato segno di aver sentito i suoi commenti. «Vediamo, ho anche parlato con Bran del catering. Ha detto che gli hai parlato, ma sembra un po'...»

Levi voltò la testa, un angolo della bocca leggermente alzato ma senza parvenza di umorismo. «È stressato da morire.»

«Uhm, sì.» Emily nascose un sorriso fissando il tablet. «Già, allora...»

Levi sospirò. «Ordina un servizio di catering per la prima sera, per il primo incontro. Il migliore che puoi trovare in città. Forniremo noi l'alcol e i vini per la degustazione che hai suggerito. Bran dovrà occuparsi del catering per il resto della settimana.»

Emily si avvicinò in modo da non essere più direttamente dietro di lui e poterlo vedere in faccia. «Sta programmando il menu per il brunch della domenica mattina.»

Levi annuì.

«Stiamo lavorando sul resto dei pasti, ma sono fiduciosa, so che si inventerà qualcosa che li impressionerà.»

«Bene.» Levi guardava malinconicamente il lago.

Eccolo di nuovo. L'impressione era che volesse essere ovunque ma non lì. Emily si sentì stringere il petto. Non gli interessava parlare con lei.

Solo perché lei era ossessionata dal lavoro, non voleva dire che anche tutti gli altri dovessero restare alzati fino a tardi a ossessionarsi allo stesso modo. L'atteggiamento distaccato di quella sera poteva non avere niente a che fare con lei, ma Emily sapeva che non era così. Non aveva mai avuto l'attenzione di Levi Cade. «Il resto può aspettare fino a domani.» Rimise il tablet nella borsa e si voltò per andarsene.

«Emily.»

Emily guardò indietro.

«Grazie.» La sua voce era profonda e sincera.

Quel piccolo riconoscimento alleggerì il peso sul cuore. «È un piacere.»

Levi annuì.

Emily sorrise tra sé e sé mentre camminava lungo il molo. Poteva farcela. Essere presente per Levi. Aiutarlo con qualcosa che a lui non veniva naturale. Non significava che non sarebbe cambiato. Se c'era un uomo in grado di dirigere quel posto era proprio Levi. Era forte e intelligente. E anche se non era ciò che avrebbe voluto fare, forse Emily avrebbe potuto aiutarlo anche con quello. Lei poteva non avere una bellezza scintillante o carisma, ma la sua passione per quel lavoro bastava per entrambi.

Le sue scarpe ticchettavano sulle tavole di legno mentre arrivava alla fine del molo e scendeva sulla sabbia. E poi sentì un grande splash.

Emily si voltò di scatto ma Levi non era più in piedi sul bordo del molo.

Per un attimo, il suo cuore batté forte. Levi era nei guai.

Che cosa stava pensando? Era *un ex vigile del fuoco*. Levi Cade salvava vite. E poi vide il bianco della sua camicia sulla panchina accanto a cui era un momento prima, insieme alle scarpe. Guardò in acqua e avvistò le lunghe braccia muscolose che tagliavano il lago scuro come l'ossidiana.

Il lago Tahoe era stupendo e piacevole in una giornata assolata, ma l'acqua non era per niente calda. Quello non impediva a Levi di progredire sicuro verso il centro del lago, che poteva essere a più di quindici chilometri di distanza, trenta fino all'altro lato. Ma prima che Emily potesse chiedersi fin dove intendesse arrivare, Levi si fermò e si mise a galleggiare sulla schiena, guardando il cielo.

Emily si voltò lentamente e continuò a camminare.

Levi Cade era un uomo complicato. E voleva stare da solo. L'avrebbe aiutato e poi avrebbe voltato pagina.

Lisa si sbagliava se pensava che Emily potesse abbattere i muri di Levi. Era fuori dalla sua portata. Una donna più attraente, più affascinante avrebbe aperto la porta del suo cuore. Non che Lisa avesse detto qualcosa sull'arrivare al cuore di Levi, ma era quello che ci voleva, no? Non era il tipo di uomo che si apriva indifferentemente con qualcuno. E aveva quattro fratelli; non aveva bisogno di altri amici.

Emily tenne la testa alta mentre usciva dalla hall, superando gli ospiti che stavano entrando in albergo. Andò a uno dei parcheggi più lontani e aprì la sua piccola ibrida, gettando dentro la borsa e salendo al posto di guida.

Afferrò il volante e sentì un brivido in tutto il corpo. Poi un altro. Anche se non era lei la donna che poteva abbattere i muri di Levi e farlo innamorare di lei, non era cambiato niente nei quattro anni in cui era stata via.

Perché avrebbe ancora voluto essere quella donna.

Capitolo Sette

Emily si assicurò che la festa di addio di Esther fosse elegante e di classe proprio come la festeggiata. Aveva sentito abbastanza cose meravigliose sull'assistente di lunga data di Ethan Cade nella settimana precedente da sapere che quella donna era stata il cuore del Club Tahoe. Com'era possibile prenderne il posto? La verità era che non lo avrebbe fatto. Esther aveva dato a Levi e ai suoi fratelli un pezzo di famiglia di cui avevano estremamente bisogno. Il massimo che poteva fare Emily era aiutarli come meglio poteva a gestire il Club Tahoe.

Diede un colpetto a un centrotavola composto di rose color lavanda e papaveri su uno dei tavoli, spostandolo un po' più a destra. «Il Dom Pérignon è in fresco dietro il bar?» chiese alla cameriera che passava di lì.

La ragazza si fermò e la guardò. «Sì, signora. E anche gli stuzzichini sono pronti. Li serviremo appena arriveranno i nostri ospiti.»

Emily controllò l'ora. La gente avrebbe finito di lavorare e li avrebbe raggiunti da un momento all'altro.

Avevano programmato la festa per il venerdì sera in modo che i dipendenti potessero partecipare senza sentirsi pressati. Emily aveva perfino indossato uno dei vestiti lunghi al ginocchio che le aveva portato sua sorella. Dietro, il vestito color smeraldo, era scollato fino quasi al sedere, ma Lisa le aveva assicurato che era abbastanza di classe per un party di lavoro. Emily doveva prenderla in parola, perché sentiva distintamente una corrente d'aria cui non era abituata.

Toccò il pizzo scuro ed elastico dello stesso colore del resto del vestito che girava intorno alla vita e saliva fino alle clavicole, lasciando scoperte le spalle e le braccia. Portava il braccialetto d'oro che sua sorella aveva scelto per lei ma aveva decisamente rifiutato i grandi orecchini a cerchio. Stava già barcollando con i sandali dal tacco altissimo che le facevano male ai piedi. Non aveva bisogno di altri accessori scomodi.

Emily controllò nuovamente l'ora. Avrebbero già dovuto arrivare tutti. Dov'erano?

Stava prendendo in considerazione di andare a prendere gli impiegati alle loro scrivanie quando sentì una mano maschile e calda sulla schiena.

«Adesso puoi mettere via quell'affare» disse Levi.

Indossava una giacca blu scuro, pantaloni diritti e una camicia bianca con due bottoni slacciati, che mettevano in mostra la pelle liscia e lievemente abbronzata. I capelli, che sembravano essere un po' più lunghi del solito, erano elegantemente in disordine. O forse si era solo passato la mano sulla testa, non era il tipo di persona che si preoccupava di com'era pettinato.

In ogni caso, non era quello che faceva pulsare in gola il cuore a Emily o che le faceva tremare le mani mentre infilava il tablet nella borsa.

Levi le tolse la sacca dalla spalla e la consegnò a un cameriere che passava di lì con un vassoio di flûte di champagne. «La metta dietro al bar, per favore.» Afferrò uno dei bicchieri dal vassoio prima che l'uomo se ne andasse e glielo porse. Si guardò attorno. «Hai fatto un ottimo lavoro. Esther sarà contenta.»

Lei annuì, senza riuscire a parlare. Aveva la lingua incollata al palato. Perché la mano di Levi era ancora sulla sua schiena e la reazione del suo corpo era di sparare razzi di calore nelle gambe e nelle braccia.

Era patetica. Era una *schiena*. Non un seno o una coscia.

E quando riprese il sangue freddo, Levi aveva già lasciato cadere la mano e si era spostato per salutare il direttore finanziario. Si voltò anche a salutare Ed, il giardiniere, riservando a entrambi gli uomini lo stesso tempo e lo stesso rispetto.

Era una delle cose che apprezzava di Levi. Non si era mai dato delle arie. Era cresciuto in una grande villa, ma nessuno lo avrebbe notato. Era una persona coi piedi per terra. Ovviamente questo non impediva a Emily di sentirsi nervosa con lui intorno. Perché era l'uomo più sexy che avesse mai conosciuto. E lei aveva fin troppi ormoni femminili in circolo tutte le volte che lui era vicino.

Trangugiò il bicchiere di champagne e strinse forse gli occhi quando le bollicine le fecero il solletico in fondo alla gola. Fece cenno al cameriere che gliene portasse un altro. Aveva controllato tutto tre o quattro volte; la festa si sarebbe svolta in modo efficiente che lei fosse o meno completamente sobria. Aveva bisogno di qualcosa per attutire la sua immaginazione iperattiva quella sera, lei con quell'abito e Levi affascinante con quel vestito casual.

* * *

Levi girava tra gli ospiti alla festa di Esther, regalando sorrisi calorosi all'ospite d'onore. Esther sarebbe mancata tremendamente e non solo perché faceva funzionare il resort come un orologio. Rendeva tollerabile il Club Tahoe.

Ma per la prima volta da quando aveva cominciato a scontare la sua pena come amministratore delegato, Levi pensò che, forse, aveva un'altra ragione per tollerare quel vecchio posto.

Levi Cade notava e ammirava praticamente ogni parte del corpo di una donna da quando aveva quattordici anni, ma forse si era perso un aspetto incredibilmente sexy. Da quando la schiena di una donna era diventata il centro della sua attenzione? Era rimasto di sasso quando era entrato e aveva visto Emily con quel vestito.

Normalmente, Emily indossava gonne aderenti, che lui apprezzava infinitamente. La sua assistente aveva un bel sedere e dava a un uomo qualcosa da voler vedere ogni giorno, anche se guardare era tutto ciò che faceva. Comunque, quella sera lo aveva sorpreso e aveva messo in mostra la parte superiore del corpo, normalmente nascosta da camicette informi e cardigan.

Il tessuto elegante del vestito copriva la maggior parte del suo corpo, ma lo stilista aveva fatto un favore all'umanità risparmiando sul dietro. Emily era alta, vita sottile e, adesso che non nascondeva il busto con camicie della taglia sbagliata, riusciva a intravedere anche i suoi seni, piccoli ma perfetti, anche se erano coperti. La schiena, però, era tutta pelle avorio, tonica e con una struttura ossea delicata che attirava l'occhio di un uomo sull'opera d'arte a forma di cuore in fondo alla spina dorsale.

Quella era una serata per festeggiare. Era perfettamente

accettabile che un uomo fissasse il sedere della sua assistente, giusto? Tecnicamente non stava lavorando quindi non pensava di infrangere le regole capo-impiegata.

Prese un appunto mentale di controllare i manuali dell'ufficio personale. Non perché avesse intenzione di avvicinarsi a Emily. Anche se aveva toccato la sua pelle nuda, unicamente per attirare la sua attenzione. Non aveva niente a che vedere col fatto di essere attirato dalla sua bellezza come una falena dalla luce al neon che avrebbe significato la sua morte.

No, Levi non aveva intenzione di avvicinarsi alla sorellina di Lisa. Emily era una Wright. E le donne Wright erano belle, ma non ci si poteva fidare di loro. *Wright* suonava come *right*, giusto, e anche quello attirava gli uomini, dando loro un falso senso di sicurezza. Come se fosse tutto okay. Ma appena ti avvicinavi a sufficienza... zac, proprio come quell'accidente di trappola per insetti. Avrebbe preso il tuo cuore e lo avrebbe schiacciato nelle sue mani morbide, poi l'avrebbe calpestato con i tacchi a spillo, per buona misura.

Ci era già passato e non aveva intenzione di ripeterlo. Levi alzò il mento rivolto a suo fratello Hunt. Un altro promemoria del passato e delle donne da evitare. Solo che Hunt non stava guardando Levi. I suoi occhi erano puntati su *Emily*.

«*Goddammit*. Maledizione.»

«Mi scusi?» Uno dei capi-chef alzò gli occhi su Levi, che si schiarì la voce. «*Godric Hammit*. Vedo che il signor Hammit è appena arrivato.» Agitò vagamente una mano. «Dovrei andare a salutarlo.»

Era proprio da Hunter scovare la donna più bella nella stanza. E da quando Emily era diventata la donna più bella in quel posto? Normalmente non si truccava, portava camicie senza forma e si nascondeva dietro il suo tablet.

Levi la preferiva in quel modo. Non attirava le attenzioni sbagliate. Non attirava l'attenzione di *Hunt*.

«Fratello.» Levi schiaffeggiò la spalla di Hunt a mo' di saluto. Probabilmente con un po' più della forza necessaria.

Hunt fece una smorfia. «Adesso che cosa c'è che non va?»

«Oh...», Levi si guardò attorno con indifferenza, «...niente.» Colse Hunt che lanciava nuovamente un'occhiata a Emily. «Fintanto che terrai le mani e gli occhi lontani dai miei dipendenti.»

Okay, era il classico caso di due pesi e due misure. Levi si era appena autoconvinto che fosse giusto fissare Emily in quel vestito sexy. Ma Hunt era tutt'altra cosa. Proprio come il suo nome, Hunter, cacciatore, era letale per le donne. Levi non voleva vedere la sua assistente, così innocente e dall'aspetto da ragazzina, anche se sexy, colta nella rete del fratello.

Hunt sbuffò. «Da quando guardare è diventato un problema? E mi stai prendendo per il culo. Da quando le donne del Club Tahoe sono off-limits? Credo che abbiamo perso tutti la verginità a un certo punto, con una ricca moglie o una figlia, in vacanza qui al resort. E posso nominare almeno tre cameriere con cui sei andato a letto durante le superiori.»

«Era quando non lavoravamo qui. E guardare *è* proibito quando si tratta di te, perché non ti limiti a guardare.»

Hunt sogghignò lascivamente. «Vero.»

Levi storse la bocca. «Come ho detto, *non si guarda.*»

«Certo, certo.» Hunt afferrò un secondo bicchiere di champagne. «Ci vediamo dopo.» E andò verso Emily.

Levi roteò il collo e restò fermo per quasi due secondi prima di seguire suo fratello. Qualcuno lo avrebbe notato se avesse strozzato Hunt nel salone da ballo?

Probabile. A Esther non sarebbe piaciuto.

Accidenti.

Sospirò. Bene. Avrebbe dovuto usare altri mezzi per proteggere Emily da Hunt.

Emily aveva in mano un bicchiere di champagne e stava conversando con il capo-chef della steakhouse del Club Tahoe, che era giovane e di bell'aspetto, se vi piacevano quei tipi. I peli sul viso erano troppo curati. Levi non si fidava di un uomo che si depilava le sopracciglia.

Hunt si avvicinò ai due ed Emily gli rivolse un sorriso dolce. Non aveva idea di quanto potesse essere velenoso suo fratello. O forse sì. *Era* la sorella di Lisa, dopotutto.

«Emily, ti piacerebbe vedere uno dei segreti del Club Tahoe?» disse Hunt.

«Segreti?» lo sguardo di Emily volò a Levi che si era fermato accanto a Hunt. Si formò una V tra le sue sopracciglia. Probabilmente era perché Levi aveva le mascelle contratte e gli occhi concentrati su suo fratello come se volesse farlo a pezzi.

Levi allungò una mano oltre suo fratello e la mise intorno alla vita di Emily, proprio come aveva fatto prima. «Tu circola, Hunt. Mostrerò io a Emily il posto segreto. Dobbiamo discutere di alcune cose di lavoro per la prossima settimana.»

Hunt voltò la testa di scatto, guardando furioso Levi.

Giusto, fratello, ti tengo d'occhio.

Levi si era detto che non avrebbe più toccato Emily, ma era solo per motivi di sicurezza. Suo fratello doveva capire che lei era off-limits. Proibita anche a Levi, ma quella era un'altra storia.

Hunt non considerava mai una donna proibita. Né le fidanzate né le mogli. Secondo Hunt, se lei ci stava era sua.

Levi non era seriamente interessato a Emily, ma questo

non voleva dire che avrebbe permesso a quella vipera di suo fratello di avvicinarsi a lei. Emily poteva essere una Wright, ma aveva l'impressione che fosse una brava ragazza.

Hunt avrebbe dovuto passare sul suo cadavere prima di toccare Emily.

Capitolo Otto

evi fissava diritto davanti a sé mentre accompagnava Emily fuori dal salone. E ora?

Aveva convinto Emily a uscire con lui per allontanarla da Hunt e adesso doveva mostrarle qualche punto segreto che non aveva idea esistesse. Da quando i suoi fratelli avevano un posto al Club Tahoe di cui Levi non era a conoscenza? Conoscendo Hunt, probabilmente si era inventato tutto. E questo obbligava Levi a inventarsi che cosa fare con Emily dopo essere rimasto solo con lei.

Non che fosse una brutta cosa restare incastrati con una bella bionda in un vestito da urlo che gli faceva venire in mente scenari interessanti, ciascuno dei quali prevedeva la rimozione del suddetto vestito.

Espirò forte, era parecchio che non scortava una donna da qualche parte, a cena o nel suo letto. Dieci, undici mesi? *Gesù*. Da prima dell'incidente. E questa non era semplicemente una bella bionda, era la sorella di Lisa. Non poteva fare effettivamente *niente* con lei. E questo lo lasciava in un dilemma.

Emily si voltò a guardare, ondeggiando un po'. Quanto

champagne aveva bevuto? «Sei sicuro che sia okay lasciare la festa?» disse. «Voglio assicurarmi che Esther sia contenta e si stia divertendo.»

Stava portando lui la borsa di Emily, ricordava di averla presa da dietro il bar prima di uscire e la guidò lungo il corridoio verso l'atrio principale. «Non preoccuparti per Esther. Ha la maggior parte dei dipendenti che la sta ossequiando e programmando futuri pranzi con lei. Con il piano pensionistico che mio padre aveva preparato per lei, si godrà a lungo il suo pensionamento.»

Emily si voltò indietro un'alta volta. «Va bene, se pensi che sia OK.»

Levi le sorrise. Era una brava ragazzina. *Donna.* Una donna adulta adesso, rammentò a se stesso.

Ispezionò in fretta l'area, cercando qualcosa da mostrarle che potesse sembrare significativo – accidenti a Hunt – e intravide il figliol prodigo.

Se non fosse stato per Adam che li aveva abbandonati per lavorare al Blue Casinò, Levi non sarebbe stato in quel casino, a gestire il club e a proteggere donne carine e vulnerabili da Hunt. «Adam.» Il tono di Levi poteva forse essere un tantino minaccioso.

Suo fratello si avvicinò con la fidanzata al suo fianco. «Scusa, siamo in ritardo. Noi...»

Levi diede un'occhiata ad Hayden, la cui pettinatura, ora che ci stava facendo caso, era un po' in disordine. Cioè, lo chignon o qualunque cosa fosse, che avrebbe dovuto essere al centro, era un po' spostato e c'erano dei ciuffi che spuntavano e non sembrava intenzionale.

Levi sospirò. Sapeva esattamente che cosa stessero facendo quel buono a nulla di suo fratello e la sua bella fidanzata.

Bastardo fortunato.

«Beh, adesso sei qui» disse Levi. «Vai alla festa e scusati con Esther. Tieni anche d'occhio Hunt, per favore. Sai com'è.»

Adam diede una lunga occhiata a Emily. «Voi dove state andando?»

Levi avrebbe voluto dare un pugno in faccia a Adam. Che cosa diavolo aveva preso ai suoi fratelli per adocchiare in quel modo la sua assistente? «Questa è Emily Wright, *la mia assistente*. È la sorella di Lisa.»

«Sorella?»

«*Sorella.*»

«Salve Emily.» Hayden allungò la mano per stringere quella di Emily mentre Adam restava lì con un'espressione sbalordita sulla faccia. «Sono Hayden Tate, la fidanzata di Adam. È un piacere conoscerti.»

«È un piacere conoscere anche te.» Emily sorrise, ma Levi si accorse che stava barcollando.

Le passò il braccio intorno alla vita, sostenendola. «Stiamo solo andando a fare due passi.»

«Due passi, eh?» Adam sogghignò in modo lascivo, esattamente come aveva fatto Hunt. Accidenti ai suoi fratelli. Perfino Hayden adesso li stava guardando con un sorrisino malizioso.

«Buon per te, Levi» disse Hayden quando Adam l'afferrò per la mano e la trascinò via, verso la festa. «Divertitevi.»

Levi lasciò cadere il braccio appena i due sparirono. Era ridicolo. Non aveva tempo per fare il babysitter. Non poteva liberarsi del libidinoso fratello minore al party, Hunt era co-proprietario del Club Tahoe e conosceva Esther bene quanto Levi. Ma non era necessario che Emily fosse là. E Levi non aveva bisogno di un buon motivo per spedirla a casa. Era il capo. Poteva fare tutto quello che voleva. Eccetto toccare. Non poteva toccare. Cosa che lo indusse a prendere la decisione seguente. «Dovresti andare.»

Emily sbiancò. «C'è qualcosa che non va?»

«Hai bevuto troppo. Ti chiamo un taxi.»

Emily aprì la bocca e le sue guance diventarono rosso fuoco. «Io... Io, sì. Certo.»

«Ecco.» Levi le porse la tracolla e prese il telefono. «C'è una compagnia di taxi che preferisci?»

«No.» Scosse la testa. «Cioè, va bene. Me ne occuperò io. Arrivederci, signor Cade» disse, camminando in fretta verso l'uscita, con la testa china.

Levi la osservò andare e avrebbe voluto prendersi a calci da solo. Era stato uno stronzo. Non aveva la capacità di Hunt di blaterare parole dolci. Incasinava tutto, anche quando voleva solo proteggere una donna.

Si strofinò la testa e sospirò. «Fanculo.» Uscì dall'atrio e superò la piscina per andare nell'unico posto che faceva sparire tutto il casino.

Andando verso il molo si tolse lentamente le scarpe, le calze e la cintura. Seguirono la giacca e la camicia, che atterrarono in un mucchio su una panchina di legno. Arrivato alla fine del molo si voltò e lasciò che il peso del corpo lo tirasse indietro e nell'acqua.

Sentì mille aghi pungergli la pelle mentre la faccia affondava nell'acqua a quindici gradi. Tornò in superficie e gettò indietro la testa.

Togliendosi le goccioline dal volto, fissò nel punto in cui il cielo buio incontrava il lago scuro. Quello era il posto che riportava a Levi i ricordi migliori. Quelli dell'infanzia, quando c'era ancora sua madre e il mondo era un posto sicuro ed equilibrato. Avevano l'abitudine di venire al modo durante il giorno e giocare per ore. Aveva significato la pace e perderla aveva portato da allora incertezza e caos a lui e ai suoi fratelli.

Levi aveva cercato di raddrizzare le cose. Portare una sembianza di sicurezza nelle vite dei suoi fratelli. Controllando il loro ambiente. Diventando una figura paterna e programmando un futuro in cui niente poteva andare storto. Lisa aveva fatto parte di quel piano. Bella, dolce. Ma Levi si era sbagliato su Lisa e da allora annaspava, cercando di raddrizzare nuovamente le cose.

Il molo e l'acqua gli ricordavano com'erano sembrate la sicurezza e la felicità e gli permettevano di rilassarsi. Aveva altri posti preferiti, ma nessuno in cui era stato in grado di passare un po' di tempo da quando aveva cominciato a lavorare per il Club Tahoe. Per il momento, il lago doveva bastare.

Non avrebbe permesso che il Club Tahoe fallisse. Era l'ultimo pezzetto di sicurezza che la sua famiglia aveva al mondo.

* * *

Oh mio Dio. "Hai bevuto troppo!" Come osava! Emily conosceva i propri limiti. E, okay, aveva bevuto un po' troppo champagne, abbastanza da sapere che non avrebbe potuto guidare, ma non era ubriaca.

Prese il telefono dalla borsa. «Siri, chiama un Uber.»

Emily camminava avanti e indietro davanti all'ingresso del Club Tahoe. E mentre camminava, la sua rabbia cresceva. Perché aveva permesso a Levi di trattarla come una bambina?

Guardò indietro, aspettandosi di vederlo che la osservava come se avesse bisogno che le allacciasse le scarpe, ma non era Levi quello lì vicino.

«Te ne vai così presto?» Hunter si avvicinò fino a mettersi al suo fianco.

Hunter Cade era il cattivo ragazzo tra i fratelli Cade e recitava quel ruolo appena possibile. Ma Emily si chiedeva quanto fosse genuino e quanto fosse per attirare l'attenzione in mezzo a un gruppo di arroganti maschi alfa.

«La giornata è stata lunga.» Eufemismo. Si era fatta il mazzo per rendere speciale la festa di addio di Esther, il tutto mentre cercava di fare un miracolo e organizzare il soggiorno del gruppo di coreani della settimana seguente.

Hunter la guardò accigliato. «Dov'è Levi?»

«Non lo so.»

Hunt storse la bocca, infuriato. «Ti ha mandato a casa?»

Levi aveva superato il limite quella sera, dicendole che cosa fare. Probabilmente non l'aiutava il fatto di aver bevuto un po' troppo e di non essere abituata a portare i tacchi a spillo. *Non avrebbe mai dovuto dar retta a Lisa.* Ma nonostante Levi fosse dispotico, *era* il suo capo. E capiva che aveva cercato di essere un gentiluomo con la faccenda del taxi. «È parecchio sotto pressione.»

Hunter scosse rigidamente la testa e distolse lo sguardo. «Non permettere a mio fratello di dirti che cosa fare. Pensa di poter comandare tutti. Resta quanto vuoi. Sei la benvenuta qui.»

Emily gli rivolse un sorriso frettoloso. «Va tutto bene. Dovrei veramente andare a casa e cercare di dormire un po'. C'è una settimana impegnativa in arrivo.»

Hunter si avvicinò di un passo. «Emily. So che sei al corrente della mia storia con tua sorella. La faccenda è che...», spinse indietro le falde della giacca, mettendosi le mani sui fianchi, «... tenevo tantissimo a lei. Non volevo vederla ferita.»

Emily non era sicura di potersi fidare di Hunter. Che

qualunque donna potesse fidarsi di lui. «Okay» disse con cautela.

«Non voglio vederti ferita da Levi come lo è stata Lisa. Lui è una roccia e Lisa ha sbattuto contro quella roccia finché non ce l'ha più fatta. Non permettere che succeda a te.»

C'erano cose più profonde in ballo tra Levi e Hunter che Emily cominciava solo ora a capire. Ma di una cosa era certa ed era che Levi non meritava ciò che Lisa e Hunt gli avevano fatto. Perfino Lisa si sentiva in colpa per quello che aveva fatto passare a Levi. «Ciò che hai fatto era sbagliato.»

Lui alzò la testa. «Non ne sono fiero. Ma ho pagato per i miei peccati. Pago ogni giorno, ma non è quello l'importante. Stai attenta, ecco tutto. Non voglio vederti col cuore infranto.»

Emily non ricordava che Lisa avesse avuto il cuore infranto, più che altro si era sentita in colpa. «Non è così tra Levi e me. È il mio capo e, come hai detto, può essere iperprotettivo.» Una berlina grigia si fermò davanti a loro. «È arrivato il mio Uber. Devo andare.»

Hunt annuì, infilandosi le mani in tasca e osservandola mentre saliva in auto. L'auto si allontanò ed Emily vide Hunter che si voltava e tornava verso la festa, con la sua camminata disinvolta anche se si percepiva tensione nel modo in cui teneva le spalle.

Levi e Hunter avevano problemi seri ed Emily non aveva intenzione di permettere che la mettessero in mezzo.

Capitolo Nove

Il mattino seguente, Emily s'infilò l'accappatoio morbido e scese dal letto per aprire la porta.

Fuori, Lisa alzò una mano e tirò indietro la testa. «Whoa. Che cosa ti è successo?»

Emily si strofinò gli occhi e sbadigliò, spalancando la porta. «Che cosa vuoi dire?»

Sua sorella indicò il lato della testa di Emily, tenendo in equilibrio la borsa e il caffè con l'altra. «Hai uno stormo di gabbiani che si sta lanciando da un lato della tua testa.» Indicò vagamente la faccia di Emily. «Segni del cuscino sulla guancia.»

Emily andò in soggiorno e si sedette sul divano, tirandosi le ginocchia verso il petto e abbracciandole. «Non ho dormito bene.»

Lisa chiuse la porta ed entrò. Si sedette davanti a Emily, troppo carina e vivace per essere le otto del mattino. Lisa non era nota per essere mattiniera.

Emily aveva incasinato tutto la sera prima ma più che altro era stata umiliata. Da Levi o aveva fatto tutto da sola, non ne era sicura. Tutto quello che sapeva era che probabilmente si sentiva esattamente come sembrava in quel momento.

«Perché non hai dormito bene? Eri favolosa quando ti ho vestito ieri sera. Quel vestito era da morirci dietro, quindi ovviamente il problema non era il vestito.»

Emily nascose la testa sulle ginocchia. «Non tutti i problemi si possono risolvere con un bel vestito.» Diede un'occhiata di sottecchi a sua sorella.

Lisa si ritrasse fintamente inorridita. «Certo che si può.»

Emily gemette. «Per te, sì. Ma quando io indosso un vestito seducente, gli uomini sexy mi mandano a casa come se fossi una seccatura.»

«Cosa? Non ha senso.»

«Potrei aver bevuto un po' troppo champagne. E le scarpe che mi hai fatto indossare...»

«Erano fantastiche.»

«...mi facevano camminare come una storpia.»

Lisa sorseggiò il suo caffè. «Lavoreremo sul tuo equilibrio. Comunque, perché un uomo sexy avrebbe dovuto spedire a casa una ragazza ubriaca e barcollante? È contrario a ogni manuale dei playboy. Eri un bersaglio facile. Avrebbe dovuto starti incollato addosso.»

«Puah.»

Lisa aprì la bocca, tutta innocenza. «Sto solo dicendo che chiunque fosse quel tipo, avrebbe dovuto cercare di venire a casa *con te*.»

Questa conversazione non aiutava certo il mal di testa da privazione del sonno di Emily. «Beh, a quanto pare non è così che funzionano le cose per me.»

Lisa appoggiò il caffè e prese il telefono. «Basta. Mando un messaggio a Jared. È passato troppo tempo da quando avevi un ragazzo.»

«Non voglio il tuo!» Appena le uscirono di bocca le

parole, Emily si rese conto di quanto sembrassero ridicole. Anche se Lisa avesse saputo della cotta di Emily per Levi, non era probabile che presumesse che Emily sbavasse per Jared.

Lisa arricciò il naso. «Sei veramente stanca. Non sto parlando di Jared; quell'uomo è mio. Ho qualcun altro per te. È il motivo per cui sono venuta qua oggi.»

Emily si tirò la copertina sopra la testa e si sdraiò. «È troppo presto per spaventarmi con gli appuntamenti al buio.»

E poi capì una cosa. Respinse la copertina e fissò sua sorella per cinque secondi buoni. Era possibile che sua madre si fosse confusa sul vero padre di Emily e che lei e Lisa non fossero veramente imparentate? Perché avrebbe spiegato parecchie cose.

Si stava arrampicando sugli specchi. Ma in quel momento Emily era un tantino delirante e molto disperata. Lisa era tutto ciò che Emily non era: vivace, formosa e sessualmente sicura di sé. Avrebbe avuto senso, se non avevano legami di sangue. E rendeva meno inquietante il fatto che Emily spasimasse per Levi.

Ma no, non poteva essere giusto. Emily assomigliava al loro padre più di Lisa e Justine era stata sposata con il loro padre quando era stata concepita Lisa. Maledizione. «Perché sei sveglia e mi stai molestando? È sabato e non sono ancora le nove, per l'amor di Dio. Non sei mai sveglia a quest'ora, nemmeno durante la settimana. La boutique non apre fino alle dieci.»

Lisa si dimenò sulla poltrona. «Jared mi ha coinvolto nella sua routine di allenamento.»

Emily era snella, ma l'universo era stato avaro nel reparto tette. Lisa, al contrario, aveva un metabolismo ridi-colo *e* grandi tette. Non. Era. Giusto. «Per favore, dimmi che

Jared non pensa che tu abbia bisogno di allenarti. Potrei doverlo uccidere.»

Lisa sorrise. «Oh, grazie, sorella. L'allenamento non è per me. Jared vuole un compagno di allenamento. Non gli piace correre da solo e dice che fa troppo caldo per uscire il pomeriggio. Corre al mattino e io vado in bicicletta accanto a lui.» Alzò le spalle. «Non è male. Dopo mi prepara un'enorme colazione.»

Le prepara la colazione? «Jared è veramente meraviglioso.»

«Esattamente, quindi perché ti accontenti di uomini che ti mandano a casa?»

«Oh, non è qualcuno con cui sto uscendo.»

Sua sorella la guardò a occhi stretti. «Emily, con chi eri esattamente ieri notte?»

Emily si bloccò come la proverbiale lepre colta dai fari, tranne che invece di un'auto che veniva verso di lei era una Lisa grande come un camion.

«Em?»

Emily strinse le labbra distogliendo gli occhi. «Levi» sussurrò, ma sua sorella colse proprio quel momento per esibire il suo super-udito.

Lisa si lasciò cadere all'indietro nella comoda, anche se orribile, poltrona rossa abbinata all'altrettanto brutto divano, entrambi dismessi da Lisa. «Figlio di... Te l'avevo detto di non permettergli di comandarti a bacchetta.»

«Non è così! Ma, Gesù, Lis. È il mio capo. *Devo* dargli retta.» Anche se Emily non era convinta che fosse stato necessario obbedirgli *la sera prima*.

«A chi interessa?»

Emily si alzò troppo in fretta e le girò la testa. Era troppo, dopo sole tre ore di sonno. Non aveva bisogno che sua sorella le facesse notare quello che sapeva già. Che Levi la vedeva ancora come la sorellina di Lisa, a prescindere dal fatto che avesse parecchi anni di più, una laurea magistrale alle spalle e che la sera prima avesse indossato quel vestito sexy.

Andò in cucina e prese il succo d'arancia, bevendolo direttamente dal contenitore. «Sei venuta per un motivo particolare?»

Sua sorella la guardò oltre lo schienale della poltrona rossa con un'espressione disgustata sul volto. «Innanzitutto, quello che hai appena fatto è disgustoso. Ricordami di non bere mai niente preso dal tuo frigorifero. Secondo, te l'ho già detto. Sono venuta per invitarti a un'uscita a quattro e il mio tempismo non avrebbe potuto essere più perfetto. L'ho appena confermato a Jared. Troppo tempo passato intorno a Levi rovinerà la tua autostima.»

Emily strinse i denti. «Non c'è niente che non vada in Levi. È una persona fantastica.» Quando non la stava facendo incazzare.

«Certo, certo.»

«Verrò a questo appuntamento se la smetterai di parlar male del mio capo.»

«Martedì sera va bene per te? Jared ha detto che Zander non vede l'ora di conoscerti.»

* * *

Levi stava ascoltando i messaggi sullo scanner della polizia e si era appena versato una tazza di caffè quando sentì bussare alla porta.

Abbassò il volume dello scanner e andò ad aprire a piedi nudi, con la tazza in mano, e Grace che gli sbatteva sulle gambe mentre correva per arrivare alla porta prima di lui. Levi l'aprì, trovando Adam sulla soglia, con le mani infilate nelle tasche anteriori dei suoi pantaloni ben stirati. «Che cosa ci fai qui così presto di sabato mattina?» Adam poteva anche essere ben vestito, ma aveva i capelli scompigliati, tipico del weekend.

Grace leccò le scarpe di Adam, poi tornò al suo posto preferito per il sonnellino mattutino, nel punto dove un raggio di sole entrava dalla finestra della sala da pranzo.

«Gracie, tutto qui? Solo una leccata?» disse Adam.

I finesettimana erano l'unico momento in cui Levi poteva contare sul fatto che Adam lasciasse perdere la cravatta di Marinella. Suo fratello era sempre calmo e tranquillo, sempre elegantissimo. Eccetto nei fine settimana. E Adam tendeva a essere molto più calmo quando aveva accanto Hayden. La fidanzata di Adam aveva un bell'effetto su suo fratello, cosa che Levi non si sarebbe mai aspettato di vedere, perché Adam era un bastardo testardo.

Adam guardò la tazza che Levi aveva in mano. «Ne hai un'altra?»

«Certo, entra.» Levi andò nella cucina del suo chalet con una sola stanza da letto e Adam si sedette sul divano marrone scuro dove, negli anni, ciascuno dei suoi fratelli aveva dormito, o perso conoscenza.

Levi se n'era andato dalla casa del padre appena aveva potuto. Aveva voluto fornire ai suoi fratelli un rifugio sicuro, un posto dove potevano andare quando vivere sotto il tetto paterno diventava troppo difficile da sopportare. Prima che tutti loro lasciassero il nido, c'era sempre uno di loro che dormiva su quel divano.

Grace ci avvicinò e si sedette ai piedi di Adam, abbandonando il suo posto preferito al sole in cambio di coccole.

La mano di Adam si posò sulle morbide orecchie marroni e strofinò proprio il punto giusto. Grace chiuse lentamente gli occhi. «Brava la mia ragazza. Così dimostri il tuo amore per lo zio.»

Mentre Grace si godeva l'attenzione di Adam, Levi gli versò una tazza di caffè e si guardò attorno. Aveva prima affittato e poi comprato quel posto dal proprietario quando aveva cominciato a lavorare alla stazione dei vigili del fuoco e aveva potuto permetterselo. Certo, suo padre aveva instituito un fondo fiduciario per ciascuno di loro, ma Adam era stato l'unico a toccare quei soldi. Levi e il resto dei suoi fratelli non si erano mai avvicinati alla ricchezza dei Cade e a tutto quello che rappresentava. Per Levi, significava aver perso la sua famiglia, prima sua madre e poi suo padre.

Quindi, perché aggrapparsi al Club Tahoe quando era il motivo per l'assenza di suo padre?

Levi non aveva una risposta. Tutto ciò che sapeva era che quando gli avvocati avevano letto il testamento, che dichiarava che Levi doveva dirigere il Club Tahoe, non era riuscito a tirarsi indietro. Aveva visto il futuro dei suoi fratelli davanti ai suoi occhi. Le famiglie che avrebbero avuto un giorno... i loro figli, che avrebbero avuto bisogno di soldi per il college. Avevano ancora i fondi fiduciari che non erano stati toccati, ma quanto sarebbero durati? E che cosa sarebbe successo ai dipendenti del Club Tahoe se il resort fosse fallito?

Per fornire la sicurezza ai suoi fratelli e alle loro future famiglie, Levi avrebbe fatto di tutto. E tutto ciò che serviva era gestire il Club Tahoe per assicurare che quel posto e i suoi profitti continuassero a esistere.

Non era un'impresa da poco.

Lavorava al Club Tahoe da qualche mese oramai e guadagnava più di quanto avesse guadagnato in vita sua, ma nel suo chalet non era cambiato niente. Il grande divano marrone era la prima cosa che aveva comprato Levi. L'amico di Adam, Jaeg, aveva costruito il tavolo da pranzo e i tavolini e glieli aveva venduti al costo di produzione quando stava appena lanciando la sua impresa di mobili in legno di design, ed erano ancora le cose più belle che Levi possedesse. La parte migliore del suo chalet, comunque, non era l'interno. Chiunque avesse gli occhi poteva vedere che Levi non era portato per l'arredamento. No, la cosa migliore era la sua posizione.

Levi era il proprietario della casa e del terreno intorno a un miglio a nord del Club Tahoe. Il terreno era circondato da alberi e cespugli nativi e aveva una strada d'accesso privata, da cui si vedevano scorci del lago. Quei panorami, quegli alberi erano le cose che rendevano quel posto una vera casa, nonché il suo rifugio preferito per rilassarsi. Quando non lavorava fino a tardi per poi tuffarsi nel lago, camminava per la sua proprietà e guardava le stelle seduto davanti al focolare che aveva costruito un po' più avanti sulla strada.

«Allora,» disse Adam, accavallando una gamba, «che cosa sta succedendo tra te e la bella sorellina di Lisa?»

Levi appoggiò con attenzione la caraffa sulla macchina del caffè e portò la tazza a suo fratello, prendendosi un po' di tempo prima di rispondere. Si sedette sulla poltrona reclinabile davanti al divano e Grace si avvicinò e infilò la testa tra le zampe abbassando il sedere. «Emily è una mia impiegata. È quello che voleva papà. A parte quello, non c'è niente.»

Adam ridacchiò. «Non ci credo. Confessa, amico. Qui c'è in ballo qualcosa.»

Levi si chinò in avanti, appoggiando i gomiti sulle ginocchia. Era qualche centimetro più alto di Adam e pesava una decina di chili in più, grazie agli allenamenti regolari in palestra che non aveva interrotto quando aveva lasciato la stazione dei vigili del fuoco. «Non mi credi?»

«Non cercare di intimidirmi con i tuoi muscoli da Hulk. Sappiamo entrambi che ho ragione e prima lo ammetterai, prima potremo discutere come sia strano che tu abbia un debole per la sorellina della tua ex.»

Levi appoggiò la tazza sul tavolino ed era sul punto di mettere, fisicamente, alla porta suo fratello quando Adam alzò una mano e sospirò. «Adagio, fratellone. Da quando non siamo sinceri tra di noi?»

«Mai. Ed è il motivo per cui ti posso assicurare che non c'è niente tra me ed Emily.»

«Ma vorresti che ci fosse qualcosa?»

Sulla guancia di Levi si contrasse un muscolo. «No, abbiamo finito qui?»

Adam picchiettò il bracciolo del divano. «È carina. Non esattamente il tuo tipo. A te piacciono...» Mimò dei seni grandi con le mani.

«Mi dai sui nervi, Adam. Non mi resta molta pazienza dopo aver lavorato al club per tutta la settimana.»

«Va bene, okay. E, per tua informazione, è stata Hayden a mandarmi qui. È lei che insisteva che c'era qualcosa in ballo. Tendevo a essere d'accordo, pensandoci. *C'era* qualcosa nel modo in cui le hai messo il braccio intorno alla vita.»

Levi allungò il collo, facendolo schioccare. Grace alzò gli occhi a quel suono. «Emily stava barcollando. Aveva bevuto troppo.»

«A me sembrava abbastanza lucida.»

Levi gli rivolse un'occhiata minacciosa.

«In ogni caso, adesso che ci ho pensato un po', non sarebbe una cattiva idea. Un po' strano uscire con la sorellina della tua ex, ma non esci con nessuno da...», fece schioccare le dita, «... come si chiamava? Quella che avevi incontrato in quel club qualche mese dopo Lisa. Non era partita per fare un viaggio per poi sposarsi?»

«Era partita per un viaggio attraverso il paese con la sua migliore amica e poi c'è stato un matrimonio riparatore con un tizio che lavorava negli impianti di fracking e che veniva dal North Dakota.»

Adam scoppiò a ridere.

Stronzo.

«Sì, è stata una bella sfortuna. Ma hai sempre scelto delle ragazze che avevano bisogno di farsi salvare. Lisa era terribilmente appiccicosa, se ricordo bene. Comunque, da allora hai passato una notte con parecchie altre donne. Perché non fare un tentativo con Emily?»

«*Una notte.* Niente di serio.» Levi non riusciva a immaginare di fare solo sesso con Emily. «E non ho intenzione di tentare perché, come hai detto, ho imparato la mia fottuta lezione.»

«Che lezione? Che non tutte le relazioni funzionano? È la vita. Succede a tutti noi.»

«Non puoi dirmi che quello che è successo con Lisa era normale.»

Quella testa di cazzo si mise nuovamente a ridere. «No, ma non significa che le cose con Emily finirebbero allo stesso modo. È una donna gentile.»

Levi si accigliò. «Lo erano anche le altre. Inoltre, l'ultima cosa di cui ho bisogno è una causa per molestie sessuali contro il resort. Devo dare il buon esempio. Non ho intenzione di uscire con Emily. Anche se le molestie sessuali non fossero un problema, l'hai detto anche tu, non so come sceglierle. Non funzionerebbe.»

«Ed è esattamente perché potrebbe funzionare. Emily non è il tuo normale tipo. Non è appiccicosa come le altre.

Non la conosco personalmente, ma Esther dice che è intelligente e ha molto talento.»

Levi scosse la testa. «Smettila di cercare di vendermela. Emily è una grande donna, ma non voglio una relazione. E assolutamente non con un'altra delle sorelle Wright. Mi devo concentrare sulla società. È l'unica donna con cui posso avere a che fare adesso.»

Adam sbuffò. «Non dirò ad Hayden che l'hai detto. È parecchio fissata sul fatto che tu ti metta con Emily.» Si alzò. «Siamo ancora d'accordo per il golf venerdì?»

«Forse. C'è una società che verrà in città la settimana prossima, per ispezionare il posto. Abbiamo qualche difficoltà finanziaria e un cliente importante ci servirebbe. Devo prepararmi.»

Adam annuì. «Stai prendendo confidenza con il posto, eh? Comincia a piacerti?»

«No. C'è qualcos'altro su cui vuoi torchiarmi?»

Adam bevve un lungo sorso di caffè e appoggiò la tazza sul tavolo. «No. Dirò ad Hayden che aveva ragione.» Ammiccò e Levi contemplò la possibilità di buttar fuori comunque il fratello dalla porta. «Ci vediamo venerdì.»

«Non ho detto se sarei venuto.»

Adam si fermò sulla soglia. «Verrai. Hai bisogno di una pausa» disse voltando la testa, poi se ne andò.

L'attrazione di Levi per Emily era così evidente? In quel caso doveva reprimerla. Non poteva permettersi una relazione. In special modo non una relazione che coinvolgesse la sua superlativa assistente, che era anche la sorellina della sua ex. Pessima combinazione per chiunque.

Capitolo Dieci

Gli uomini della Shin Electronics, più qualche impiegata donna, erano arrivati sani e salvi il giorno prima, nella tarda mattinata. Emily si era assicurata che le limousine fossero in orario al piccolo aeroporto di South Lake Tahoe e, una volta arrivati al club, aveva incoraggiato gli ospiti ad approfittare dei servizi del centro benessere che aveva predisposto per loro. Quando era arrivato il momento dell'incontro e delle presentazioni, i rappresentanti della Shin erano rilassati e si stavano divertendo. Tutta la giornata era andata estremamente bene.

Quella mattina, però, era tutta un'altra cosa.

Emily corse lungo il corridoio verso l'ufficio di Levi. Indossava una delle sue gonne diritte di colore scuro ma l'aveva abbinata a uno dei top che sua sorella le aveva portato qualche giorno prima. E diavolo, no, non indossava nessuna di quelle trappole mortali di scarpe che sua sorella aveva tentato di infliggerle, sostenendo che erano all'ultima moda. Emily si era attenuta ai suoi tacchi robusti da otto centimetri con un piccolo plateau. Niente punta sottile. In altre parole, riusciva a camminare normalmente. Cosa che stava facendo. Rapidamente. Pompando le sue gambe lunghe lungo il corridoio in un quasi-sprint.

Esther se n'era ufficialmente andata ed Emily avrebbe dovuto spostare le sue cose alla scrivania della vecchia assistente fuori dall'ufficio di Levi. Ma c'era qualcosa nel fatto di prendersi quello spazio che non le andava giù. Inoltre, a Emily piaceva avere il proprio ufficio, per piccolo che fosse. Così correva avanti e indietro tra il suo ufficio in fondo al corridoio e quello di Levi tutte le volte in cui aveva bisogno di parlare con lui. Come in quel momento, visto che la serata minacciava di diventare un disastro.

«Levi.» Emily si precipitò nell'ufficio senza bussare. Avrebbe dovuto farlo, ma avrebbe perso un mezzo secondo che non voleva sprecare.

Levi era in piedi in mezzo alla stanza e fissava una cravatta, che lasciò immediatamente cadere, con il volto che passava da una lieve irritazione all'allarme. «Che cosa c'è che non va?»

«Lo chef della steakhouse è malato, il rimpiazzo se n'è appena andato e Bran sta dando fuori di matto. Aspetta... perché non sei pronto? Devi incontrare gli ospiti tra cinque minuti!»

«Ci sarò. Devo solo fare una corsa a Peak Attire.»

Peak Attire era il lussuoso, ridicolmente costoso negozio di vestiti all'interno del Club Tahoe.

Emily lo controllò. Levi era perfetto in un completo, come un muscoloso modello sulla passerella. L'unica cosa non a posto era la cravatta, che aveva ripreso in mano. «Non hai tempo. Saresti in ritardo e ogni impressione conta.»

Levi sollevò il tessuto di seta a righe, che probabilmente costava sui duecento dollari. Sul volto un'espressione dispiaciuta. «Non ho mai imparato ad annodare una di queste.»

Emily si avvicinò, gli prese la cravatta e gliel'avvolse

intorno al collo. Le sue mani si mossero velocemente mentre l'annodava e intanto parlava. «Che cosa facciamo per la steakhouse? Era mai successo? E proprio stasera!»

Levi guardava le mani di Emily muoversi velocemente ed efficientemente. «Chi ti ha insegnato a farlo?»

Lei sbatté le palpebre e guardò la cravatta, diritta e annodata. «Il mio ex era un agente di borsa. Gli piacevano anche i gemelli e i papillon.»

Levi lisciò con una mano il tessuto setoso. «Grazie» disse sorridendo.

Ed Emily dimenticò il motivo per cui era andati lì.

Buon Dio, era bello. Tutte le donne presenti avrebbero sbavato vedendolo quella sera. Se Emily avesse sollevato la testa dal suo posto di lavoro più spesso, avrebbe saputo esattamente quante donne avevano una cotta per il loro nuovo, giovane capo. Comunque, non era necessario guardare, poteva indovinare. Tutte. E probabilmente anche qualcuno degli uomini.

«Emily? Tutto bene?»

Emily scosse la testa. Era lì perché... *il ristorante*. «Scusa, sono, uhm... preoccupata. Che cosa facciamo?» *Geniale.*

Levi andò alla porta prendendo il telefono ed Emily lo seguì.

Era corsa lì, fuori di testa per la preoccupazione sulla situazione del cibo, ma mentre lo guardava camminare davanti a sé nel suo abito formale per la cena di quella sera, tutto sembrava insignificante, perché *oh mio Dio*.

Levi era grande e grosso, un metro e novanta, novantacinque? Emily era alta per essere una donna, un metro e settanta, aveva otto centimetri di tacco, quindi un metro e settantotto. Eppure, Levi la sovrastava mentre gli annodava la cravatta, facendola sentire piccola. C'era qualcosa in un uomo fisicamente potente che era intrinsecamente eccitante. Non riusciva a smettere di fissarlo e la vista da dietro era quasi altrettanto interessante quanto quella dal davanti.

«Macon, dove diavolo sei?» sbraitò Levi al telefono.

Macon era lo chef e il dipendente con cui Emily aveva chiacchierato alla festa di addio di Esther. Era anche il tipo che curava maniacalmente i peli del viso. Carino, ma non il suo tipo.

«Sei malato, eh? Che cos'hai fatto?» Ci fu una lunga pausa mentre Levi ascoltava e continuava a camminare lungo il corridoio, lasciando gli uffici della direzione, attraversava l'atrio verso la Fireside Lounge, dove avrebbero incontrato la Shin Electronics e i loro soci per un drink prima della cena. Entrò nel bar e fermò con un gesto una cameriera che si era diretta verso di lui. «Dov'eri ieri sera?»

Sul volto di Levi apparve un'espressione irritata. «Macon, manda un certificato medico alla mia assistente e trova un rimpiazzo adeguato per questa sera o sei licenziato.»

Levi rimise il telefono in tasca.

Emily ansimò, sorpresa. «Siamo fottuti. Fottuti. Non puoi licenziarlo. Abbiamo uno staff ben addestrato, ma ci serve comunque uno chef...»

Levi salutò con un cenno il capo della Shin Electronics che era dall'altra parte della stanza. «Macon arriverà entro un quarto d'ora.»

Emily gli afferrò il braccio prima che quell'uomo irritante potesse allontanarsi. «Come fai a saperlo?»

Levi la fissò abbassando gli occhi. «È un dopo-sbronza. Non l'ha detto, ma è uscito ieri sera. Quell'uomo lavora qui da sette anni. Si dà sempre malato dopo aver folleggiato la sera prima. Normalmente abbiamo uno chef di backup, ma stasera tocca a lui.»

Emily tolse la mano, rendendosi conto in ritardo che lo stava bloccando. Non con forza, Levi avrebbe tranquillamente potuto liberarsi. Ma non lo aveva fatto. Aveva aspettato.

Emily sbuffò. Quindi probabilmente aveva reagito in modo esagerato, ma che cosa si aspettava Levi? Era nuova, non conosceva le abitudini di Macon. Meno male che le conosceva Levi.

Levi andò verso gli ospiti, stringendo mani e salutando tutti, ed Emily si rese conto di una cosa.

Levi era un leader naturale. Anche se non lo sapeva.

* * *

Emily si trascinò verso l'uscita dei dipendenti quasi a mezzanotte. Era esausta.

Mentre Levi conversava con gli ospiti, lei si era assicurata che tutto fosse pronto per la visita al centro benessere della mattina seguente. Era un'aggiunta dell'ultimo minuto, ma il capo della società aveva insistito, dopo aver apprezzato il massaggio il primo giorno, e chi era lei per discutere? L'uomo aveva chiesto un massaggio al mattino e una sauna per lui e il suo staff dopo la loro riunione del pomeriggio.

«Emily» disse una voce profonda.

Lei si voltò nel parcheggio e vide Levi che andava verso di lei, con la cravatta allentata, le gambe dei pantaloni stropicciate sulle cosce dopo una lunga serata seduto a mangiare e chiacchierare. «Com'è andata?»

«Ho sentito che Macon si è fatto vivo.»

Levi fece un verso. «Che stronzo. Ma è un figlio di puttana con un gran talento naturale. Non posso liberarmi di lui.» La guardò. «È tardi e sei ancora qui.»

«Un altro cambio all'ultimo minuto. Gli ospiti vogliono passare la mattina al centro benessere.»

Levi scosse la testa. «Mi chiamo fuori.»

«Oh no. Se io sono costretta ad andarci, ci sarai anche tu. L'interprete che hanno portato accompagnerà un altro impiegato a una riunione a Los Angeles e non sarà disponibile.»

«Allora procurati un altro interprete.»

«Perché? Ci sono io e ho un costume da bagno.» Emily prese le chiavi e cliccò per aprire la portiera. «Anche se dubito che sarà necessario un costume da bagno. Negli altri paesi fanno la sauna nudi.» Sorrise, avendo chiaramente perso la testa. Lavorare lunghe ore l'aveva portata a prendere in giro il suo capo a mezzanotte.

Levi le impedì di salire in auto mettendole una mano sulla spalla. «Diavolo no! Niente nudità con un branco di uomini d'affari arrapati.»

Emily fece una risata. «Stavo solo scherzando. Probabilmente indosseranno costumi da bagno. Forse. E se così non fosse, dubito che la nudità sia così un gran problema per loro. Gli americani sono gli unici che vi danno tanto peso.»

Levi si voltò e cominciò a camminare nella direzione opposta, verso la sua auto, presumibilmente. «Ci sarò. E indossa un fottuto costume da bagno» le gridò.

Capitolo Undici

Emily aveva una tonnellata di chiamate da fare quel giorno, ma mettersi un costume da bagno e andare a fare una sauna mentre traduceva? Non un brutto modo per passare la mattinata. Uno di quei giorni aveva intenzione di approfittare in pieno dell'esperienza del centro benessere a cinque stelle del Club Tahoe.

Quando, indossato il costume, entrò nella sauna circolare di pietra che poteva ospitare due dozzine di ospiti, gli uomini e alcune donne stavano già oziando dietro nuvole di vapore.

«*An-nyeong-ha-seyo*» disse, sorridendo al gruppo, che rispose con saluti sottovoce.

All'inizio la gente era silenziosa, come se si stesse prendendo un momento per rilassarsi, ma una volta entrato il cliente principale, un qualche stramiliardario della Silicon Valley, le chiacchiere cominciarono. La maggior parte dei dipendenti della Shin Electronics se la cavava bene con l'inglese. Ogni tanto guardavano Emily per farsi aiutare, ma riuscì anche a rilassarsi mentre gli altri parlavano di affari.

A metà circa della riunione, Levi mantenne la promessa

ed entrò nella stanza. Con un asciugamano intorno alla vita e a petto nudo.

Buon Dio.

La mente di Emily si svuotò. Si agitò finché si rese conto che il direttore di una delle società americane voleva che traducesse *ammortamento cumulato* in coreano.

Emily tradusse in fretta e tornò a guardare Levi. C'erano i petti nudi maschili e poi c'era il petto nudo di Levi. Era ovvio che si allenasse. Parecchio. Ma aveva semplicemente proporzioni perfette. E aveva quei muscoli a V ai fianchi che sparivano sotto l'asciugamano, scatenando il caos nella sua immaginazione.

Era pura tortura. Doveva uscire da lì prima di fare qualcosa di imbarazzante, tipo togliergli l'asciugamano. O accarezzargli il torace. Che cosa diavolo aveva in mente quando lo aveva invitato a venire?

Emily alzò gli occhi dal torace di Levi e lo colse che la fissava.

Restò immobile.

Lo sguardo di Levi scese sulle sue spalle, il seno e poi verso la vita, dove aveva un asciugamano bianco drappeggiato in grembo. Nonostante il tentativo di prenderlo in giro, non aveva veramente avuto in programma di entrare nuda. Indossava un semplice costume intero nero. Ma sentì quello sguardo come se fosse sulla pelle. Levi sorrise, non a lungo, ma abbastanza.

Emily rabbrividì. E tentò di ascoltare gli uomini d'affari quando, in effetti, tutta la sua attenzione era concentrata sull'uomo davanti a lei che sembrava meno un gran capo in quel momento e più il rude ex pompiere che poteva gettarsi sulle spalle ampie le damigelle in pericolo.

Emily riprese fiato solo quando Levi si scusò e se ne andò qualche minuto dopo.

Lei restò nella sauna finché gli uomini d'affari uscirono per preparare le loro riunioni del pomeriggio. Poi fece una doccia e si cambiò. Ma il suo polso non aveva ancora rallentato da quel momento passato con Levi.

Emily aveva vergognosamente spasimato per Levi da quando aveva cominciato a lavorare al Club Tahoe, ma per la prima volta, aveva visto la *sua* attrazione per lei.

Era entrato per assicurarsi che tutto andasse bene per lei? Lo aveva preso in giro la sera prima riguardo all'incontro nella sauna e la faccenda della nudità, ma francamente non si aspettava che facesse un'apparizione. Non era necessario. Quindi, se non aveva avuto bisogno di essere lì, perché era venuto?

Era un pensiero pericoloso.

Distratta con gli scenari "e se" mentre tornava verso gli uffici della direzione, Emily non notò Hunter che veniva dalla piscina finché non fu quasi davanti a lei.

«Aspetta, Emily.» Hunter gestiva la spiaggia e il molo delle barche, portava fuori gli ospiti sul lago per crociere piene di alcol e altri tour e in quel momento indossava jeans e una maglietta del Club Tahoe.

«È tutto a posto per la crociera all'Emerald Bay di domani?»

Hunter rise e scosse la testa. «Pensi mai a qualcosa che non sia il lavoro?» Le rivolse un sorriso seducente. Un sorriso che probabilmente aveva fatto cadere parecchie mutandine.

«A volte.» Se solo Hunter avesse conosciuto i suoi pensieri libidinosi sul fratello maggiore. «Ma non spesso. Ho troppo da fare.»

«Sembri una versione più vivace di Levi.»

Emily mandò indietro il suo senso di colpa libidinoso riguardo all'uomo in questione. «Lo prendo come un complimento. Avevi bisogno di qualcosa? Hai ricevuto la lista che ti ho mandato per e-mail delle persone che si sono iscritte?»

«Sì. La barca è pronta.» Il suo atteggiamento spavaldo sparì e Hunter si agitò a disagio. «Volevo parlarti di qualcos'altro... pensi che potresti suggerire una cosa a Levi? Senza dirgli che viene da me?»

Emily capiva da dove veniva la tensione tra Levi e suo fratello. Ma non significava che volesse essere messa in mezzo. «Non mentirò per te.»

«Non una bugia...», Hunter si guardò intorno come se stesse riflettendo, «... solo non dirgli che l'idea viene da me.» Emily non rispose subito e Hunter si grattò una guancia, sempre più a disagio. «Non è niente di brutto. Mi piacerebbe fare qualcosa di più per i bambini e gli adolescenti che visitano il club. La maggior parte delle nostre attività è mirata sugli adulti: il gioco d'azzardo, il centro benessere, il golf. Abbiamo una piscina e le tavole a remi, ma vedo gli stessi ragazzi ogni giorno sulla spiaggia e mi piacerebbe dar vita a un programma per loro. Abbiamo l'acqua del lago più chiara proprio dietro al nostro albergo. Potremmo offrire lezioni di snorkeling, o il nostro istruttore potrebbe dare lezioni di yoga adatte ai bambini. Wes potrebbe insegnare loro a giocare a golf... non lo so.» Si strofinò il collo. «È solo un'idea.»

Emily cercò di riprendere un'espressione tranquilla. «È... una buona idea, Hunter. Veramente un'ottima idea.»

«Hunt, chiamami Hunt. Solo mio padre mi chiamava Hunter.»

«Perché? Non vuoi riferire tu la tua idea a Levi?»

L'espressione di Hunter divenne cupa. «Niente di ciò che dico io va bene per Levi. Fidati. E questa è una cosa cui tengo. Ricordo quando passavamo qui le estati mentre gli adulti erano all'interno a fare le loro cose. Voglio offrire qualcosa di più ai ragazzi.»

Emily gli rivolse un sorrisino. «Le menzionerò» gli disse. «Ha senso offrire più attività per i ragazzi, secondo un certo schema. E hai ragione. Il numero di ospiti sotto i diciotto anni è aumentato. Attività svolte in sicurezza possono solo essere un vantaggio per l'albergo e gli ospiti. Grazie per il suggerimento.»

Hunter annuì e se ne andò in fretta, prima che lei potesse aggiungere altro.

Emily restò a guardarlo mentre andava verso la spiaggia. Non era come l'aveva immaginato quando aveva sentito parlare della sua reputazione. C'era il lato seducente, da playboy in lui, ma c'era anche qualcosa di più...

«Stai ammirando il sedere di Hunt?»

La voce veniva da dietro ed era quella che Emily riconosceva immediatamente. Solo che il tono era diverso. Levi non le parlava mai con quel tono rude.

Si voltò e sorrise, ignorando quello che sembrava uno sguardo di disapprovazione. Se avesse parlato del suggerimento di Hunt in quel momento, Levi avrebbe potuto capire che veniva dal fratello, visto che aveva parlato con lui solo un momento prima. E il suggerimento di Hunt riguardo ai ragazzi era qualcosa che Emily voleva esaminare. Quindi tenne la bocca chiusa per il momento, perché Hunt aveva ragione. Probabilmente Levi l'avrebbe respinta se avesse saputo che l'idea veniva dal fratello. «Ci siamo incrociati e lo stavo solo salutandolo. Bella giornata, vero?»

Sembrava che Levi non le credesse. «Non hai qualcosa da fare?»

Emily aggrottò la fronte. «Ho sempre qualcosa da fare. Questo non significa che non possa prendermi un attimo per ammirare il cielo sopra il lago Tahoe.»

Levi chiuse gli occhi e respirò piano. «Ti chiedo scusa. Non sono più io questa settimana. Prego,» indicò il panorama, «goditelo. Parleremo più tardi.» E se ne andò.

Colpo di frusta, ecco che cos'era lavorare al Club Tahoe. Un momento Levi la trattava come se fosse una ragazzina che aveva bevuto troppo, il momento dopo la stava adocchiando nel suo brutto costume da bagno a un pezzo. E forse era tutto lì. Gli uomini *guardavano* continuamente. Non significava niente.

Levi era un uomo ricco, rude, che era uscito con donne che sembravano modelle da paginone centrale. Lei non era il suo tipo.

Emily si precipitò nel suo ufficio, affondando pesantemente nella sedia. Fece le telefonate che aveva rimandato quella mattina. Il suo lavoro, ecco su che cosa si doveva concentrare. Levi era stata una fantasia da adolescente. Adesso lui era un uomo, con difetti e spigoli... e muri. Muri che il tenero cuore di Emily non poteva abbattere. Non era abbastanza sexy da fonderli e questo la lasciava a sbattere contro quei duri spigoli giorno dopo giorno.

Doveva farci il callo, perché non aveva intenzione di infrangere la promessa fatta al padre di Levi e mollare.

Capitolo Dodici

«No, no, no.» Non c'era la minima possibilità che Emily lo facesse. «Starai scherzando.»

Levi si appoggiò contro lo stipite della porta del suo ufficio. «Abbiamo bisogno di te lì. Qual è il problema?»

Emily girò intorno alla scrivania e appoggiò un fianco contro lo spigolo, incrociando le braccia sul petto.

Levi abbassò gli occhi sul contorno della sua vita per poi alzarli lentamente.

Emily sbatté le palpebre e distolse gli occhi. Doveva smetterla di pensare che lui la stesse *veramente* guardando. «Il problema», disse enfaticamente, «è che faccio schifo a golf. Farei una figuraccia. Vi metterei in imbarazzo. Credimi, non mi vuoi accanto a un mucchio di palle.»

Levi restò impassibile per un attimo e poi la sua bocca si aprì in un lento sorriso.

Emily si portò la mano alla fronte. «Dimentica che l'ho detto.» Alzò gli occhi. «Sai che cosa intendevo.»

«Sì. Ma non c'è bisogno che tu sia brava a golf. Se colpisci un albero, metti a terra un'altra pallina e continui.»

«Vuoi dire dopo averne perse parecchie centinaia nei boschi?»

Levi fece spallucce.

«Vuoi umiliarmi, vero?»

Lui si voltò senza rispondere ma c'era un sorriso sul suo volto e, quando si allontanò, l'andatura era spavalda.

«Merda» borbottò Emily.

«Non dimenticare di prendere un completo da golf in negozio» le disse a voce alta, dal fondo del corridoio. «Offre la casa.»

* * *

Emily aveva avuto una relazione con un agente di borsa che indossava i papillon e che amava giocare a golf, quindi sapeva giocare a golf, almeno in teoria.

Infilò la nuova polo bianca aderente presa nel negozio dell'albergo nei nuovi short da polo blu scuro. Il tessuto era liscio sulla pancia e gli shorts erano perfetti sulle sue gambe. Poteva non avere delle tette enormi, aveva la pancia piatta e il sedere non era male. Ma per essere una persona con una figura atletica, aveva un diavolo di blocco mentale quando si trattava del golf. O così le aveva detto il suo ex-ragazzo. Di solito con un'espressione infastidita. E sbuffando.

Dio, che stronzo era stato.

Basta uscire con gli stronzi. Il prossimo non le avrebbe mai detto che cosa fare e non l'avrebbe mai nemmeno guardata dall'alto in basso. Lei aveva delle ottime qualità, accidenti.

E voilà, aveva l'argomentazione perfetta sul perché uscire con Levi era impossibile, anche se non avesse avuto una relazione con sua sorella. E non fosse stato il suo capo.

Levi diceva quotidianamente a Emily che cosa fare.

Gliel'aveva detto anche quell'unica sera in cui tecnicamente lei non era in servizio, mettendola alla porta e facendole chiamare un taxi.

Emily fece un respiro profondo, tenne la testa alta e passò dalla porta dei dipendenti per andare verso il primo tee accanto al negozio per golfisti. Levi aveva detto che avevano bisogno di lei sul campo da golf perché l'intero gruppo della Shin Electronics aveva deciso di giocare quella mattina. Wes aveva mantenuto la promessa di chiudere il campo da golf per un paio d'ore per permettere alla società di giocare in esclusiva e Levi voleva che lei e le sue abilità di interprete fossero presenti.

«Posso farcela» disse vedendo Levi, i suoi fratelli e i loro ospiti. Ma cominciarono a tremarle le mani.

Levi si voltò e la esaminò, attardandosi sulle gambe.

Era un uomo, ovvio che guardasse le gambe delle donne. Niente di insolito. Non voleva dire niente. Anche Hunt aveva guardato. Normale roba da uomini.

Si fermò accanto a Levi. «Non ho le mazze.»

Levi alzò il mento e Wes scomparve dentro il negozio. Tornò qualche secondo dopo con una serie completa di mazze da golf che consegnò a un caddy lì vicino, togliendo prima un putter e un driver. «Prova queste. Sei alta come donna, ma queste dovrebbero andar bene.»

Perfetto. Si aspettavano che provasse a tirare davanti a un pubblico?

Emily appoggiò il putter sul terreno e piegò le gambe. «Questa va bene.»

«E il driver?» chiese Levi.

Emily lo guardò storto e gli occhi di Levi scintillarono, come se si stesse divertendo.

Emily consegnò il putter al caddy e piegò nuovamente le ginocchia, mettendosi in posizione con il driver. Non era esattamente male come posizione, semplicemente non riusciva a colpire diritta la palla nemmeno se ne andava della sua vita.

Fece oscillare la mazza e si raddrizzò. «Tutto bene.»

«Eccellente» disse Wes e si guardò attorno. «Ci siamo tutti?»

Levi esaminò il grosso gruppo e annuì. «Sarà meglio che cominciamo se vogliamo approfittare del campo mentre è vuoto.»

Wes decise i gruppi, piazzando Emily con Levi nel primo gruppo, insieme al capo e un altro impiegato della Shin Electronics.

Emily si avvicinò al capo e sorrise. «*Tee-shot har Joonbee Dae-syeoss-seub-nee-ka?*»

L'uomo annuì e si diresse verso il primo tee. Fece un paio di colpi di prova.

Levi si avvicinò a lei da dietro e si chinò, con la bocca accanto al suo orecchio. «Come hai fatto a imparare a parlare così bene il coreano?»

«Un anno in Corea, ricordi?» Lui la fissò e lei spostò la testa. «E ho preso lezioni di coreano all'università. Pensavo che mi sarebbe stato utile nel settore alberghiero.»

«Programmi sempre le cose in modo così approfondito?»

«Sì.»

Levi osservò tirare l'altro dipendente della Shin. «Interessante.»

«Interessante? Avrei pensato che le mie capacità di programmare ti fossero d'aiuto.»

«Forse non voglio che sia programmato proprio tutto.»

Emily gli fissò un lato del viso. «Non è quello che ricordo. A un certo punto avevi programmato tutto il tuo futuro con mia sorella.»

Lui le rivolse una strana occhiata. «E guarda com'è finito bene.»

Stava cercando di dirle che aveva fatto un errore?

Mentre Emily cercava di decifrare la sua risposta sibillina, Levi si mosse verso il tee e fece qualche colpo di prova. La sua postura era eccellente. Molto atletico. Come tutti i fratelli Cade.

Allineò il driver dietro la pallina poi tirò indietro la mazza finché fu orizzontale sopra la sua spalla destra. Poi l'abbassò, colpendo la palla con un forte schiocco. La palla volò, lontano, lontano, così lontano che Emily non riuscì più a vederla. Ma Levi sì e anche tutti gli uomini d'affari. Che sembrarono impressionati.

E poi fu il turno di Emily.

Perfetto. Doveva tirare proprio subito dopo il tizio che aveva colpito diritto e con tanta forza che la pallina era finita a Timbuctù.

Era ora di fare sul serio e non fare una figuraccia. Emily raccolse i capelli in una coda bassa con un elastico che si era messa in tasca.

Prese il driver che le tendeva il suo caddy e andò al tee per le donne. Dopo qualche colpo di prova, si avvicinò alla pallina. E fu allora che tutto andò male.

Oh, aveva colpito come tutti gli altri. Aveva la postura giusta, la mazza nel modo giusto tra le mani, ma all'ultimo momento tirò indietro troppo il braccio sinistro, o forse angolò troppo la testa della mazza? In ogni caso, colpì la pallina proprio con la parte della testa più lontana dall'asta, e quella svoltò seccamente a destra e rimbalzò su un pino. Gli altri giocatori si abbassarono istintivamente. Sarebbe stato già sufficientemente imbarazzante, ma la pallina non aveva ancora finito. Volò dalla parte opposta del fairway, parallela a loro e finì nell'erba alta del rough.

Sospirò e consegnò la mazza al caddy senza guardare, in modo da non fare altri danni. Nessuno disse nulla, ma comunque lei non osò guardarli.

Emily, Levi e i loro due ospiti si spostarono in avanti mentre il gruppo seguente si allineava dietro di loro.

Lei prese una nuova pallina, non valeva la pena di frugare nell'erba alta per cercare l'altra, e la lasciò cadere sul fairway più o meno dove la sua pallina originale aveva iniziato il suo viaggio nella terra di nessuno. Levi la superò, mooolto più avanti nel fairway, dove era atterrata la sua pallina, un centinaio di metri più avanti di quella di chiunque altro. E così andò, più o meno, la prima metà del giro.

Arrivati alla nona buca, Emily decise che doveva dire qualcosa a Levi. Non perché fosse un cattivo giocatore, ma proprio per la sua prestazione.

Prese un'altra pallina di ricambio e la infilò nella tasca degli shorts. Quella con cui aveva cominciato era spacciata. Affiancando Levi disse in tono tranquillo: «Sarà meglio che ci vada piano con i tuoi colpi potenti, amico».

Lui alzò gli occhi, guardandola sicuro di sé. «Colpi potenti, eh?»

«Perfino Wes non ce la sta mettendo tutta.»

Levi ridacchiò. «Wes è un diavolo di giocatore. Non è possibile che stia rendendo al massimo. Probabilmente ha detto al gruppo che ha una giornata storta. Comunque, anche quando non è in giornata, è più forte degli altri giocatori. Deve dimostrare di avere qualcosa da offrire con le lezioni private.»

«Giusto, esattamente.» Lo guardò con intenzione. «Quindi datti una calmata per favore. Se Wes può accantonare il suo ego, puoi farlo anche tu. Tu potrai anche non capire quello che dicono i nostri ospiti, ma li stai rendendo nervosi, o irritati. A volte è difficile da tradurre. In ogni caso, dubito che qualunque sia l'emozione sia nel miglior interesse del Club Tahoe.»

Levi la guardò sorpreso. «Capisco.»

Toccava a Levi, ma invece di trattenersi, colpì forte e la sua pallina finì quasi sul green.

Superò Emily, che gli diede una gomitata. «Questo lo chiami trattenerti?»

Okay, stava diventando aggressiva. Basta essere arrendevole, basta sbattere con il suo cuoricino tenero contro quel grande masso sexy. Se voleva fare il suo lavoro, doveva mostrare di avere una spina dorsale.

Levi la guardò alzando un sopracciglio. «Mi sono trattenuto.»

«No, non è vero.»

«Il mio gioco sulle brevi distanze non è granché. Che cosa ci posso fare se vado bene sulle lunghe distanze?» Le rivolse un sorrisetto sghembo.

Emily restò a bocca aperta. Lunghe distanze? Era una specie di allusione?

Gli avrebbe fatto vedere lei *le lunghe distanze*.

Quando fu il turno di Levi di tirare nuovamente, Emily aspettò finché la mazza fu a metà corsa e, abbassando la voce in modo che la sentisse solo lui, disse: «Ho un paio di palle in mano».

Levi abbassò il braccio a metà del colpo e sbagliò mira. Okay, non quanto Emily *ogni maledetta volta*, ma abbastanza perché il suo colpo finisse corto e appena fuori dal fairway, nell'erba alta.

Urrah!

Levi si voltò a guardarla e lei sorrise. «Nel caso in cui debba usarne una.»

Sorrise e lo superò per andare al suo tee. Se doveva

togliergli la concentrazione per farlo smettere di mettersi in mostra con i suoi colpi lunghi, okay, l'avrebbe fatto.

Arrivarono finalmente al green e Levi si preparò per il tiro corto.

Emily gli arrivò dietro, tenendo in mano due palline. «Gente, è difficile destreggiarsi con queste due palle.»

Il tiro di Levi mancò malamente la buca e lui ringhiò. Si voltò con l'espressione più minacciosa sul volto che Emily avesse mai visto.

Granito, ti presento il ghiaccio. «Che c'è?» Emily cercò di sorridere nel modo più innocente possibile, ma come bugiarda faceva veramente schifo. Era maleducato parlare quando qualcuno stava per tirare. Specialmente parlare di palle, cosa che sembrava distrarre Levi. Era colpa sua se Levi sembrava pensare solo a *quello*?

Levi raccolse la palla e si diresse alla buca seguente.

Se a Levi non piacevano le sue distrazioni, beh, poteva solo incolpare se stesso. Era colpa sua se lei era lì, tanto per cominciare.

Il gioco di Emily non migliorò e i suoi servizi da interprete furono poco richiesti, ma era riuscita a spegnere un incendio. L'umore dei clienti migliorò per la fine del giro e Levi era perfino riuscito a farli ridere con una storia divertente su un ex presidente che aveva portato sia la moglie sia l'amante al resort, contemporaneamente.

Emily consegnò il suo putter al caddy mentre si avvicinava alla clubhouse e batté le mani, contenta di aver fatto un buon lavoro. Oh, il suo gioco era sempre uno schifo, ma aveva salvato Levi da un disastro con i clienti ed era tutto quello che importava. Si voltò per andare nel suo ufficio. C'era tanto lavoro...

Levi le afferrò il braccio, accarezzando con un dito la morbida parte interna. «Distrarmi con allusioni sconce?»

Emily gli rivolse un sorrisetto compiaciuto. «È colpa mia se la tua mente finisce lì ogni volta che parlo di palle da golf?»

Levi abbassò gli occhi sulle sue labbra. «Quando la parola *palle* esce dalla tua bocca, io non penso al golf. Mi hai colto di sorpresa e lo sai.»

Se non avesse saputo che non era possibile, Emily avrebbe pensato che Levi stesse flirtando con lei. Non era solo il guardare, perché tutti gli uomini guardavano. Era una cosa reale. Ma gli uomini potevano essere affascinanti. Non voleva dire che fossero interessati a qualcosa oltre al flirtare.

Quando aveva accidentalmente parlato di un *mucchio di palle* nel suo ufficio, Levi aveva sorriso. Fare lo stesso errore era la prima cosa cui aveva pensato per distrarlo. Non aveva pensato fino in fondo a che cosa significasse. Che stava flirtando anche lei.

«Stavo solo cercando di rovinare il tuo gioco, in modo che smettessi di intimidire i nostri clienti.»

Levi la superò, sfiorando appena la sua spalla. «Ha funzionato.»

Capitolo Tredici

L'ultima sera prima che la Shin Electronics proseguisse con il suo tour americano, Emily si guardò allo specchio e poi diede un'occhiata a sua sorella, in piedi dietro di lei. «Beh, che ne pensi?»

La Shin Electronics poteva scegliere tra parecchi resort sulla costa occidentale, il Club Tahoe era solo uno dei molti sulla loro lista. Motivo per cui quella sera doveva essere perfetta.

Lisa annuì. «Sexy.»

Originariamente, Emily aveva programmato il ballo per l'inizio della settimana, ma, riflettendoci, era più sensato tenerlo l'ultima sera, in modo da far finire in bellezza il soggiorno della società.

«Sexy, ma sono chic?» chiese Emily. «Non voglio attrarre l'attenzione sbagliata.»

Lisa gemette. «Ascolta, mi sono trattenuta con i tuoi vestiti questa settimana. E tanto. Sto cercando di stare sul semplice, ma devi pur darmi qualcosa. Questo vestito è la copia di un abito di alta moda. È da sbavarci dietro e devi indossarlo.»

Emily accarezzò l'abito aderente grigio chiaro, che metteva in risalto i suoi occhi. Spalline sottili su una scollatura modesta, ma il resto delle sue parti femminili erano coperte. Si poteva pensare che fosse modesto, ma era attillato, aveva un lieve luccichio e scendeva drappeggiato fino al pavimento. «Hai ragione. Avrei indossato un semplice abitino nero che probabilmente non mi sarebbe stato bene. Questo vestito mi sta...»

«Come un guanto» disse sua sorella con un sorriso malizioso.

Emily storse un po' la bocca, mordendosi il labbro. «Ti sono super riconoscente per il tuo aiuto, ma mi assicuri che non sia un po' esagerato?»

Lisa le diede una sculacciata. «No, adesso vai lì e stendili.»

«E il trucco?» Emily allungò una mano per prendere un fazzolettino e tamponare via un po' il rossetto.

Lisa le tolse di mano il fazzolettino e la spinse verso la porta, consegnandole al contempo le chiavi e lo scialle. «È perfetto. Arrivederci.»

Emily piroettò appena fuori, solo per trovarsi la porta sbattuta in faccia. Accidenti a sua sorella!

Ma Lisa aveva ragione. Se Emily si fosse guardata nello specchio ancora una volta avrebbe potuto cambiare idea. E, a quel punto, avrebbe potuto far tardi.

Corse alla macchina e guidò fino al Club Tahoe, fermandosi davanti all'entrata. Questa volta non portava i tacchi a spillo (era riuscita almeno a porre il veto su quelli) ma non aveva nemmeno intenzione di camminare per cinquecento metri in un parcheggio buio in abito da sera.

Consegnò le chiavi al parcheggiatore e il giovanotto saltellò intorno all'auto per mettersi alla guida. Partì con l'ibrida più velocemente di quanto chiunque avesse spinto la piccola auto.

Davanti all'entrata, con il suo enorme lampadario di vetro e ferro battuto, Emily si sentì come un'elegante ospite e non una semplice dipendente. Lasciò che quella sensazione si intensificasse.

Il suo lavoro era favoloso. Ma non poteva durare. Era ambiziosa e passare la vita come assistente non era quello che aveva progettato. Inoltre, non voleva restare per sempre sotto il controllo di Levi. Non l'avrebbe mai rispettata e, per qualche ragione, per lei era importante.

Emily si affrettò ad andare negli uffici degli impiegati. Erano deserti, dato che i dipendenti erano andati a casa o stavano aiutando a intrattenere la Shin Electronics e i loro clienti con indosso i loro abiti migliori.

Drappeggiò lo scialle sullo schienale della sedia. E si bloccò.

Girando in circolo, cercò freneticamente, passandosi le mani sul corpo. «Dov'è la mia borsa?» Aveva il cuore che batteva come un tamburo. «Merda!»

«Problemi?»

Si voltò di colpo. Levi era sulla porta. *Quando era arrivato?* «Sì. Ho lasciato la mia sacca a casa di Lisa.» Si premette le dita sulla fronte, imprecando mentalmente con se stessa e il vestito che l'aveva innervosita.

Levi controllò l'ora sul telefono. «Si sta facendo tardi. Potrai andare a prenderla domani. Stasera non ne avrai comunque bisogno.»

«C'è la mia carta di identità, il mio telefono e il tablet. La mia vita e la vita del Club Tahoe sono su quei due apparecchi.» Disgraziatamente, avrebbe preferito restare senza la carta di identità, ma non il telefono.

«Sopravvivrai senza per una sera.»

«Ma...»

«Ecco.» Le porse una piccola striscia di seta nera. «Questo dovrebbe distrarti per un minuto. Avevi detto che sai come fare un papillon?»

E quello fu il momento in cui Emily smise di pensare al suo telefono e guardò veramente Levi. Non indossava i pantaloni e le camicie che tiravano sui bicipiti troppo grossi per un uomo d'affari medio e che a lui aderivano in tutti i punti giusti. E nemmeno i completi sexy che la facevano sbavare. No, quella sera Levi indossava lo smoking ed Emily si chiese se il suo cuore ce l'avrebbe fatta a sopportarlo.

Il fruscio nelle sue orecchie era assordante, il volto era arrossato fino a sentirsi pungere e le mani erano sudate. In breve, il suo sistema endocrino stava dando di matto. «Chi ti ha vestito?»

Stupida, stupida... che cosa cavolo stava dicendo?

Levi ridacchiò. «Attualmente mi vesto da solo. Ma potrebbe servirmi una mano con...» indicò il cravattino.

Emily espirò lentamente, sentendo il fiato bollente sulle labbra. «Permettimi...» Andò a prendere una scaletta che usava per sistemare i libri in cima agli scaffali.

Piazzando la scaletta davanti a Levi, salì un gradino, arrivando quasi al suo livello. Cosa che non aiutava la scarica di adrenalina. Evitò di guardarlo negli occhi. «Così va meglio, i papillon sono un po' più complicati.»

Levi alzò le mani e gliele mise sui fianchi, come per tenerla in equilibrio.

Emily smise di muovere le mani. E di respirare.

Respira. «Grazie.» Si schiarì la voce, avvolse la cravatta intorno al collo di Levi sotto il colletto della sua camicia bianca da smoking. I risvolti della giacca erano sottili e raffinati, le spalle squadrate e aderivano alla sua figura naturalmente muscolosa. «Hai perfino un buon profumo» mormorò Emily, frustrata.

Non era giusto. La sua attrazione per Levi avrebbe dovuto diminuire più tempo passavano insieme, non diventare più forte.

«Grazie, almeno credo.» La sua voce era più bassa del normale, un po' roca. «Immagino che dovrei confessare che lo smoking l'ha scelto Adam. Ha mandato un tizio italiano a prendermi le misure. Mio fratello mi conosce un po' troppo bene. Io ne avrei affittato uno.»

«Adam è il fratello che ho conosciuto l'altra sera con la sua fidanzata?»

«Il solo e unico.» Levi sembrò abbassare gli occhi, guardando non solo le sue mani che si muovevano per annodare la cravatta, ma anche il suo vestito. «Sai, stai benissimo stasera. E tu hai sempre un buon profumo.»

Emily alzò gli occhi trovando gli occhi azzurri che fissavano il suo volto, le sue labbra.

Lei aveva gli occhi grigi, non azzurri o verdi. Solo grigi. Ma Levi aveva gli occhi azzurro chiaro con sfumature verdi. Deglutì. «Mi annusi?»

Nooo... non l'aveva detto. Perché se l'aveva detto a voce alta...

Le sue mani calde sui fianchi la tirarono più vicina e lei si chinò in avanti, appoggiandosi con le mani che stavano annodando il papillon sul torace duro. Levi si fermò a un fiato dalla sua bocca. «Ogni volta che posso.»

E poi la baciò.

Niente lingua, solo un bacio fugace, che durò solo abbastanza a lungo da essere definito più di uno sfiorare di labbra, la sua bocca era decisa e morbidissima e le sue braccia continuavano a tenerla stretta a lui.

Emily sbatté le palpebre, fissando quegli occhi azzurri che di colpo erano diventati più scuri. «Mi hai baciato.»

«Sì.» Levi aggrottò le sopracciglia ma non distolse gli occhi.

«Sono la sorella minore di Lisa.»

Levi si irrigidì. «Non serve che me lo ricordi, ma... è importante?»

«È importante per *te*?»

Levi non rispose subito. Poi abbassò nuovamente gli occhi sulle labbra di Emily e le sue mani salirono sulla schiena, causando sensazioni elettrizzanti lungo tutta la spina dorsale.

Emily aveva già l'adrenalina a mille. Stava ammattendo. Attacco o fuga? La spinta ad aggredirlo con la bocca e baciarlo con tutto il desiderio che si era accumulato da quando aveva cominciato a lavorare al Club Tahoe era prepotente. Oppure avrebbe potuto saltar giù dalla scaletta e scappare. Entrambe le ipotesi erano plausibili.

Emily chiuse per un attimo gli occhi. «Quando mi tocchi, non riesco a respirare.»

Lo sguardo di Levi scese sul suo petto. «Mi sembra che si stia sollevando e abbassando perfettamente bene.» Il fatto che Levi si stesse concentrando sul suo seno incasinò ancora di più il suo equilibrio.

«E adesso il mio cuore sta martellando.» Il papillon le scivolò dalle dita, ricadendo, mezzo annodato sullo smoking mentre Emily si aggrappava a quei sottili e raffinati risvolti per tenersi in piedi.

Niente fuga, quindi. Se Levi non fosse stato attento, ci sarebbe stato un attacco della varietà ormonale. «Dovresti farti aiutare da qualcun altro con il papillon. Io sono troppo agitata.»

Levi portò le mani più in alto sulla sua schiena e le infilò tra i suoi capelli lunghi. «Cosa possa fare per calmarti? Sono un maestro, sai?» Tempestò la sua guancia con baci leggeri. «Calmare la gente durante le crisi. Era tipico del mio lavoro.»

Calmare la gente durante le crisi? Oh Dio. Lei aveva delle idee. *Un mucchio* di idee. Idee che finivano in un orgasmo, per calmarsi definitivamente.

L'espressione del suo volto doveva averla tradita perché Levi si chinò e la baciò di nuovo, questa volta prendendole il volto e aprendo la bocca.

Emily gli mise le mani sulle spalle e lo tirò verso di sé, con il suo calore che la faceva rabbrividire. Levi Cade la stava baciando. Stava baciando *lei*. Emily Wright.

«Stai pensando troppo» mormorò Levi contro le sue labbra, scendendo con le labbra sulla gola e mandando un'onda d'urto di sensazioni a sud della cintura.

«Perché tu mi stai *baciando*.»

Levi la guardò con un'espressione diabolica. «E mi piace.»

Toc, toc, toc.

Emily si tirò indietro al rumore di qualcuno alla porta. Ma dimenticò di essere sulla scaletta. Le mancò l'equilibrio e il corpo ricadde all'indietro...

Con le braccia ancora intorno a lei, Levi strinse, afferrandola. La sollevò dalla scaletta e la mise a terra.

Emily stava respirando affannosamente. «*Merda.*»

«Chi è?» chiese Levi con un sorrisino sul volto mentre la guardava. Sembrava più rilassato di quanto avrebbe dovuto. Erano al lavoro e stavano pomiciando in ufficio. Perché non stava sclerando?

«Levi, sei tu?»

Levi voltò in fretta la testa di lato, contemporaneamente

irrigidendosi, proprio quando Emily riconobbe la voce oltre la porta.

Emily lo guardò ancora una volta, ma il suo volto aveva perso la paralisi temporanea e aveva ripreso un'espressione quasi calma. Ma lei l'aveva vista. Quell'espressione di vergogna, o di dolore... non lo sapeva. E il sorriso seducente che aveva prima sul volto era sparito completamente.

Emily andò ad aprire la porta.

«Ehi.» Lisa vide Levi alle spalle di Emily. «Non mi ero resa conto... ecco.» Ficcò la borsa nera nelle mani di Emily. «L'hai lasciata a casa mia. Pensavo ne avessi bisogno. Non ti ho mai visto senza il telefono.»

«Grazie.» Emily teneva la borsa con le dita rigide, col disagio che aumentava.

Diede un'occhiata a Levi. Stava fissando sua sorella.

Ed Emily di colpo era un'outsider. Invisibile.

Era il fidanzato di Lisa, non di Emily. Mai il suo. Che cosa diavolo le era preso per baciarlo?

Sentì un crampo allo stomaco, un conato di vomito. «Vi lascio soli.» Emily uscì dalla porta e praticamente corse lungo il corridoio, nel tentativo di scappare.

Capitolo Quattordici

Non c'era tempo di ripensare al dolore che aveva sentito al petto quando Levi l'aveva baciata e poi aveva sentito la voce di sua sorella ed era diventato di ghiaccio. La realtà si era intromessa in fretta. Levi era ancora interessato a Lisa e qualunque legame ci fosse tra lei ed Emily era irrilevante.

Quasi in trance, entrò nel salone da ballo, alla festa della Shin Electronics. E fu in quel momento che tutto il resto cominciò a cadere a pezzi.

Bran si avvicinò dall'altra parte del salone, incontrandola a metà strada. I suoi capelli biondi, normalmente arruffati, erano nitidamente pettinati con la riga da una parte e tirati indietro, ma i suoi occhi erano troppo brillanti e sembrava nel panico. «Ho appena sentito dal portiere che qualcuno ha un avvelenamento da cibo. Dichiarano che è colpa di uno dei nostri ristoranti.» Bran si passò la mano tra i capelli, mettendoli in disordine. «Dobbiamo fare qualcosa. Riesci a sistemarlo?»

Per la prima volta, Emily pensò veramente alla situazione in cui si trovava. La crisi finanziaria del Club Tahoe, i figli di Ethan Cade che gestivano il posto e la sua posizione in mezzo a loro. Perché aveva pensato che fosse un trampolino di lancio per il suo futuro?

Ethan le aveva chiesto un favore e lei non aveva potuto dire di no. Non ci riusciva ancora. Qualunque cosa succedesse, era in debito con quell'uomo. Era stata la figura paterna che non aveva mai avuto. Ma era su una nave che stava affondando.

I figli di Ethan Cade si erano assunti dei compiti per i quali non erano qualificati. Emily riteneva che Levi potesse farcela, con le sue abilità di comando e la sua intelligenza, ma perfino lui doveva mettersi in pari, e alla svelta, se voleva salvare quel posto.

Prima del Club Tahoe, Wes era stato un istruttore di golf, Bran un cameriere e Hunt, beh, il nuovo lavoro di Hunt era comunque una promozione. Aveva sempre avuto una barca e portava in giro i clienti sul lago per delle gite a base di alcol. Adesso gestiva tutti i programmi che riguardavano la spiaggia e la barca. Nessuno di loro era qualificato per gestire quel posto e, per la prima volta da quando aveva cominciato a lavorare al Club Tahoe, Emily stava mettendo in dubbio le proprie capacità di aiutarli. Si premette le dita sulla fronte e fece un respiro profondo. «Vuoi che sistemi le cose in un caso di... avvelenamento da cibo?»

«Sono praticamente sicuro che non siamo stati noi a causarlo.»

«Ma loro pensano di sì?»

Bran annuì nervosamente.

Le tremavano le mani. Aveva un lavoro da fare. Non importava che la sua vita amorosa facesse schifo. Aveva fatto schifo anche prima di cominciare a lavorare lì. L'avrebbero ritenuta responsabile se il Club Tahoe fosse fallito? Probabilmente no. Ma Levi sì. Nonostante i sentimenti persistenti che Levi poteva provare per Lisa, e quelli che provava Emily per lui – *il triangolo amoroso più incasinato mai esistito* –, non poteva permettere che succedesse senza lottare. Non voleva che il Club Tahoe avesse successo solo per se stessa o per Ethan Cade. Lo voleva anche per Levi.

Anche se le veniva da vomitare ogni volta che pensava a lui che la baciava mentre provava ancora dei sentimenti per sua sorella, Levi era una brava persona. Emily non avrebbe smesso di fare del suo meglio solo perché lui non l'amava... *Dio*, e quando nell'equazione era entrato l'amore? Aveva una cotta per quell'uomo. Non era il caso di cominciare a pensare cose folli quando tutto ciò che serviva era tenere la testa sulle spalle.

Levi aveva diritto ad avere i suoi sentimenti. Era stato innamorato di Lisa per anni. E a Lisa, come minimo, Levi era piaciuto molto.

Emily non aveva alcun diritto su di lui.

Lasciò cadere le mani e raddrizzò le spalle. «Sei sicuro che il cibo non sia venuto da uno dei nostri ristoranti?»

«No. Ma dubito che sia partito da qui. Non abbiamo avuto problemi per un decennio e quella volta era stato per una contaminazione da E. Coli che aveva coinvolto più ristoranti nella zona. Ho controllato, e nessuno dei miei dipendenti o la reception hanno ricevuto notizia di altri malesseri legati al cibo. Se ci fosse stato un avvelenamento da cibo, avrebbe coinvolto più di una persona.»

«Ma stanno dando la colpa a noi?»

Bran alzò le spalle. «Risiedono qui. Danno per scontato che abbiamo causato noi il problema.»

Emily chiese il nome dell'ospite malato e prese il telefono che sua sorella era stata abbastanza previdente da portarle. Mandò un messaggio al direttore dell'accoglienza

clienti e gli chiese personalmente di mandare altri asciugamani e una scelta di beveraggi e zuppe, offerti dalla casa.

A parte quello, non c'era molto che potesse fare, eccetto
tenere la situazione sotto controllo. «I tuoi dipendenti
hanno controllato tutto il cibo, controllato le date e cercato
avvisi di contaminazione?»

«Il mio assistente si tiene al corrente degli avvisi e gli ho
già fatto esaminare ogni grammo di cibo che abbiamo, ma
finora niente.» Bran alzò gli occhi, guardando cupo nella
direzione dell'entrata.

Adam entrò nel salone con un completo scuro, elegante
come la sera in cui Emily lo aveva conosciuto alla festa di
addio di Esther. Diede una manata sulla spalla a Bran e si
guardò attorno. «Sembra vada tutto bene qui.»

«Hai deciso di farti vivo?» disse Bran. «Dovresti aiutarci
a gestire questo posto. Sei l'unico di noi che sa quello che fa.
Noi siamo nella merda fino al collo mentre tu stai giocando
a fare il direttore al Blue Casinò con la tua fidanzata.»

Adam smise di sorridere. «Innanzitutto, lascia fuori
Hayden. Secondo, avevo detto che sarei venuto stasera. E,
per la cronaca, io ho già dato al Club Tahoe. Siete voi
quattro somari che non ve ne siete mai interessanti. Ma
tanto perché tu lo sappia, qualcosa che va storto c'è sempre
nell'industria alberghiera. Dov'è Levi? Volevo vedere se
aveva effettivamente indossato lo smoking che gli ho
mandato.»

«L'ha indossato.» La voce di Emily uscì un po' tesa. Si
schiarì la voce, ma era troppo tardi.

Adam voltò di scatto la testa nella sua direzione. «I miei
fratelli non stanno creando problemi anche a te, vero?»

Creando problemi? Contava baciarla e poi mollarla?
Tecnicamente era lei quella che li aveva mollati, ma solo

perché era il terzo incomodo nel faccia a faccia tra Levi e Lisa.

Emily si appiccicò un sorriso sul volto. «È tutto fantastico.»

Poi si avvicinò Hunt ed Emily sbuffò. Dovevano convergere tutti su di lei contemporaneamente? Gli attraenti uomini Cade erano una piaga.

«Che cos'è questa storia di Levi in smoking?» chiese Hunt.

Emily parlò mentre mandava un messaggio a uno dei coordinatori della festa di far portare altro champagne. Stavano esaurendolo. «È con Lisa.»

Hunt spalancò gli occhi. «Lisa è qui?»

Almeno *questo* fratello Cade non si irrigidiva al sentir nominare la sorella di Emily.

«Sì, certo» disse, dando loro un'occhiata. «C'è qualcos'altro che posso fare per voi, signori? Ho un ballo da gestire.»

Hunt fece una smorfia. «Sì, in effetti. Ho una donna ubriaca al molo che continua a cercare di toccarmi il pacco, non che mi importi, ma non è esattamente appropriato per il ballo. E gli ordini del gran capo erano di restare qui.»

Emily sospirò e fissò il soffitto. Era proprio solo quella sera che si stava dicendo com'era bello lavorare lì? «Non può far parte del gruppo della Shin, altrimenti sarebbe qui alla festa. Chiamale un taxi e mandala a casa.»

Hunt sembrò deluso. «È quello che pensavo avresti detto. Bene. Farò il bravo questa sera» disse allontanandosi.

«E tutte le altre sere» lo sfidò Emily.

Hunt alzò una mano senza guardare indietro. Ma in qualche modo Emily sapeva che non l'aveva presa sul serio.

«Uh-uh.» Bran stava guardando sopra la testa di Emily.

Passare tutto quel tempo con i fratelli stava cominciando a farla sentire piccola.

Il telefono di Emily vibrò e lei ringhiò quando lesse il messaggio. *Non c'è più champagne.* Che diavolo? «Per favore, dimmi che quel uh-uh non significava niente di grave.»

Bran si massaggiò la mandibola. «Dipende dalla tua definizione di grave. Wes sta parlando con una delle dipendenti della Shin.»

Emily guardò indietro. Wes stava chiacchierando con una delle ospiti. «E?»

Adam si voltò a guardare. «Ahh. Sì. Potrebbe essere un problema.»

Bran scambiò un'occhiata con Adam. «Esattamente.»

Emily mimò di tagliarsi la gola. «Ne ho fin qui di voi Cade. Uno di voi mi dica che cosa sta succedendo, prima che *perda la pazienza*.»

La fissarono entrambi.

«Suscettibile» disse Adam. Quando Emily spalancò minacciosamente gli occhi, le disse: «Va bene, il motivo per cui Bran ha fatto notare che Wes ci sta provando con una delle dipendenti della Shin è perché, ultimamente, Wes è un po' una canaglia con le donne».

«Qual è il problema?» Emily guardò nuovamente il telefono, aggrottando la fronte. «Sono adulti. Possono fare quello che vogliono. Forse, se lei se ne andrà da qui con un sorriso, sarà più incline a tornare.»

Bran si strofinò la nuca. «Ecco, vedi. È quello il punto. Wes ha dei problemi.»

Adam alzò la testa. «Da quanto... oramai sono tre, quattro anni?»

«Più o meno» disse Bran annuendo. «Quindi, a causa di questi problemi è un po'...»

Emily alzò le mani, esasperata. «Sputate il rospo!»

«Uno stronzo. Con le donne» disse Bran.

«Un grande stronzo» confermò Adam.

Emily si massaggiò le tempie. «Come facciamo a impedirgli di fare lo stronzo con lei?»

Alzò gli occhi quando nessuno dei due rispose.

Bran fece spallucce. «Non ho mai provato a mettermi in mezzo con i miei fratelli.»

«C'è stata quella volta...» cominciò a dire Adam.

Emily li guardò furiosa. «Basta. Me ne occuperò io. E, Bran, non mi interessa come fai, ma procurati altro champagne. Vai in un negozio di liquori, se è necessario.» Alzò il telefono, mostrandogli il messaggio che aveva ricevuto. «Lo abbiamo appena finito.»

Adam controllò il suo orologio, quello con il grosso diamante a ore dodici. Quel fratello Cade non si privava delle cose belle della vita. «Hayden ha finito il turno. Devo andare.» Si guardò attorno ancora una volta. «Peccato non aver visto Levi. Auguragli in bocca al lupo da parte mia» disse, sogghignando.

«Oh, carino» disse Emily. «Indichi i problemi e poi ci pianti in asso.»

«Non c'è più champagne?» Bran si grattò la testa. «Potrei giurare di aver ordinato un bel po' di quello buono qualche giorno fa. Ci penso io.» Ispezionò la sala. «Stanno servendo gli stuzzichini. Ne farò mandare altri.»

Prima di rendersene conto, Emily aveva tre fratelli Cade in meno, una donna arrapata al molo, un Wes sciupafemmine a piede libero e niente Levi. Presumibilmente, stava parlando dei bei tempi con Lisa.

Quella sera faceva schifo.

Attraversò la sala quasi correndo, andando da Wes. «Posso parlarti un momento? Abbiamo un piccolo problema... di golf.» Sorrise scusandosi alla donna con cui stava parlando. Era carina, con lunghi capelli neri e una figurina snella. L'abito di Emily era la copia di un abito di alta moda, ma quello della donna era sicuramente originale.

I dipendenti della Shin non scherzavano quando si trattava di moda. Un'altra buona ragione per cui Lisa aveva aggiornato il suo guardaroba per quella settimana.

Wes la seguì a un metro di distanza. Aveva i capelli ben pettinati, ma più lunghi di quelli degli altri fratelli e una ciocca scura continuava a cadergli sulla fronte in modo seducente. La rimise a posto e questo lo fece solo assomigliare a un modello di Calvin Klein in posa per le foto. «Che cosa sta succedendo? Immagino che "problema di golf" sia un codice per qualcosa. Sai, perché non abbiamo mai avuto un vero problema al golf.» Wes aveva scelto una cravatta color argento da abbinare al suo smoking nero e il colore faceva risaltare i suoi occhi azzurri.

«Mai dire mai» rispose asciutta Emily. «Ma no, non è quello il motivo per cui ti ho trascinato via. I tuoi fratelli sono troppo rammolliti per parlare con te.»

«Che cosa succede?»

«Smettila di flirtare con le ospiti.»

«Scusami?»

«Hai sentito quello che ho detto. Basta flirtare. O, almeno, puoi flirtare ma non toccare, baciare o andare a letto con le ospiti. In altre parole, la donna con cui stavi parlando è off-limits.»

Wes si mise a ridere. «Wow, Emily. Pugno di ferro in guanto di velluto.»

Aveva altra scelta? Si sentiva da schifo, non aveva ancora visto Levi e quella sera non si stava rivelando il congedo perfetto che aveva in programma per la società che stavano cercando di impressionare. Niente era andato drasticamente male, ma c'era sempre la cena.

Non dovette aspettare la cena.

«Non ho intenzione di andare a casa.»

L'urlo veniva dall'altra parte del salone da ballo e sia Emily sia Wes si voltarono nella direzione del suono.

All'ingresso della sala c'era una donna con un abito attillato che cercava di prendere un bicchiere di vino da uno dei camerieri che circolavano. Hunt era al suo fianco e cercava di parlare con lei.

Emily doveva dar credito a Hunt. Non era un'ubriaca sonnolenta. Parlava ad alta voce e non intendeva accettare i cortesi inviti ad andarsene.

«Merda.» Emily si diresse nel punto in cui la donna stava cercando di attraversare la sala, sorridendo e tenendosi alle braccia degli ospiti – sia uomini sia donne – per mantenere l'equilibrio nei sandali dai tacchi a spillo che sembravano di due numeri troppo grandi per il suo equilibrio precario.

Oddio, quello era un capezzolo?

«Ehi» disse Wes, raggiungendo Emily. Non si era resa conto che la stesse seguendo. «Penso di aver appena visto il suo capezzolo.»

Figlia di puttana.

«Toglimi le mani di dosso!» gridò la donna e questa volta il rumore nella stanza non solo si attenuò, sparì completamente.

Hunt stava afferrando il braccio della donna, cercando di trascinarla indietro da dove erano venuti e lei stava tirando con tutte le sue forze nella direzione opposta, con un seno che rimbalzava in bella vista, salutando tutti.

«Signora.» Emily rimise a posto la spallina della donna che era caduta e aveva causato il "saluto". Infilò la mano della donna nell'incavo del proprio gomito. «Ho qualcosa di speciale per lei. Vuole venire da questa parte?»

«Perché dovrei venire con lei?» Gli occhi della donna quasi si incrociarono quando cercò di valutare Emily e liberarsi il braccio allo stesso tempo. Era vestita bene, ma il suo fiato odorava come una distilleria di gin. A Emily bruciavano gli occhi per le esalazioni.

«Sfortunatamente, questo è un evento privato» disse Emily. «Ma per farci perdonare, vorrei regalarle un massaggio di novanta minuti nel rinomato centro benessere del Club Tahoe. Che ne dice?»

La donna si guardò attorno, vedendo la gente che la fissava. Fece spallucce. «Immagino vada bene. Comunque, qui è piuttosto noioso.»

«Esattamente.» Emily l'accompagnò alla porta e Hunt e Wes la seguirono da vicino. «Farò preparare il buono-regalo alla reception. Torni in qualsiasi momento per utilizzarlo.» *In qualsiasi momento, dopo quella settimana,* aggiunse mentalmente Emily.

La donna si voltò a guardare i fratelli e sorrise. «Posso portarli a casa con me?»

Oh, Cristo. «Uhm...»

Hunt si avvicinò col suo passo arrogante e prese a braccetto la donna. «Mi assicurerò che arrivi a casa sana e salva.»

«Mmm» disse la donna. «Mi piaci.»

La reception preparò immediatamente il buono-regalo e Hunt scortò fuori la donna.

«Pensi che Hunt se la caverà?» chiese Emily a Wes, continuando a fissare Hunt mentre saliva in auto.

Wes agitò una mano con indifferenza e si voltò. «Hunt è nel suo elemento.» S'incamminò verso il salone ed Emily gli corse dietro. «E riguardo a ciò che ti ho detto prima? Sul fatto di tenere le mani a posto stasera?»

Lui la guardò irritato. «Mi piaci, Emily, ma mi stai rovinando la serata.»

«Ti sto rovinando... o per l'amor di...»

«Che cosa sta succedendo?»

Emily si voltò di colpo, trovando Levi dietro di lei. «Piantala di arrivarmi alle spalle di soppiatto» sbottò.

Levi la fissò a lungo, con un'espressione così impassibile che le venne voglia di dargli un calcio. Sullo stinco. Forte. Non era l'uomo tenero che l'aveva fatta sciogliere con i suoi baci.

Levi si rivolse a Wes. «Beh? Ho fatto una domanda.»

Emily respirò a fondo. «Dove sei stato?»

Levi esitò. «Fuori, a fare una passeggiata.»

Emily non riuscì a trattenersi e disse d'impulso: «Tutto perché si è fatta viva Lisa?».

Wes spalancò gli occhi. «Lisa era qui?»

«*Era qui*» rispose Levi, ispezionando l'atrio. «Come sta andando il ballo?»

«Interessante» rispose Wes.

Levi guardò Emily.

Lei contò sulle dita. «Avvelenamento da cibo per cui incolpano il resort. Donna ubriaca che ha mostrato il seno nel salone. E Wes vuole usare i suoi modi da sciupafemmine su una delle ignare ospiti della Shin.»

«Sciupafemmine?» Wes fece una smorfia. Emily notò che non lo stava negando. Quando Levi cominciò a respirare più forte e dalla gola gli uscì uno strano suono, come un ringhio, Wes fece un passo indietro. «Torno al ballo. Mi assicurerò che tutti si stiano divertendo.» Si voltò e se ne andò in fretta.

Levi fissò malevolo Emily. «Ti lascio da sola per mezz'ora e questo è ciò che succede mentre non ci sono?»

Lui... *Cosa?* Con che coraggio!

«Ascolta, amico.» Gli ficcò un dito nel petto. «Tu mi hai *baciato*. Poi hai fatto gli occhi dolci a mia sorella, che si supponeva avessi scordato da un pezzo. E poi! E poi sei sparito, lasciandomi ad affrontare un disastro dopo l'altro durante la festa più importante della stagione. Non osare farmi incazzare adesso.»

Sul volto di Levi sparì ogni espressione.

Emily non sapeva che cosa avesse fatto dopo, perché se ne andò. A controllare l'ospite ammalato. Ad assicurarsi che cibo e champagne continuassero a scorrere nel salone da ballo. Per nascondere quanto fosse sconvolta per aver pensato che Levi potesse mai veramente innamorarsi di lei.

Capitolo Quindici

Levi era sottosopra per colpa di Emily Wright. L'aveva baciata la sera prima... parecchie volte. E aveva passato le labbra sul suo collo di seta. Che diavolo stava pensando?

Semplicemente non stava pensando. Aveva reagito al fatto di avere una bella donna tra le braccia. Si poteva parlare di molestie sessuali se si baciava la propria assistente, se lei sembrava gradire? Il modo in cui si era premuta contro di lui...

Sospirò aspramente. Non aveva le cose sotto controllo, se il ballo della sera prima era un indizio. Non dentro il Club Tahoe. E non con Emily.

Adam aveva ragione. Levi era attratto dalla sua assistente. E Levi temeva che fosse qualcosa di più.

Si avventurava spesso sul molo di notte, dopo il lavoro. Ultimamente, però, invece delle preoccupazioni per il club era Emily che gremiva i suoi pensieri. Ricordava il numero di "spalmatori di crema", alias gli addetti alle cabine, necessari per far felici gli ospiti (che gli sembrava eccessivo), e sorrideva. *Oppure* poteva pensare alla curva dei suoi polpacci mentre Emily si chinava a raccogliere un foglio di carta che aveva lasciato cadere dalla pila perpetua di cartellette che aveva in mano quella mattina presto. Era il tipo di pensiero che lo faceva veramente incavolare, perché si insinuava quando non stava attento.

Levi non aveva preso in seria considerazione una donna da più di un anno. Che adesso pensasse a Emily per tutto il giorno... già, non andava bene. Non poteva uscire con Emily. Era la sorella di Lisa, per l'amor di Dio. E la sua assistente. E aveva bisogno di lei al club più di quanto ne avesse bisogno nel suo letto. La *voleva* nel suo letto, ma non era impulsivo come i suoi fratelli minori. Lui pianificava tutto. E non poteva permettere che l'avventura di una notte rovinasse il loro rapporto di lavoro.

Nonostante le ragioni logiche per stare lontano da lei, non poteva nemmeno mentire a se stesso e dire che non era attratto da Emily. Più di quanto fosse stato attratto da una donna da tanto, tanto tempo. Forse da sempre, dato che non era lo stesso uomo che era stato durante la sua ultima relazione. Questo poteva spiegare perché l'avesse baciata appena l'aveva avuta vicino.

Gesù, era veramente un Cade. Pensava di essere al di sopra delle stronzate che facevano i suoi fratelli. E aveva scoperto che si sbagliava.

Lisa si era fermata per lasciare la borsa porta documenti di Emily, e appena in tempo. La sua presenza era stata una secchiata di acqua gelida sulla fiamma che aveva acceso la vicinanza di Emily. Ma non aveva gestito bene la situazione. Era rimasto lì come un idiota, senza dire nulla. Erano anni che non vedeva Lisa. Era ancora fantastica, ma non si sentiva più attratto da lei come una volta e quello lo aveva colto di sorpresa.

Quello, e il fatto che aveva appena baciato la sua sorellina. Ed era maledettamente imbarazzante.

Non aveva mai pensato di riuscire a superare i suoi sentimenti per Lisa, ma era successo. Voleva vederla felice, ma non voleva più stare con lei. E si rese conto che era da tanto che la pensava così.

Aveva anche pensato che non avrebbe mai superato il suo sogno di combattere gli incendi, ma stava lentamente accettando anche quello.

Non era lo stresso uomo che era stato, quello che viveva al confine tra la vita e la morte, proteggendo gli altri. Era tutto quello che aveva saputo fare. Eppure, sentiva lo stesso senso di responsabilità che gli aveva dato uno scopo nella vita: prendersi cura dei dipendenti e degli ospiti al Club Tahoe, e dei suoi fratelli. E l'unico modo che conosceva per farlo era con la programmazione e la forza di volontà.

Emily non aveva fatto parte dei suoi programmi. E stava mettendo a dura prova la sua forza di volontà.

Aveva stupidamente pensato che, per una volta, potesse lasciare che le cose succedessero e non programmare tutto. Se non fosse entrata Lisa, Emily sarebbe stata stesa sul suo letto in quel momento, e non nel suo ufficio in fondo al corridoio, a riunire con le graffette Dio solo sapeva che cosa. Sarebbe andato a letto con la sorellina della sua ex, una persona che contava su di lui perché prendesse le decisioni giuste.

C'erano abbastanza pesci in mare. Non aveva bisogno di pescare di nuovo proprio tra le Wright.

Levi si precipitò nel suo ufficio e si mise le mani sui fianchi. Non poteva permettersi un atteggiamento lassista sul futuro. Aveva troppe responsabilità.

Grace gli appoggiò la testa alla gamba. Levi gliela accarezzò. Quel giorno aveva uno di quei collari per cani per evitare che rosicchiasse i punti che le aveva messo il veterinario dopo aver asportato un tumore benigno. L'aveva portata in ufficio per tenerla d'occhio.

Andò alla sua scrivania e aprì il calendario sul suo computer. Lo teneva in stand-by durante la notte, protetto da una password, perché era una rottura di scatole spegnerlo tutte le sere e aspettare che ripartisse al mattino. Eh sì, perfino quella roba era il tipo di stupidaggini cui si stava abituando. Lavorare al computer tutto il giorno, con gli amministratori di sistema che gli imponevano di cambiare la password ogni due settimane finché Levi aveva pensato che gli sarebbe esplosa la testa cercando di ricordarle. Aveva bisogno di un qualche tipo di sistema. Avrebbe dovuto chiederlo a Emily...

Avvicinare Emily per qualcosa strettamente legato al lavoro poteva rompere il ghiaccio che si era formato tra di loro quando aveva incasinato tutto la sera prima. Riportarli in pista. Si prendeva tutta la responsabilità per come la sua bocca era finita su quella di Emily... e si era fermata lì. Era stato impossibile resistere quando era così vicina, bella e seducente con quell'abito aderente. Purché avesse mantenuto le distanze, poteva riuscire a tenere la bocca lontana da quella di Emily.

E questo significava non chiedere più a Emily di sistemargli le cravatte. Avrebbe imparato a farlo da solo perché accidenti, non ci si poteva aspettare che riuscisse a tenere le mani a posto con quegli occhi color fumo che lo attiravano e il leggero profumo floreale che gli riempiva il naso. Era un colpo da knock-out cui nessuno poteva resistere.

Era ora di farsi forza e andare a vederla. Non gli aveva mandato e-mail né lo aveva chiamato quella mattina come faceva di solito almeno mezzo dozzina di volte e questo voleva dire che lui era ancora in disgrazia. Avrebbe dovuto mettere in chiaro che non avrebbe più tentato di fare qualcosa di simile alla sera prima. Basta toccarla. Poteva lavorare con una bella donna e non provarci con lei. Doveva. Perché aveva bisogno di Emily.

Grace alzò la testa con un'espressione molto canina che diceva: *Che cosa stai aspettando?*

«Vieni, Grace.» Levi si diresse alla porta e Grace lo seguì lungo il corridoio.

Esitò fuori dalla porta dell'ufficio di Emily. La sentiva parlare al telefono e sentì una strana stretta al petto. Se la scrollò di dosso e bussò prima di abbassare la maniglia ed entrare. «Buongiorno.»

Emily disse qualcosa alla persona che aveva al telefono e terminò in fretta la telefonata. «Buongiorno.»

Arricciò le labbra rosa conchiglia come se stesse preparandosi a tornare in modalità bibliotecaria e non la civetta sexy che aveva scatenato la sera prima. Ma era impossibile nascondere ciò che Levi aveva visto. Non era solo un paio di gambe sexy o la sorellina della sua ex. Emily era bella e intelligente e gli aveva salvato il culo più di una volta da quando aveva cominciato. Levi la rispettava. Ed era per quello che doveva tornare in buoni rapporti. Buoni rapporti *platonici*.

Anche così, la guardò dalla testa ai piedi, per quanto si sforzasse di controllare lo sguardo. Emily indossava una delle sue camicette senza forma che le nascondevano la figura.

Bene, lui la preferiva così. Lo distraeva meno. Ma la massa di capelli biondi, altrettanto distraenti quando lasciati liberi di scendere come una cascata sulla schiena, era raccolta in un nodo sulla nuca. E questo gli ricordò di aver posato le labbra su quel collo...

Comportati da uomo.

«Ho bisogno che mi tenga Grace.» E, ovviamente, non era per nulla il motivo per cui era andato lì. Era venuto per chiedere a Emily se avesse un sistema per tenere traccia delle password ma, una volta arrivato, gli era sembrata una ragione stupida per andare nel suo ufficio.

«Grace?» Emily guardò il cane che aspettava pazientemente accanto alla gamba di Levi.

«Il mio cane.»

«Lo vedo.» Emily aggrottò le sopracciglia fissando Grace con un cono di plastica intorno al collo. «Sta bene?»

«Sta bene. Solo qualche punto. Ma non voglio che li tolga rosicchiandoli. E non sono sicuro che non riesca a togliersi il collare elisabettiano. C'è già riuscita una volta. Potresti tenerla d'occhio?»

Emily aprì la bocca. Levi avrebbe dovuto guardarla negli occhi, ma il suo sguardo rimase fisso sulle labbra morbide e piene. E adesso che le stava fissando, si rese conto che Emily non aveva il rossetto. Quel colore rosa e umido era naturale.

I pantaloni diventarono improvvisamente stretti.

Emily si alzò, permettendogli di vederla meglio e non servì a mitigare quello che stava succedendo nei suoi pantaloni. «Ho una riunione con due comici e un altro musicista da aggiungere alla lista dei nostri intrattenitori. Ho anche parecchie riunioni per discutere la possibilità di dar vita a un programma per i bambini al resort. Non posso realmente...»

«Allora sei libera. Bene.» Levi si voltò per andarsene. Doveva uscire prima che la sua reazione fisica diventasse ovvia, se già non lo era.

«Uhm...» Emily si affrettò a girare intorno alla scrivania e fissò Grace con sospetto. «Non sono libera. Non c'è qualcun altro a cui puoi lasciare Grace? Uno dei tuoi fratelli, magari? Io non ho mai avuto un cane. Non saprei che cosa fare con lei.»

«Non mi fido a lasciare Grace a nessuno, men che meno ai miei fratelli.»

Emily lo esaminò e Levi distolse gli occhi.

«Okay. La curerò io» disse Emily e sorrise teneramente a Grace.

«Bene. Verrò a prenderla più tardi.» Levi uscì dalla porta prima che Emily potesse cambiare idea. Il suo profumo dolce riempiva la stanza e scatenava il ricordo di lei nelle sue braccia. Sembrava l'unico posto in cui avrebbe dovuto stare. Ma quel pensiero se ne sarebbe andato. Non erano ancora passate ventiquattro ore da quando si erano baciati. Stava provando un residuo di frustrazione sessuale, ecco tutto.

Nel frattempo, Levi doveva restare fuori dall'ufficio di Emily. Aveva il suo stesso profumo e rendeva le cose più dure, il gioco di parole era voluto. L'avrebbe chiamata più tardi e le avrebbe chiesto di portargli Grace. Non era il caso di avventurarsi di nuovo da quella parte dell'edificio.

Levi tornò alla sua scrivania, dove doveva incontrare due degli avvocati per discutere su come stavano le cose con la Shin Electronics. Uno degli avvocati aveva partecipato a una cena mentre la società era in città, ma nessuno dei due era stato presente per la débâcle della donna ubriaca.

Le cose potevano esser andate a puttane con la Shin Electronics. Avrebbe potuto dirlo solo il tempo. La delegazione della società era partita presto quella mattina, ma il grande capo aveva stretto la mano a Levi alla fine della festa e lo aveva ringraziato per la visita divertente.

Divertente? Levi poteva solo pensare che si riferisse allo spettacolino offerto gratuitamente dalla donna e non ai due musicisti che erano riusciti a portare al bar due delle quattro sere in cui erano rimasti gli ospiti. Il Club Tahoe era un resort di classe. Non aveva bisogno di quel tipo di cose che rovinasse la sua reputazione. L'opportunità di avere una società al top che prenotasse l'albergo come destinazione regolare per le loro conferenze sulla costa ovest era probabilmente morta e sepolta.

Gli avvocati gli avevano consigliato di lasciare che si occupassero loro della Shin Electronics e lui aveva rifiutato. Se fosse risultato che la società non sarebbe tornata, la responsabilità era sua. Ma non si fidava a lasciare che i suoi avvocati gestissero il Club Tahoe per lui. Come amministratore delegato, Levi si sarebbe occupato dei lavori importanti come qualunque altro AD. Per ora doveva trovare una fonte di guadagno alternativo, e in fretta.

* * *

Emily si chinò fino a essere al livello degli occhi del cane con Grace che la fissava dal lato della scrivania. «Sembra che siamo solo noi due. E, per la cronaca, io oggi sono occupata. Il tuo paparino ha deciso di ignorare quella parte. Lo sapevi che era così testardo?»

Grace piegò di lato la testa in modo adorabile.

«Nemmeno io! Quell'uomo mi ha ignorato per quasi un'intera giornata – dopo avermi baciato – e poi ha avuto il coraggio di venire qua e chiedermi un favore? In questo momento potrei strangolarlo.»

Da Grace nessuna risposta.

Emily la guardò con disapprovazione. «Suppongo che tu lo ami incondizionatamente. Bene, ti dirò una cosa. Sarebbe molto più facile amarlo se non baciasse la gente, mandandola in confusione.» Accarezzò la testa di Grace. «Sono io quella che stupidamente pensava... non so che cosa pensassi. Solo... mi piace. Quando non fa il prepotente con me è piuttosto incredibile.» Emily sospirò e si alzò. «Okay, Grace, basta piagnistei per noi. Tu hai un cono intorno alla testa e io sono un'idiota in fatto di uomini, ma questo non vuol dire che non siamo importanti. Abbiamo delle cose da fare, tu e io. Sarà meglio che ci mettiamo all'opera.»

Emily afferrò la sua ventiquattr'ore con tutti i suoi importantissimi apparecchi elettronici e andò alla porta. E si rese conto che Grace non l'aveva seguita.

Schioccò le labbra. «Da questa parte.»

Grace ripeté lo stesso curioso gesto di piegare la testa.

Emily si picchiettò sulla coscia. «Grace.»

Il cane si alzò e andò da lei, scodinzolando.

Emily annuì, respirando. «Okay, allora. Ce la posso fare.»

Guardò fuori dalla porta, nel corridoio affollato degli impiegati della direzione del Club Tahoe che stavano facendo il loro lavoro. «Sto portando un cane alle riunioni. Dovrebbe essere una giornata interessante.»

Capitolo Sedici

Emily fissò i pannelli quadrati del controsoffitto. Così brutti. Perché insistevano a usarli negli uffici? Il Club Tahoe aveva l'eleganza di un rifugio di montagna di alta qualità, ma anche negli uffici direzionali avevano usato gli stessi brutti pannelli come in tutti gli altri. Suppose che nessuno guardasse mai in alto – sapete, perché non erano distesi a pancia in su.

Una lunga lingua bagnata leccò il lato della guancia di Emily prima che riuscisse a bloccarla. «Uffa, Grace.» Si asciugò il punto bagnato. «Ho visto dove hai messo quella cosa e non apprezzo il fatto che la usi per lavarmi la faccia.»

Grace lasciò cadere la testa sul petto di Emily e la fissò. Quando Emily non si mosse, Grace le diede una spintarella sul mento con il lungo naso.

Emily emise un gemito. «*Davvero?* Vuoi ancora che ti gratti? Il pelo dietro le orecchie finirà per cadere. Finiresti per avere grosse chiazze calve se continuiamo così. E ho i crampi alle braccia. Vedi?» Alzò rigidamente una delle mani. «Riesco a malapena a muovermi. E non sei nemmeno leggera. Se ci spostassimo sulla mia sedia, riuscirei ad arrivare meglio ai punti che prudono.»

Grace diede un'altra spintarella al mento di Emily lasciandosi dietro una scia umida che Emily preferì ignorare.

«Okay, okay.» Emily strofinò Grace dietro le orecchie, respirando a fatica con quindici chili di cane sdraiato su di lei e il dolore ai polsi. Se solo fosse riuscita a raggiungere il telefono. Che era sopra la sua scrivania, dove l'aveva lasciato. A più di un metro di distanza.

«Aiuto!» Emily cercò gentilmente di spingere via Grace, ma il cane era un peso morto impressionante e riuscì ad allungarsi ancora. Ed Emily non aveva intenzione di farle male per riuscire a farla alzare.

Il cane abbaiò e, a quel punto, Emily non si preoccupava più di tenerla tranquilla per gli altri impiegati.

«Aiuto!» gridò di nuovo.

Perché avevano deciso tutti di uscire alle cinque e mezzo proprio quel giorno? Di solito c'erano i ritardatari. Okay, tipicamente erano solo Emily e Levi, ma comunque... Ed era venerdì sera.

«Sei stata così buona tutto il giorno. Ho rubato il bacon al ristorante, per te, lo ricordi? Siamo amiche. Perché Grace? Perché mi stai facendo una cosa simile?»

Levi l'avrebbe sentita appena fosse riuscita a mettergli le mani addosso! O una volta che l'avesse trovata.

Oh Dio. Non l'avrebbero lasciata lì tutta la notte, vero? Appoggiò la testa sul pavimento e chiuse gli occhi. No. Levi prima o poi sarebbe venuto a prendere il suo cane.

E a quel punto lei lo avrebbe ucciso.

* * *

Emily lo stava ignorando. Era l'unica spiegazione possibile perché non aveva risposto alle sue chiamate. Non voleva farlo, ma doveva proprio fare due chiacchiere con lei. Probabilmente pensava che il bacio della sera prima significasse più di quello che era e di potersi approfittare della sua nuova condizione. Non era la prima volta in cui una donna cercava di approfittarsi di lui o di uno dei suoi fratelli; era solo stupito che ci provasse Emily.

Levi si massaggiò la fronte e si alzò, raddrizzando la schiena, furioso perché era costretto ad andare da lei. Avrebbe dovuto venire lei da lui. Non gli piaceva andare nel suo ufficio. Aveva lo stesso profumo e lei profumava così maledettamente di buono, ma non era quello il punto. Era *lui* il capo, non Emily.

Camminando lungo il corridoio a passo svelto, Levi non si preoccupò di bussare. Spalancò la porta dell'ufficio. «Emily...»

Non era alla sua scrivania. Abbassò gli occhi sul pavimento, dove il suo cane era seduto, in effetti disteso era la descrizione più accurata, sulla donna in questione. Che appariva piuttosto piccola con Gracie Girl sopra di lei. «Grace!»

Grace scese da Emily e corse al suo fianco.

Da Emily arrivò un gemito, ma non si mosse.

«Che cosa sta succedendo? Perché sei sul pavimento?»

Emily alzò di colpo la testa. «Ho un conto in sospeso con te.»

Lei era arrabbiata con *lui*? «Guarda, Emily, dobbiamo parlare.»

«Ci puoi giurare che dobbiamo parlare!» Emily si sedette con le braccia rigide in grembo. «Non puoi lasciarmi con il tuo cane. Non sono una dog-sitter. Sono un'assistente di direzione con un MBA da *Harvard* e, e...» Deglutì. «Sono così furiosa con te, Levi Cade!» e poi ringhiò.

Levi fece un passo indietro. Emily stava usando il suo nome completo. Non poteva essere una bella cosa. Forse doveva fare un altro passo indietro. Probabilmente non era stata la cosa più giusta lasciare Gracie con Emily e lui aveva le sue riunioni. Ma aveva anche lei il suo carico di lavoro.

Okay, era stato un somaro. E, *probabilmente*, aveva voluto una scusa per vederla. Lasciare lì il suo cane era la prima cosa che gli era venuta in mente.

Merda. Stava mandando a monte il suo stesso piano di restare lontano da lei.

Levi si avvicinò a lei e le tese la mano. «Come sei finita sul pavimento?»

Emily si tolse un pelo di Grace dalla camicetta bianca. «Si stava mordendo i punti. Le ho tentate tutte per farla smettere, ma questa è l'unica cosa che funzionava.» Prese la mano che le tendeva Levi e lui la sollevò da terra senza sforzo.

«Restare supina sul pavimento con lei seduta sopra di te in quel modo?»

Emily gli rivolse un'occhiata che diceva che non si stava divertendo. «Ovviamente no. Mi sono avvicinata per accarezzarla. Sembrava volesse farsi grattare dietro le orecchie perché era il punto in cui il cono le copriva il pelo.» Emily agitò la mano e fece una smorfia, tenendosi il polso. «Finché le strofinavo le orecchie non si leccava la ferita, cosa che, con una mossa da Houdini canino, riusciva a fare nonostante il collare. Dovresti toglierglielo. È completamente inutile e le irrita solo la pelle.»

«Ti avevo detto che è furba. Non posso lasciarla da sola.»

«Già, beh, a un certo punto si è avvicinata e io mi sono

inginocchiata per arrivarci meglio. Prima di accorgermene, mi era salita in grembo.» Emily fece spallucce. «All'inizio era carino, ma poi si è messa comoda e ha aggiunto un po' di peso. E le zampe. Quando smettevo di grattarle le orecchie cominciava ad abbaiare. All'inizio ho tentato di zittirla, ma poi mi sono resa conto che pesava una tonnellata e non riuscivo a togliermela di dosso. Gridavo aiuto e non è venuto nessuno!»

Levi aveva voglia di sorridere. La scena che stava dipingendo era così... dolce. E lo faceva sentire doppiamente in colpa per aver lasciato Grace con lei. «Quindi eri seduta sul pavimento con Grace in grembo. Come hai fatto a finire sdraiata con lei spaparanzata sopra di te come una coperta?»

Emily lo guardò ringhiando. «Non è divertente. Potrei anche essermi sdraiata un attimo per riposare. È stato in quel momento che Grace si è messa veramente comoda e non ha più voluto spostarsi.» Emily si chinò e si tolse una delle scarpe. «Non sento più le dita e penso di soffrire di tunnel carpale.» Alzò il braccio per mostrarglielo.

Levi le prese teneramente la mano, massaggiandola con le dita e continuando sull'avambraccio. Okay, era stata una scusa per toccarla, ma, accidenti! Il suo profumo riempiva la stanza, insieme a *eau de dog*. Emily era adorabile e sexy da morire. Così vicino, Levi aveva problemi di tocco compulsivo.

Emily chiuse gli occhi e Levi colse l'occasione per fissarla mentre le massaggiava il braccio e il polso. I capelli erano biondi, ma aveva ciglia scure che si appoggiavano alla pelle liscia. Il nasino aveva una forma perfetta e poi c'erano quelle labbra piene... il suo sguardo scese ancora, sul rigonfiamento del suo piccolo seno che avrebbe voluto toccare, nonostante le dimensioni, per scendere ancora allo stomaco piatto e la curva dei fianchi. Quando alzò gli occhi, Emily lo stava fissando.

All'inizio, Levi non distolse lo sguardo, catturato da quegli occhi grigi di tempesta che avrebbero dovuto essere freddi ma che invece lo scaldavano tutto. E poi si rese conto che era stato colto a adocchiarla e che probabilmente Emily aveva letto ogni singolo pensiero che gli era passato nella mente. La lasciò andare con riluttanza e fece un passo indietro.

Era venuto per metterla in riga e fare la stessa cosa anche con se stesso. Invece la stava toccando e pensando a tutti i modi in cui voleva continuare a toccarla e dove. «Da quanto tempo era seduta sopra di te?» disse, per distrarla da qualunque cosa potesse leggergli in faccia.

«Un'ora? Forse due? Non lo so.» Emily scosse la esta. «Ho perso la nozione del tempo. Penso di essermi appisolata una volta o due. È calda e piuttosto coccolosa.» Emily diede un'occhiataccia a Grace. «Tu sapevi quello che stavi facendo, vero?»

La lingua di Grace penzolò fuori in quello che era decisamente un sorriso canino.

Emily restò a bocca aperta. «L'hai vista? Mi sta prendendo in giro.»

Questa volta Levi non trattenne il sorriso. «Non dovresti permetterle di approfittarsi di te. È amore-dipendente. Si approfitta di chiunque a cui non dispiaccia accarezzarla per qualche ora.» Il sorriso svanì. «Stai veramente bene?»

Emily zoppicò verso la sua scrivania e si sedette. «Sì. Ma la prossima volta ti occuperai tu del cane.» Diede un'occhiata al telefono. «Merda, devo andare. Non riesco a credere che sia così tardi.»

Emily rimise a fatica la scarpa, si alzò e prese la borsa

massaggiandosi la schiena. «Mi devi un massaggio.» Levi alzò un sopracciglio ed Emily arrossì come un gambero. «Al centro benessere, non... sai che cosa intendevo dire.»

Levi si diresse alla porta. «D'accordo. Grazie per esserti presa cura di Grace. Non te la imporrò un'altra volta.»

Emily diede un'occhiata a Grace, che aveva la più innocente delle espressioni da cucciolo, per essere un cane adulto. Era brava, maledettamente brava.

«Non mi dispiace. È dolce. Forse, tutto sommato, mi piacciono i cani. La prossima volta però avvertimi prima, okay?» Controllò di nuovo l'ora.

«Dove devi andare?» In effetti Levi non aveva il diritto di chiederle che cosa facesse nelle sue ore libere, ma non aveva mai visto Emily avere tanta fretta di uscire dall'ufficio. La sua assistente era una stacanovista.

«Ho un appuntamento... al buio. Merito di Lisa. Augurami in bocca al lupo.»

Quasi prima che Levi se ne rendesse conto, Emily era uscita e percorreva il corridoio. E lui aveva la gola chiusa, il cuore che martellava in petto. *Un appuntamento?*

Capitolo Diciassette

La Fireside Lounge era affollata. Il chitarrista che Emily si era assicurata stava attirando gente nuova e piena di vita. Levi sedeva con i suoi fratelli e Wes stava attivamente cercando una preda.

Levi lo guardò storto. «Non è una buona idea cacciare sul terreno del Club Tahoe. Poteva andare bene quando era papà a gestire il resort, ma adesso abbiamo una responsabilità nei confronti dei nostri clienti.»

Wes gli lanciò un'occhiata. «Smettila di essere così rigido. Non avresti dovuto perderti la nostra partita di golf del venerdì. Ti avrebbe sciolto un po'.»

«Qualcuno deve pur far funzionare il resort.»

Wes ignorò l'insinuazione di Levi. «Quand'è stata l'ultima volta che hai fatto una scopata? Forse è quello che ti serve. Stai diventando un bacchettone.»

Levi non rispose. Perché l'ultima volta in cui aveva fatto sesso era prima del suo incidente. Quasi undici mesi, oramai. E contrariamente a ciò che credeva suo fratello, Levi non si sentiva puro e innocente in quel momento. Se solo Wes avesse saputo com'erano immorali i pensieri di

Levi riguardo alla sua assistente, avrebbe sbeffeggiato Levi per una ragione completamente diversa. Tra il suo passato con Lisa e il fatto che Emily era una sua subordinata, era piuttosto certo di superare i limiti morali.

L'unico problema? Che non voleva vedere Emily uscire con nessun altro.

Strinse i pugni e fece un respiro profondo. Non avrebbe dovuto importargli se Emily usciva con qualcuno. Avrebbe dovuto dimenticare il loro errore di giudizio della sera prima e tornare alle cose com'erano. Scrollò le mani. Era la cosa giusta da fare: lasciarla andare.

Lasciarla. Come se lui avesse avuto voce in capitolo per decidere con chi uscisse Emily.

Aveva bisogno di un'altra birra. Forse se assillava i suoi fratelli per le *loro* indiscrezioni, sarebbe riuscito a dimenticare quella che voleva commettere lui. Un'altra volta.

Wes strinse gli occhi guardando Levi, in un modo che lo rese diffidente. «La tua amichetta "pugno di ferro in guanto di velluto" ha puntato i piedi ieri sera al ballo. Mi ha rovinato un aggancio perfetto.»

Levi sentì il calore espandersi in petto. Emily era tosta... e sexy e dolce. Sapeva di buono. *Maledizione.*

E non contava che non fosse il suo solito tipo. Emily era una conta-graffette, faceva liste su tutto e riusciva a farsi valere con i suoi riottosi fratelli, e tutto con un sorriso sincero sulle labbra. E quel pomeriggio era stata gentile con Grace, il suo vecchio cane, un po' artritico e che non odorava sempre di fresco.

Gli tremarono le labbra quando ricordò come le aveva trovate quella sera. Emily sapeva come impedire ai suoi fratelli di metterle i piedi in testa, ma per la dolce Grace era diventata uno zerbino.

«Perché stai sorridendo?» Wes sembrava meravigliato.

Levi tossì, coprendosi la bocca con il pugno. «Niente. Il punto è che papà sapeva quello che stava facendo quando ha assunto me ed Emily è stata di grande aiuto. Sono contento che ti abbia messo al tuo posto.»

«Sì. Okay.» Wes rivolse un sorriso malizioso a una bionda al bar e la donna ricambiò il sorriso.

«Dobbiamo rimanere tutti concentrati» continuò Levi. «Potremmo imparare un paio di cosette dall'approccio di Emily alla sua carriera. Anche se...»

Wes dovette intuire qualcosa. Voltò di colpo la testa. «Anche se?»

«Uhm... È uscita anche Emily stasera, sai.» La voce gli uscì strozzata.

Wes si chinò in avanti. «Il tuo piccolo cavallo da soma ha un appuntamento bollente? Uh-uh. Bene. Ha bisogno di farsi una scopata almeno quanto te.»

Levi si strinse le ginocchia sotto il tavolo. «Lei non ha bisogno...»

«Che ne dici di quella?» disse Bran a Wes, indicando discretamente un'area dall'altra parte della stanza. «No, no quella... quella vicino alla porta.»

Wes esaminò la donna in quesitone. «Non male.»

La donna che aveva indicato Bran era carina: capelli scuri, figura piena. Proprio il tipo di donna che piaceva di solito a Levi. Ora non gli interessava nessuna che non fosse intelligente, dolce – eppure tosta quando era necessario – e gentile con i cani. Levi aveva un pessimo curriculum in fatto di relazioni serie. Non poteva permettere che una cosa del genere lo mandasse fuori rotta. Un altro motivo per cui corteggiare Emily non faceva parte dei suoi piani.

Wes scosse la testa. «Mi andrebbe una bionda questa sera. Ho avuto una mora la settimana scorsa. Devo cambiare, altrimenti mi annoio.»

«Fratello.» Hunt, che si era intrufolato mentre Levi stava silenziosamente rimuginando su Emily, sembrava sorpreso. «Stai diventando peggiore di me.»

Wes riportò l'attenzione sulla bionda al bar. «Nessuno può essere peggiore di te.»

Hunt sorrise diabolicamente. «Vero.»

«Siete tutti dei porci» mormorò Levi.

Lo fissarono tutti: Hunt, Wes, Bran e perfino Adam che era rimasto in silenzio per tutto il tempo, controllando l'orologio ogni paio di minuti.

«Che c'è?» disse bruscamente.

Wes guardò Adam, che appoggiò la birra sul tavolo e si chinò in avanti. Indossava dei jeans e una maglietta della West End Brewery invece dei soliti capi firmati che sfoggiava tutte le volte che uscivano insieme. Non sarebbe rimasto molto. Qualche minuto e li avrebbe abbandonati per la sua fidanzata. «I ragazzi si stanno probabilmente chiedendo», disse Adam, «che cazzo ti è successo.»

Levi allungò il collo. Indossava ancora gli abiti da ufficio e in quel momento lo stavano strangolando. «Niente, sono sempre lo stesso.»

Adam picchiettò un dito sul tavolo. «Levi, fratello, sei più teso di come ti abbia mai visto. Ed è tutto dire perché normalmente sei dispotico e prepotente.»

«Qual è il punto?»

«Il punto è ciò che ti sta causando più stress in questi ultimi giorni di tutto il resto insieme: la perdita di papà, gestire il Club Tahoe... *Aspetta*.» Il dito smise di ballare il tip-tap. «Hai detto che Emily aveva un appuntamento?»

«E allora?» la voce di Levi aveva un tono più irritato di quanto avesse inteso.

«*Maledizione*» disse Adam. «Hayden l'aveva detto, ma...

Stai veramente pensando di cominciare qualcosa con Emily?»

Hunt sogghignò, scuotendo la testa mentre adocchiava una cameriera procace che si stava avvicinando. Bran, Wes e Adam invece continuarono a fissare Levi, aspettando la sua risposta.

L'attenzione combinata dei suoi fratelli fece sudare Levi come se avesse avuto un riflettore puntato addosso. «Ovviamente no.» Trangugiò l'ultimo sorso della birra che aveva di fronte.

«No, credo che tu sia sulla pista giusta, Adam» disse Wes con gli occhi scuri che lampeggiavano.

«Sono d'accordo.» Bran annuì, senza notare che la cameriera procace che Wes stava adocchiando non gli aveva tolto gli occhi di dosso.

«Bene» disse Hunt, allungando le braccia sopra la testa. «Ha senso. Emily è un bel pezzo di...»

Levi arrivò dall'altra parte del tavolo e stava stringendo il collo di Hunt prima che suo fratello potesse finire la frase.

Wes, Bran e Adam balzarono fuori dalle sedie. «Che cazzo» disse Wes, staccando Levi da Hunt.

Hunt si raddrizzò il colletto, con la faccia rossa d'ira mentre guardava minaccioso Levi. «Me ne vado» disse precipitandosi verso l'uscita.

Adam spinse Levi sulla sua sedia, cosa che doveva aver richiesto metà del peso e ogni grammo di forza del fratello minore che era un po' più basso.

Levi si guardò attorno, alzando una mano per scusarsi in silenzio con i clienti del bar del club, che stavano fissando.

Maledizione. Non era il modo migliore di comportarsi davanti agli ospiti dell'albergo. Hunt dava sui nervi a Levi, ma lui era *davvero* nervoso e teso.

Superare la sua attrazione per Emily non sarebbe stato facile come aveva sperato.

Capitolo Diciotto

«Allora, che ne pensi?» Lisa si lasciò cadere sul divano accanto a Emily, con un bicchiere di vino in mano. «Ci sono volute solo *due settimane* per convincerti ad accettare questo appuntamento. Ne valeva la pena?»

Emily aveva accettato l'appuntamento al buio che le aveva organizzato sua sorella, ma, con i clienti speciali in città e le lunghe ore in ufficio, finora aveva rimandato. Asciugò una goccia d'acqua sul suo bicchiere, dandosi un momento per formulare una risposta. «Zander sembra simpatico. Attraente e carino. Ma non lo conosco veramente.»

Lisa sbuffò. «Jared lo conosce e può garantirti che è una brava persona. E puoi imparare a conoscerlo. È quello il punto.» Si avvicinò e diede una spintarella insinuante al braccio di Emily, ma, dato che Lisa aveva già bevuto un paio di bicchieri di vino, Emily finì per dover rimetterla diritta.

«Ho capito» disse Emily ridendo. «Vuoi che esca con lui. Ma come fai a sapere che gli interesso?» E a lei importava? Non aveva ancora superato la cotta per Levi, anche se lui aveva messo in chiaro che per lui era finita. Anche se dopo il modo in cui l'aveva guardata prima che lei uscisse per andare al suo appuntamento... Non era più sicura di niente.

Lisa appoggiò la testa sul cuscino, a bocca aperta. «Emily, come facciamo a essere imparentate?» Le rivolse un'occhiata eloquente. «Sei bella e intelligente. *Ovvio* che sia interessato.»

«Ma non pensi che ci dovrebbe essere qualcosa di più? Tu e Jared, per esempio. Lui ti capisce. Non è solo perché tu sei bella e anche lui. È perché soddisfate i reciproci bisogni emotivi.»

Lisa fece una risata. «Oh, lui soddisfa i miei bisogni.»

Emily emise un verso disgustato. «Per favore, non ho bisogno di visualizzarlo. Sai di che cosa sto parlando. Tu puoi essere appiccicosa e richiedere un mucchio di attenzioni e a Jared, per qualche ragione stranamente altruista, piace prendersi cura di te.»

«Perché mi ama.»

«Giusto. Ma ti ama perché riesce a soddisfare i tuoi bisogni oppure ti ama per qualche ragione intrinseca che non riusciamo a individuare?»

Lisa rimase a bocca aperta. «Perché stai filosofeggiando? Sono troppo ubriaca per seguirti. O forse non abbastanza ubriaca. Jared e io ci siamo intesi fin dal primo momento ed è solo migliorato col tempo. Non c'è niente di lui che mi infastidisca abbastanza da farmi temere per il futuro e penso che sia la stessa cosa per lui. Semplicemente, funziona tutto.» Lisa si morse il labbro. «Parlando di cose che funzionano o no, ho parlato con Levi la sera in cui ti ho portato la borsa. Gli ho chiesto scusa per ciò che è successo in passato con Hunter. Non l'avevo mai fatto... scusarmi per il mio comportamento. Mi sono sentita meglio.»

Il cuore di Emily cominciò a martellare. Sapeva che doveva essere successo qualcosa quando li aveva lasciati da soli, ma aveva avuto troppa paura per chiederlo. «Come l'ha presa?»

«Ha detto di avermi perdonata e spero che sia vero. Non meritava il modo in cui l'ho trattato.» Lisa alzò gli occhi, con un sorriso triste sul volto. «Era sempre così sicuro di sé e mi sembrava di doverlo essere anch'io. Questo mi rendeva insicura. Quindi non è veramente colpa sua se le cose non avevano funzionato.»

Emily annuì, cercando di soffocare la sensazione che i sentimenti di Levi e Lisa scatenavano in lei. Voleva che sua sorella fosse felice e anche Levi. Ma non poteva fare nulla per la sua attrazione per Levi.

«Non mi sono mai sentita all'altezza di Levi» disse Lisa.

Emily si voltò di scatto a guardarla. Anche senza tener conto dei suoi sentimenti per quell'uomo, Lisa era sua sorella. «È una follia. Tu sei perfetta.» In tutto ciò che contava, sua sorella *era* perfetta. Era bella, sì, ma anche generosa e gentile.

«Okay, innanzitutto, io non sono perfetta e tu lo sai, altrimenti non avresti menzionato il mio bisogno di attenzioni.»

Emily sbuffò. «Un lieve difetto, niente di importante.»

«Forse, ma devi conoscere Levi, ora che lavori con lui. È sempre sicuro di sé, sa sempre dove sta andando e che cosa sta facendo. Aveva programmato tutta la nostra vita alla fine del primo appuntamento. Ed è così maledettamente sexy che non ci ho pensato due volte, ho solo annuito e l'ho assecondato, ma... non ho veramente mai sentito quel legame. E suppongo che sia il punto cui volevi arrivare con il tuo filosofeggiare da ubriaca» disse sogghignando.

«Non sono io quella ubriaca. Sei tu.»

«*Comunque*, a volte quando sei colta in un tornado, l'unico modo per liberarsi è mettersi al riparo. Io mi sono riparata sotto Hunt.» Lisa puntò il dito verso Lisa. «Mai fare sesso con il fratello del tuo ragazzo. Il risultato è un vero disastro.»

Beh, ovvio, pensò Emily. E poi le sudarono le mani. Tranne che... non era quello che voleva che facesse Levi? Lei era la sorella della sua ex, ma le due situazioni si assomigliavano abbastanza.

Ma Levi sembrava conoscere le regole. Aveva mantenuto le distanze dopo il loro momento dell'altra sera, quando tutto ciò che lei aveva voluto era avvicinarsi di più.

Emily appoggiò il bicchiere sul tavolino di Lisa. Sarebbe stata alla larga da Levi, ma non aveva intenzione di uscire con qualcuno solo per avere un uomo nella sua vita. «Non ho provato quel "clic" con Zander questa sera. Ha tutti i requisiti che cerca la maggior parte della gente: è attraente, ha un buon lavoro e siamo compatibili. Ma non c'è stato quel "clic".»

Lisa fissò il soffitto. «Accidenti, pensavo che avessimo fatto centro con lui.»

«Già, accidenti.» Perché l'unico uomo con cui Emily aveva cliccato e da cui si sentiva sempre più attratta era l'unica persona che non poteva avere.

* * *

Emily chiamò un Uber per andare a casa quella sera e si tolse immediatamente i tacchi quando entrò nel suo piccolo appartamento. Era nella zona del Tahoe Island Park, a poca distanza dalla pista ciclabile che costeggiava i boschi lungo la Emerald Bay Road. Ultimamente non aveva fatto passeggiate sulla pista. Lavorava fino a tardi in ufficio e poi ancora quando arrivava a casa. Sembrava aver dimenticato come vivere.

Una volta sapeva come divertirsi. Forse non il tipo di divertimento eccitante di Lisa, ma divertimento comunque. Quella sera non aveva avuto voglia di uscire per un appuntamento al buio, o qualunque altro tipo di appuntamento. Non quando il suo cuore era da tutt'altra parte.

Nelle ultime due settimane Emily aveva conosciuto il vero Levi e non solo il tizio carino per cui aveva avuto una cotta quando era più giovane. O l'uomo che aveva trovato attraente ancora una volta quando era entrata per la prima volta nel suo ufficio al Club Tahoe. Levi era sicuro di sé, imperioso e sexy da morire. Ma era devoto ai suoi fratelli, spesso a proprie spese, gentile con il suo vecchio cane e bravo sotto pressione.

Era un protettore, ed era una cosa estremamente sexy. Suo padre non era mai stato presente per lei o per Lisa. Al contrario, Levi cercava in tutti i modi di prendersi cura di quelli che aveva intorno.

Emily poteva fermarsi all'ammirazione e, okay, anche a spiare di nascosto la sua figura sexy, se lui non l'avesse guardata negli occhi come se lei fosse qualcosa da amare. Nessun uomo, nemmeno suo padre, l'aveva mai apprezzata. Poi Levi l'aveva baciata come se stesse morendo di fame. Come se lei fosse la *sua* isola in un mare in tempesta. Era quella la parte che non riusciva a superare. Essere necessaria e desiderata da un uomo che ammirava a sua volta. Ma doveva farsela passare.

Poteva non appartenere più a Lisa, ma Levi non era nemmeno di Emily. Proprio come aveva detto Lisa, Levi sapeva ciò che voleva e se lo prendeva, e prendersi Emily non era nelle sue intenzioni. Non aveva pronunciato una sola parola riguardo al loro bacio, né aveva fatto qualche mossa per ripeterlo. Quindi lei avrebbe dovuto voltare pagina.

Accigliata, Emily si sedette sul divano. Si prese la testa tra le mani.

Fu solo quando il suo telefono vibrò per la seconda volta che strizzò gli occhi verso la borsa accanto al divano.

Chi le stava mandando un messaggio così tardi? Era quasi mezzanotte. Nessuno tranne Lisa si metteva in contatto con lei nel mezzo della notte ed Emily aveva appena lasciato sua sorella.

Allungò il braccio oltre il bracciolo per afferrare la borsa che aveva lasciato cadere appena entrata, schiacciandosi lo stomaco e i polmoni nel tentativo. Meglio che Lisa non provasse a incastrarla un'altra volta. Non credeva proprio di poter sopportare così presto un altro appuntamento al buio.

Levi: *Com'è andato il tuo appuntamento?*

Emily sentì il cuore che accelerava. Che diavolo? Perché Levi le stava mandando messaggi? C'era qualche emergenza?

Emily: *Va tutto bene?*

Non c'era bisogno di dirgli che non provava assolutamente niente per il tizio che le aveva imposto sua sorella. Inoltre, non poteva veramente interessargli sapere com'era andata. Doveva esserci qualcosa che non andava.

Levi: *Sei a casa?*
Emily: *Perché lo chiedi?*
Levi: *Solo per assicurarmi che la mia impiegata modello si*

faccia un bel sonno ristoratore. Domani mattina cominceremo presto.

Okay, sembrava proprio che stesse controllando come stava. Dopo avergli detto che aveva un appuntamento. Mmm...

Emily: *Grace verrà di nuovo in ufficio?*
Levi: *Non ne hai avuto abbastanza del mio cane oggi?*
Emily: *È perfetta per le coccole. Mi è piaciuto il mio pisolino pomeridiano. Almeno quando non mi stavo rovinando il polso grattandole le orecchie.*
Levi: *Niente cane, solo lavoro. Ci vediamo domani.*

Emily sorrise mentre fissava i messaggi. Poteva anche essere rimbalzata su e giù sul divano parecchie volte.

Levi stava pensando a lei. E se stava leggendo correttamente la situazione, stava verificando com'era andato il suo appuntamento con un altro uomo.

E questo voleva dire che, per Levi, quei baci potevano non essere stati insignificanti come aveva pensato Emily.

Capitolo Diciannove

Levi riuscì a superare i giorni seguenti senza porre a Emily altre domande sul tizio che stava vedendo, facendo bagni nel lago ogni sera per schiarirsi le idee. Non aveva senso pensare a una donna che era off-limits.

L'unico problema? Off-limits era diventato di colpo un'enorme tentazione.

Levi non si sarebbe definito una persona che seguiva le regole, ma, da vigile del fuoco, doveva mantenere l'ordine quando uomini e donne dipendevano da lui per tenerli al sicuro. Aveva aiutato a crescere quattro fratelli e questo significava che aveva tenuto d'occhio anche loro. Non era assolutamente un santo, ma aveva cercato di essere un modello di comportamento corretto.

Quindi perché, pensò mentre fissava la donna in questione seduta di fronte a lui con la sua camicetta abbottonata fino al collo, stava pensando di sfidare la sorte?

Emily non rientrava nei suoi programmi e, senza un piano, non poteva mantenere al sicuro lei o chiunque altro. E comunque il club doveva essere in cima alle sue priorità in quel momento. Ma, accidenti, non riusciva a smettere di pensare a Emily o a quei baci.

Era tentato. *Molto* tentato di fare qualcosa al riguardo. Il problema era che lei non sembrava il tipo da rapporti occasionali e lui non poteva offrirle di più.

«Allora, va bene», stava dicendo Emily fissando il suo tablet, «se vado avanti con la squadra del marketing e dell'ospitalità per il programma dei bambini?»

Levi sbatté le palpebre. E si schiarì la voce. Aveva fissato una lunga ciocca di capelli che le sfiorava il seno mentre lei prendeva appunti sul tablet. «Prepara un budget e poi ne parleremo.»

Emily strinse leggermente le labbra in un lieve sorriso e annuì prima di abbassare la testa e procedere a prendere altri appunti. Spinse distrattamene i capelli sopra la spalla, scostandoli dal seno, e Levi sospirò deluso.

Levi non era contrario al programma per i bambini. Ci teneva a far felici i suoi ospiti e voleva creare un'altra fonte di guadagno, ma non poteva permettersi un errore, non con la Shin Electronics ancora per aria. La società non li aveva contattati e Levi non era ottimista. Comunque, Emily gli aveva chiesto di parlare del programma per i bambini ed era sembrata una buona occasione per averla nel suo ufficio e passare un po' di tempo platonico insieme, mentre lui la ammirava da lontano. Ma Emily aveva toccato dei punti salienti che non poteva ignorare. Quel programma poteva essere vantaggioso per il club, a tutti i livelli.

Avevano passato tutta la mattina con il direttore finanziario a controllare i numeri attuali, che sembravano essere penosamente inferiori al normale. Tutto era più tollerabile con Emily vicino. E c'era stata una nota positiva: il direttore finanziario aveva detto che con l'intrattenimento serale che attirava un flusso costante di visitatori extra, sarebbe stato possibile tornare in attivo entro un anno, purché riuscissero ad affittare le sale riunioni. E l'unico modo per farlo era attirare le società perché usassero il resort per le loro conferenze e riunioni.

Levi si alzò e andò alla finestra che dava sui pini e i cespugli, curati in modo che assomigliassero a un panorama naturale. Niente era naturale come la realtà e, ogni giorno che passava rinchiuso in ufficio, a Levi mancava la sua terra. «Qualche idea su come attrarre le società perché usino il resort? Abbiamo perso cinque dei nostri account più grossi e, come hai sentito questa mattina, hanno lasciato un bel buco nei nostri introiti.»

«A questo proposito» disse Emily, picchiettando la cartelletta che aveva in grembo con un lungo dito aggraziato. «Non riesco a capire come abbiamo fatto a perdere quei contratti.» Arricciò il naso mentre frugava tra le sue carte. Ne tolse un formulario e lo esaminò. «I nostri addetti contattano personalmente ognuno dopo le conferenze per giudicare come sono andate le cose e come eventualmente migliorare.» Alzò il documento. «Tutte recensioni positive con la promessa da parte degli ospiti di tornare. Mandiamo anche delle e-mail a ogni ospite, con questionari anonimi, non solo quelli che partecipano alle conferenze, e riceviamo molto raramente un feedback negativo. Semplicemente non ha senso.»

Levi si voltò a guardarla, appoggiando il fianco contro il davanzale della finestra e incrociando le braccia sul petto. «Che cosa dicevano le recensioni negative?»

Emily abbassò gli occhi sul torace e le braccia di Levi, poi li distolse in fretta. «Uhm...» Sfogliò qualche altra pagina. «Servono più "spalmatori di crema".»

Levi la guardò alzando un sopracciglio. «È così che avevi saputo che ci servivano più addetti alle cabine?»

Emily alzò gli occhi, con le guance arrossate. «Ho avuto un presentimento.»

Passò a un'altra pagina. «Per favore, cambiate gli asciugamani da spiaggia. Due dei miei avevano i bordi sfilacciati.» Voltò qualche altra pagina e scosse la testa. «Tutti commenti come questi. Niente di sostanziale.»

Levi si grattò la guancia. «Abbiamo cambiato gli asciugamani?»

Emily sorrise. «Ho effettivamente controllato e abbiamo cambiato gli asciugamani due mesi fa. Era già sull'elenco dei regolari servizi di manutenzione.»

«Quindi le recensioni sono buone, ma in qualche modo stiamo mancando l'obiettivo.»

Emily impilò le carte e si alzò, camminando avanti e indietro nella stanza. «È quello il punto. *Non stiamo* mancando l'obiettivo. Il Club Tahoe è noto come il primo resort di lusso nel South Lake Tahoe. Non ha senso che il Blue Casinò sia riuscito a rubarci tre dei cinque clienti di lunga data. Non che ci sia niente che non vada nel casinò in cui lavora tuo fratello, ma...»

«Il Blue Casinò si rivolge a una clientela diversa, più moderna rispetto all'eleganza tradizionale. E non hanno tutte le strutture che abbiamo noi.»

«Esattamente.»

«Eppure, in qualche modo riescono comunque a rubarci i clienti.» Guardò fuori dalla finestra. «Parlerò con Adam, per capire che cosa sa. Per ora, lavora con il marketing e cercate di trovare altre idee per attirare i grossi clienti.»

Emily annuì e si voltò per andarsene, ma si fermò a metà strada, guardando indietro con le sue cartellette strette al petto. «Come sta Grace?»

Levi abbassò le braccia, infilando una mano nella tasca dei pantaloni. «Passa le sue giornate pisolando» disse ridacchiando. «Non ha più il collare elisabettiano ed è più a suo agio.»

«Oh, bene. Fammi sapere se mai ti serve una dog-sitter» gli disse Emily sorridendo timidamente e alzando le spalle. «Mi è piaciuto. Magari sono veramente un tipo da animali di compagnia.»

«Per oggi condividerò il mio e ti prenderò in parola. Ho un appuntamento a San Francisco questo fine settimana. Wes me lo sta organizzando con un giocatore del tour del golf con conoscenze all'interno dell'associazione. Dovremmo discutere di portare un torneo qui al nostro campo. Se non riusciremo a ottenere tre o quattro clienti commerciali, questa potrebbe essere l'alternativa migliore. È improbabile, ma vale la pena di tentare.»

«Sarò lieta di tenere Grace. Devo venire a prenderla?»

«Ho un giardino grande. Probabilmente sarebbe meglio che venga tu a casa mia. Ho il wi-fi e la parabola se preferisci la TV. Mi assicurerò che il frigorifero sia rifornito.»

Emily rise. «Non preoccuparti. Grace e io staremo benissimo. Non vedo l'ora.» Poi aprì la porta e uscì contenta.

Levi la osservò mentre se ne andava, poi tornò a guardare fuori dalla finestra. Era ora di chiamare Wes. Non avevano un appuntamento *ufficiale* a San Francisco, solo il germe di un'idea che Wes e lui avevano discusso bevendo una birra la sera prima. Non aveva esattamente mentito a Emily. Ma il pensiero che lei si prendesse cura di Grace e passasse del tempo a casa sua, anche se lui non c'era, era stato troppo piacevole per non approfittarne. Lui sarebbe stato a San Francisco, ben lontano. Che male poteva fare?

* * *

Emily si presentò sabato mattina sul tardi e, quando Levi aprì la porta, l'aria gli restò imprigionata nei polmoni. Indossava una maglietta sottile che aderiva alle sue curve delicate e aveva raccolto i capelli ai lati, lasciando libero il bel volto. Un volto senza traccia di trucco, nemmeno il rossetto.

Levi non aveva mai visto una donna così bella. Emily portava jeans attillati, stretti alle caviglie, che esaltavano le sue gambe lunghe e il sedere da una nuova e interessante prospettiva, che Levi avrebbe voluto esaminare più da vicino, se lei non fosse stata la donna che stava cercando di evitare di toccare.

Stava cercando di mantenere il loro rapporto platonico, anche se non riusciva a resistere alla tentazione di passare del tempo con lei.

I polmoni di Levi si svuotarono quando spalancò la porta. «Entra.» Guardò nella stanza. «Grace, è arrivata la tua massaggiatrice.»

Grace si precipitò verso Emily e le leccò la mano, poi il ginocchio e giù lungo la gamba fino alla punta delle sneakers bianche per poi risalire al ginocchio.

Grace non aveva mai visto una parte del corpo che non volesse leccare. Levi stava diventando geloso per tutto quello cui aveva accesso il suo cane. Ma non sarebbe stato appropriato cominciare a togliere i vestiti a Emily e leccarla nel modo in cui *lui* aveva immaginato appena l'aveva vista sul pianerottolo. Inappropriato e intimo. E avrebbe superato i limiti che si era autoimposto.

«Grace» disse Levi e il suo cane corse da lui, lasciandola per un momento. Levi rivolse a Emily un sorriso di scusa. «Sentiti libera di usare la cucina per lavarti le mani. A volte i bagni che Grace ti fa con la lingua lasciano un po' a desiderare.»

Emily rise e andò nella piccola cucina con una grande

finestra che dava sulle montagne. «La tua casa si trova nella zona più bella. Ed è costruita così bene. Dovresti vedere lo scalcinato appartamento in cui sto vivendo. Giuro che il legno del rivestimento all'esterno sta per crollare.»

Levi si accigliò. «Sembra che la manutenzione sia stata scarsa. Sei sicura che sia a norma?»

Emily sorrise ma lui non capiva che cosa ci fosse di così divertente. «Una volta un vigile del fuoco, sempre un vigile del fuoco?»

Levi si strofinò la guancia, con un sorrisino sulle labbra. «Immagino sia difficile evitarlo. Anche se il posto dove vivi non sembra molto sicuro.»

Emily scosse la testa. «Va bene. Non è l'ideale, certo, ma vivo lì solo temporaneamente. Troverò un posto migliore una volta che avrò risparmiato un po'. Come hai fatto a trovare questa casa? È nel posto perfetto. Sei lontano dal trambusto ma comunque abbastanza vicino a tutto e hai la vista sul lago.»

«Conoscere queste montagne faceva parte del mio lavoro.»

Emily chiuse il rubinetto e sul volto le apparve un'espressione triste. «Ti manca fare il vigile del fuoco?»

Levi indicò un asciugamano appeso all'armadietto in alto. «Una volta sì.»

Emily si asciugò le mani. «Ora non più?»

Levi strofinò Grace dietro l'orecchio, riflettendo. «Ottima domanda. Se me l'avessi chiesto uno o due mesi fa, avrei risposto di sì, senza esitare. Adesso... non lo so. Comunque, è una cosa che non potrò più fare.»

Emily lo guardò in viso, appoggiandosi al lavandino. «Tuo padre mi aveva detto che c'era stato un incidente, ma non mi ha mai raccontato che cos'era successo.»

Levi tracciò con un dito la cicatrice rosso vivo sopra l'occhio. Piccola per aver causato un danno così grave. «Blocco di cemento in testa.» Sogghignò. «Devo avere la testa dura, perché avrebbe potuto uccidermi.»

Il petto di Emily si alzò e si abbassò pesantemente. «È orribile.»

Levi fece spallucce. «Sono sopravvissuto e il ragazzo che aveva acceso il fuoco nell'edificio abbandonato è sopravvissuto anche lui, quindi è andato tutto bene. Avrebbe potuto andare molto peggio. Qualcuno avrebbe potuto morire oppure io avrei potuto perdere una parte maggiore di vista.»

Il peggior incubo di Levi era perdere qualcuno che amava. Essere in grado di salvare la gente era stato il motivo principale per diventare un vigile del fuoco. Senza il suo lavoro si era sentito alla deriva. Ma poteva proteggere la gente cui teneva mentre gestiva il Club Tahoe. Solo in un ambiente più pulito.

«Quindi hai perso parte della vista?»

«Non abbastanza da contare, tranne che come vigile del fuoco. Perfino una piccola perdita della visione periferica mi avrebbe incollato a una scrivania.» Fece una smorfia guardando il tavolo da cucina che aveva costruito Jaeg. Era uno dei mobili che preferiva in casa, ma in quel momento non lo vedeva nemmeno. Poteva aver accettato che la carriera dei suoi sogni fosse finita, ma non rendeva più facile ingoiare quella pillola.

«Forse è stato meglio così.»

Levi alzò gli occhi. «Scusami?»

«Non la perdita della visione periferica, ma il fatto che tuo padre ti abbia messo a capo del Club Tahoe. Se fossi rimasto alla stazione, a guardare i tuoi amici che uscivano mentre tu dovevi restare indietro, sarebbe stato un costante promemoria di ciò che avevi perso. In questo modo, puoi indossare abiti eleganti, ed è una cosa che so che *adori*.»

Levi sorrise. Detestava giacche e cravatte e cercava abbastanza spesso di allentare i colletti quando era in ufficio che Emily doveva averlo notato.

«*E*», aggiunse, «puoi comandare a bacchetta noi galoppini.»

Levi si accarezzò la mandibola, sogghignando. «Quella parte mi piace proprio.»

«Ovvio, a chi non piacerebbe passare del tempo con una cervellona ossessionata dai più piccoli particolari che tu invece detesti?»

«Un altro vantaggio.» Questa volta le rivolse un sorriso pieno. Emily gli aveva veramente reso la vita più facile. No, non più facile perché averla vicina e non toccarla non era facile. Rendeva la sua vita *migliore*. Con l'aiuto che gli offriva, senza dubbio, ma anche la sua sola presenza rendeva ogni momento più lieve e più piacevole.

Emily sorrise timidamente, poi si guardò attorno. «Che cosa dovrei fare mentre sei via? A parte fare un sacco di coccole al cane. Darle da mangiare? Farle un bagno?»

«Le ho già dato da mangiare, ma una passeggiata o due non guasterebbero. Non c'è bisogno che le faccia il bagno. Non ho intenzione di assoggettarti a una cosa simile. Finiresti per fare un bagno anche tu, solo che usciresti più sporca anziché più pulita.»

«Capito. Niente bagno.» Guardò oltre le spalle di Levi. «Fin dove arriva questa strada?»

Levi attraversò la stanza e andò alla finestra che dava sull'altra parte della sua proprietà ed Emily lo seguì. «Circa ottocento metri.» Indicò il nord. «Non è asfaltata, ma è ben battuta e Grace conosce la strada. Non avrai bisogno di un guinzaglio, non le piace stare lontana dalla sua gente.»

Emily sorrise felice e il cuore di Levi mancò un battito. «Faccio parte della sua gente?»

Levi si schiarì la voce. «Ti ha usato come cuscino l'altro giorno. Direi proprio di sì.»

Emily diede un'occhiata a Grace, il vecchio cane tolto da un rifugio che amava lavare i suoi amici con la lingua. «Mi piace. Non vorrei essere uno zerbino, ma un cuscino? È qualcosa cui aspirare.»

Il cuore di Levi batté forte quando la vide al suo fianco. Emily era adorabile e stava scalpellando il suo cuore indurito con quel suo pugno di ferro in un guanto di velluto.

Emily doveva aver notato quanto erano vicini. Poteva perfino aver percepito il calore che stava emanando il corpo di Levi con lei accanto. Fece un passo indietro. «Vai pure. Grace e io staremo bene.»

«Giusto. Sarà meglio che vada.» Andò alla console accanto alla porta e prese le sue chiavi e il telefono. Si fermò e si guardò attorno. Gli sembrava strano lasciare Emily a casa sua... ma anche confortante.

La prossima volta avrebbe assunto un dog-sitter professionale. Anche se erano amici, lui stava avendo pensieri *molto* amichevoli nei confronti della sua assistente. Della varietà nuda e non lo aiutava a trattenersi. Emily stava tentando di fargli un favore e tutto ciò cui riusciva a pensare era prenderla tra le braccia e passarle le mani e le labbra sulla pelle.

«Prenderemo un piccolo aereo per andare a San Francisco» disse. «Tornerò verso le undici. Grace starà bene per qualche ora da sola, quindi non sentirti obbligata a restare fino a tardi per lei.»

«Certo. Buon viaggio.» Emily si sedette sul divano e Grace la raggiunse. Emily cominciò immediatamente ad accarezzarla e grattarla, felice come non l'aveva mai vista.

Levi annuì e uscì a precipizio prima di fare qualcosa di

stupido come salutare Emily con un bacio. E perché uscire senza toccarla gli sembrava una tortura?

Era una pessima idea. Un piano stupido, folle. E tutto per che cosa? Avvicinarsi a Emily al di fuori del lavoro? E aveva deciso che era comunque una pessima idea, perché non erano mai stati una coppia. Lei era la sua impiegata più importante e l'aiutava più di quanto lei si rendesse conto, con le sue idee brillanti e la competenza che faceva funzionare agevolmente il Club Tahoe.

«Non incasinare tutto» borbottò tra sé e sé mentre si avvicinava al suo SUV.

Si mise alla guida con un paio di jeans scuri e una camicia button-down. Grazie a Dio non doveva indossare un completo. Abiti casual potevano bastare per l'amico di Wes, anche se era una cena di lavoro. Uscì dal vialetto e cercò di non pensare alla bella donna che aveva manipolato per farle curare il suo cane. Si sarebbe preso a calci più tardi.

Una volta che fosse arrivato a casa avrebbe fatto un serio discorso con se stesso sui limiti da non superare.

Capitolo Venti

Levi aprì la portiera dell'auto e scese, sbadigliando e stiracchiandosi la schiena. L'incontro con l'amico golfista di Wes era stato un fiasco. Erano arrivati in città e avevano cenato ma Wes e il suo amico avevano cominciato subito a bere. I discorsi di lavoro erano usciti in fretta dalla finestra e Wes aveva finito per portare a casa una donna. Cosa che aveva lasciato Levi ad ascoltare risatine e altri rumori che avrebbe preferito non sentire sul piccolo jet per cui aveva pagato un occhio della testa. A Levi non importava e non voleva sapere come avesse in programma Wes di rimandare la ragazza a San Francisco. Era troppo furioso con suo fratello per aver organizzato quello che si era rivelato un costoso rimorchio, e a spese della società, oltretutto. Per Levi era stata una totale perdita di tempo.

Si diresse a casa e si fermò a metà del vialetto. Guardò sorpreso la piccola auto color argento di Emily ancora parcheggiata lì. Nel suo stato di esaurimento, l'aveva quasi dimenticata mentre risaliva il viale.

Controllò l'ora. Era quasi mezzanotte. Emily avrebbe dovuto andare a casa ore prima.

Aprì la porta ed entrò lentamente. Le luci erano abbassate e all'inizio non la vide. Poi guardò sul divano.

In qualche posto, in profondità nel suo petto, il cuore pulsò e si espanse, e il calore si diffuse nelle gambe e nelle braccia. Emily dormiva distesa sulla schiena, con Grace sopra di lei. Proprio come le aveva trovate nel suo ufficio l'altro giorno. Però questa volta Emily non si svegliò. Aveva il braccio appoggiato sulla schiena di Grace, le teste vicine.

Levi fissò il soffitto. Se lei fosse stata solo attraente, lui avrebbe potuto restare lontano. Era stato in grado di mantenere le distanze dalle belle donne per mesi e non era stato difficile. Ma con Emily, le cose era diverse. Quella dimostrazione di bellezza non aveva nulla a che fare con l'aspetto fisico e contro quella lui non aveva difese.

Non aveva programmato di averla nella sua vita. Né aveva pianificato il loro futuro come aveva fatto con Lisa, visualizzando qualcosa di luminoso e scintillante che non avrebbe mai ottenuto. Quella faccenda con Emily era incasinata e anche la cosa più vera che avesse mai sperimentato da tempo. Forse da sempre. Non l'aveva prevista, ma lei era comunque diventata parte della sua vita, non semplicemente in ufficio. Lo aveva catturato senza che lui se ne rendesse conto e adesso era in bilico, sul punto di fare una cosa più stupida di tutta la stupida merda in cui si era già trovato ultimamente.

Doveva svegliarla. Mandarla via prima di dar retta ai suoi impulsi. Perché non era cambiato niente. Il Club Tahoe era ancora in cima alle sue priorità. Ma non voleva che guidasse quando era così stanca...

Appoggiò le chiavi e il telefono sulla console e Grace alzò la testa. Lo sfidò con i suoi occhi canini a toglierle il suo nuovo cuscino.

Levi scosse la testa e andò verso il retro della casa e la sua stanza mentre Emily continuava a dormire profondamente. Si sarebbe cambiato e poi l'avrebbe svegliata e l'avrebbe accompagnata a casa. Oppure le avrebbe offerto il suo letto per quella notte. No, quella non era una buona idea. Si sarebbe girato e rigirato sul divano pensando a lei nel suo letto.

L'avrebbe accompagnata a casa, ecco tutto.

Levi chiuse parzialmente la porta della sua stanza e prese un paio di pantaloni di flanella e una t-shirt. Si slacciò la camicia e se la tolse, insieme ai jeans. Si era appena tirato i pantaloni di flanella sui fianchi quando sentì uno scricchiolio fuori dalla sua stanza da letto.

Si voltò e lì c'era Emily, a meno di un metro di distanza, che fissava il suo torace nudo.

Arrossì e Levi allungò in fretta la mano per prendere la maglietta. Ma lei non aveva distolto gli occhi, al contrario, alzò lo sguardo per fissarlo negli occhi.

Levi deglutì e si avvicinò di un passo. *Pessima idea. Lasciala in pace.*

Lei non fece un passo indietro, né si voltò, cosa che avrebbe reso più facile la sua decisione. No. Invece si leccò le labbra.

Nessun uomo poteva essere così forte. Non quando una donna come Emily lo stava guardando con il desiderio negli occhi.

«Spiacente... ho sentito qualcosa e sono tornata indietro per vedere che cos'era» disse.

«Sei tornata qui perché avevi sentito un rumore?» Levi aggrottò la fronte, mettendosi le mani sui fianchi. «E se fossi stato un intruso?»

Emily aveva gli occhi fissi sul suo corpo. «Non potevo lasciare Grace» disse distrattamente.

«Quindi hai rischiato la tua vita per il mio cane?»

Emily annuì, senza distogliere gli occhi dal suo petto.

Levi espirò lentamente. Decisione presa, che lo volesse o meno. «Quindi ti dovrei ringraziare...» Fece l'ultimo passo avanti finché fu direttamente davanti a lei.

Emily sbatté le ciglia e alzò gli occhi. «Ringraziarmi?»

La prese tra le braccia e strinse. Era la scusa di cui aveva bisogno. Perché proprio in quel momento non si stava comportando in modo logico.

La baciò, con tutto il desiderio accumulato che aveva tenuto a bada. Allargò le mani sulla sua schiena e le afferrò il sedere in quei jeans aderenti che lo avevano stuzzicato quando era arrivata.

Emily gli mise le braccia intorno al collo e ricambiò il bacio con la stessa passione.

Levi interruppe il bacio per passarle le labbra sul collo. «Non dovremmo farlo.»

«Perché no?» gli chiese sussurrando.

«È un'idea terribile» borbottò Levi. «Ma sono un uomo debole e ti desidero.»

Emily si tirò indietro e lo guardò. «Prima non mi volevi. Mi hai baciato e hai finto che non fosse successo niente. Sei sicuro di volerlo?»

«Metti in dubbio il mio desiderio per te?» Avvicinò i fianchi, dimostrandole la prova del suo desiderio che premeva contro i pantaloni.

Emily gli rivolse un sorriso sexy.

Levi sospirò. «Credimi, ti desidero.» Era una risposta stupida, ma non voleva dirle tutto quello che stava pensando. Che voleva averla intorno tanto quanto voleva il suo corpo. Teoricamente, avrebbe dovuto porre dei paletti. E aveva chiaramente fallito. «Dimmi di fermarmi.»

Emily scosse lentamente la testa e gli afferrò la nuca,

portando la sua bocca sulla propria e passando la lingua sul suo labbro inferiore.

Levi sentì il fuoco alla base della spina dorsale, una scarica di desiderio. La sollevò e la portò sul letto, adagiandola sul materasso e seguendola. Le baciò il collo e la clavicola ed Emily rotolò verso di lui, premendogli la gamba sul fianco.

«Non foglio farti del male» mormorò Levi.

«Non mi farai male. Sei gentile.» Il petto di Emily si alzava e si abbassava, il respiro era affrettato.

Ma era vero? Le donne non apprezzavano le avventurette. Normalmente volevano di più. «Fisicamente no, ma... non voglio ferirti nemmeno in altri modi.»

Emily appoggiò piatte le mani sul suo torace, le allargò e scese verso il basso, con un gesto seduttivo che lo fece respirare affannosamente. Lo stava uccidendo. «Hai intenzione di smettere di baciarmi?» gli chiese. «Perché mi farebbe veramente incazzare.»

Levi la guardò con un'espressione seria. «Smetterò, se me lo chiederai.»

«Ma solo se te lo chiederò?»

Era una domanda trabocchetto? Stava funzionando con uno scarso apporto di sangue al cervello. Era sceso tutto a sud. «Io...Sì, se me lo dirai tu.»

Lo sguardo di Emily volò per un attimo al suo petto. «Non fermarti.»

Levi appoggiò il peso sugli avambracci e appoggiò i fianchi tra le sue cosce. Ricominciò a baciarla, strofinando la parte dura di sé contro la sua morbidezza. Abbassò una mano di lato sul fianco di Emily e poi intorno al suo sedere. Sollevandole la gamba, se l'avvolse intorno alle cosce, dove Emily premette il tallone.

Levi era pronto. Proprio in quel momento. Voleva spogliarla nuda e fare l'amore con lei.

Non amore. Sesso, solo sesso. Anche baciarla andava bene. Un bacio non aveva mai spezzato il cuore di una donna, giusto?

E toccarla. Tanto. Aveva decisamente bisogno di toccarla.

Levi infilò la mano sotto la maglia, sulla pelle nuda e fino al reggiseno che slacciò in un secondo.

Emily si morse leggermente il labbro, e Levi dovette fermarsi. Fare un respiro profondo. Doveva mantenere il controllo, a ogni costo.

Le sorrise e le tolse il top sfilandolo dalla testa e gettandolo di lato al letto. Seguì il reggiseno e poi fu solo pelle su pelle, i suoi bei seni sodi premuti contro il suo torace mentre la baciava e passava la bocca lungo la clavicola. «Sei così bella.»

* * *

Le avevano mai detto prima che era bella? Certo. Ma mai da qualcuno di cui era innamorata. E si era lentamente innamorata di Levi. Non avrebbe dovuto. Lui era stato chiaro, le aveva detto, perfino in quel momento, che il pensiero di loro due insieme era una pessima idea. Ma l'attrazione che provava in petto per lui era molto più potente di quanto avesse mai provato prima. Oh, c'erano momenti in cui la irritava da morire, era così che sapeva che i suoi sentimenti per lui erano sinceri. Perché anche durante quei momenti, avrebbe comunque preferito essere con lui che con chiunque altro.

Levi le passò la mano grande sul seno e lei quasi ansimò. Le baciò l'altro seno e avvolse le labbra intorno a un capezzolo, esplorandolo con la lingua. Emily strinse più forte la gamba intorno alla coscia di Levi, per causare più frizione. Ma non bastava. Nemmeno lontanamente. Infilò la mano tra i loro corpi e sotto la cintura dei pantaloni di Levi, fortunatamente lenta. Non dovette scendere molto per trovare quello che cercava. Era duro e la punta usciva dai boxer di maglia.

Le batteva forte il cuore in petto e strinse il suo sesso duro e liscio come la seta.

Levi si mosse di scatto e rotolò via lentamente, con il petto che si sollevava e si abbassava. «Devi fermarti.» La coprì con una coperta, ripiegata in fondo al letto, si sedette sul letto e abbassò le gambe sul pavimento, appoggiando gli avambracci sulle gambe.

«Che cosa c'è che non va?» Emily si mise seduta. «Non ti... faceva piacere?»

Levi chiuse gli occhi e rise imbarazzato. «Era piacevole, troppo.» Voltò la testa per guardarla, con gli occhi pieni di calore. «Penso che dovremmo smettere qui. Non mi aspettavo niente del genere quando sono arrivato a casa. Pensavo che te ne fossi già andata.»

Emily si avvolse la coperta intorno al petto. «Te l'ho detto, Grace è una cosina coccolosa.»

«Cosina?»

«Beh. Forse non così piccola. Comunque, siamo andate a fare l'ultima passeggiata e stavo per andare a casa, ma poi lei aveva bisogno di un massaggio alla schiena... sai come vanno le cose da lì in poi.»

«Con te che le massaggi la schiena per un'ora e poi ti addormenti?»

Emily sorrise. «Sì, esattamente.» Strinse le labbra e si voltò di lato. «Scusami, non avrei dovuto rilassarmi tanto.»

«Mi piace che ti senta a tuo agio in casa mia.» Levi si

girò, riportando le gambe sul letto e accoccolandosi contro di lei. «È stato bello trovarti qui.»

«Sei sicuro che non ti dispiaccia? Mi sento un po' come se avessi invaso il tuo appartamento senza permesso.»

Levi le appoggiò il mento sulla testa. «Fortunato me. Di solito sono i miei fratelli quelli che trovo sul divano. Invadono casa mia da otto anni. In un momento o nell'altro, avevamo bisogno tutti di allontanarci da...»

Emily tirò indietro la testa per guardarlo. «Le cose andavano così male con vostro padre?»

«A volte.» Levi guardò nel vuoto, passandole la mano su e giù sul braccio.

Emily non sapeva perché avesse smesso di fare quello che stavano facendo, perché il suo corpo voleva esplodere tanto era pronta per lui. Immaginò che avesse ancora delle riserve. Lei lavorava per lui... e c'era il suo passato con Lisa. Entrambi solidi motivi per fermarsi prima di lasciarsi coinvolgere, ma sperava che Levi ci ripensasse. Quella sera era un buon inizio.

«Quando era viva, mia madre riusciva a far emergere il lato più tenero, più avvicinabile di mio padre» disse Levi. «Penso che credesse di dover sempre essere forte per noi, dopo la sua morte. E questo significa che non cedeva mai di un centimetro. I miei fratelli e io eravamo altrettanto testardi, quindi c'era spazio per un mucchio di discussioni.»

«Mi dispiace che non andaste d'accordo» disse piano Emily. «Io non so come sia un padre normale. Il mio non c'era praticamente mai, ma il vostro era così buono con me che pensavo...»

«Che fosse buono anche con noi?»

Lei annuì.

«Non era cattivo. E non era assente, non come tuo padre, ma il lavoro veniva sempre per primo. Noi siamo tutti così diversi e caparbi. Nostro padre non era mai contento delle nostre scelte, specialmente se non coincidevano con ciò che voleva lui.» Le scostò una ciocca di capelli dal viso, abbassando gli occhi sul seno e facendola arrossire. «Sono sicuro che fosse buono con te perché sei una persona molto dolce e tiri fuori il meglio dalle persone.»

«Io?»

«Mmm mmm.» Le strofinò il naso sul collo. «Tranne che con me. Mi fai venire voglia di essere cattivo. Ma non darmi delle idee. Sto cercando di fare il bravo.»

In quel momento, Emily non voleva che facesse il bravo. Ma Levi aveva anche detto qualcosa che la preoccupava da un po'. «E se io avessi preso una parte di vostro padre che era destinata a te e ai tuoi fratelli?»

Levi si alzò sul gomito. «Non è possibile. Pensaci, tu non eri entrata in gioco prima che mi trasferissi e cominciassi a uscire con...»

«Mia sorella?» Emily sentì la gola chiudersi di colpo e il petto perse tutto il suo calore. Non voleva pensare a sua sorella con Levi.

Levi annuì. «I miei fratelli e io eravamo cocciuti e arroganti. Capisco perché a mio padre sembrasse di poter essere se stesso con te. Tu non ci assomigli; sei dolce. Sono contento che ti abbia aiutato...» Levi cercò di togliere la coperta, ma stava dicendo cose così gentili che Emily vi si aggrappò: non voleva che quel momento finisse. «... perché ne sto raccogliendo io i benefici.» Sorrise malizioso.

«Spero che tu ti stia riferendo al mio aiuto al lavoro.» Gli schiaffeggiò la mano che stava lentamente risalendo sotto la coperta.

Levi sbatté innocentemente le palpebre. «Ovviamente. Ma non mi dispiacerebbe se venissi al lavoro in topless. Migliorerebbe tantissimo le mie giornate. Però in topless solo nel mio ufficio. Non c'è bisogno che gli avvoltoi al Club Tahoe diano un'occhiata a quello che ho io.»

Quello che ho io. Le piaceva come sembrava possessivo.

Gli diede un piccolo pugno sulla spalla e poi gli mise le braccia intorno al collo. Levi tolse la coperta in un attimo. «Sei terribile.»

«Di solito no, ma voglio veramente stare con te.» La tirò vicina e le diede un bacio leggero sulle labbra.

«Allora, perché non puoi?»

Levi sospirò pesantemente. Sul volto gli scese una nuvola scura. Si tirò indietro, allungò il lungo braccio oltre il bordo del letto e raccolse dal pavimento il top e il reggiseno, porgendoglieli. «Te l'ho detto, non voglio ferirti. Sei troppo importante per me.»

Emily afferrò i vestiti e se li mise con riluttanza. Il momento era passato e lei lo rivoleva indietro, disperatamente.

Levi si alzò e lei ripensò alle sue parole mentre si vestiva. Stava dicendo che voleva andare piano? Data la loro situazione, non sarebbe stata una brutta idea.

Si rimise in piedi e si chinò verso di lui, tracciando la cicatrice sopra l'occhio. «Mi piace questa cicatrice.»

Levi ridacchiò e le appoggiò la guancia sulla mano. «Sono lieto che piaccia a qualcuno. Non mi è piaciuto molto quand'è successo.»

«Non perché ti sei fatto male. Però... ti ha portato da me. E mi ricorda che non sei più la stessa persona che avevo incontrato anni fa. Che siamo entrambi cambiati... Comunque,» sorrise maliziosa, «le cicatrici *sono* piuttosto sexy.»

Levi tirò la scollatura del top e le baciò la clavicola, facendole il solletico con le labbra perché quell'uomo diabolico aveva scoperto in fretta un punto sensibile. «La mia cicatrice è sexy, eh?»

Emily rise mentre lui continuava a tempestarle la pelle di baci leggeri. Lei alzò le spalle per difendersi. «Molto sexy.»

«Mmm, non darmi delle idee, Emily, o non ti lascerò andare a casa.»

Era una minaccia che lei avrebbe voluto portasse fino in fondo.

Capitolo Ventuno

Purtroppo, Levi lasciò andare a casa Emily sabato sera, ma l'aveva seguita con la sua auto per assicurarsi che arrivasse sana e salva. Lei lo aveva salutato con la mano arrivata alla sua porta e lui se n'era andato, con uno stupido sorriso sul volto per tutto il percorso. Domenica era stata la giornata più lunga della sua vita. Era la prima volta in cui non vedeva l'ora che arrivasse il lunedì da quando lavorava al Club Tahoe.

Nel suo ufficio, mentre Samuel, l'avvocato dai capelli rossi il cui nome Levi, una volta tanto, aveva ricordato, continuava a sbrodolare sugli introiti che stavano crollando, Emily accavallò le gambe, e la pelle setosa frusciò lievemente nel silenzio dell'ufficio. Levi si spostò sulla sedia, con il calore che scendeva all'inguine.

«Suo padre mi aveva assunto come consulente», disse Samuel, «e sento che sia prudente dirle che sarebbe una follia fare questo programma per i bambini. Spendereste dei soldi che non avete.»

«Ma non ha senso» disse Emily, stringendosi le mani, con un'espressione agitata. «Il programma non è costoso e, se i miei calcoli sono corretti e lo pubblicizziamo nel modo giusto, cosa che possiamo fare, finiremo in positivo. Useremmo l'elenco degli iscritti alla nostra newsletter per pubblicizzare il programma, cosa che non costerebbe niente, e abbiamo lo spazio per una zona dedicata ai bambini. Ethan Cade aveva costruito pensando in grande, aspettandosi di crescere e prevedendo il bisogno di cose simili in un resort di lusso. Potremmo cominciare assumendo una persona e, se il programma funziona, potremmo convertire una delle stanze per le feste fuori dalla piscina in uno spazio per i bambini.»

«E dove mettereste le feste che ospitiamo adesso?» chiese Samuel, palesemente irritato. Cosa che non andò giù a Levi. Per niente. Emily stava cercando di trovare delle soluzioni e quel cazzone nervoso le stava respingendo a una a una.

«Le feste», disse Emily, «si possono spostare in altre stanze riunioni, più lussuose, all'interno dell'albergo, molte delle quali restano vuote per gran parte del tempo.»

«Ma non sarebbe più il caso quando riuscirete ad attrarre clienti commerciali. Ho ragione, Levi?» Samuel spostò compiaciuto lo sguardo su Levi.

Proprio adesso quel cazzone lo chiamava per nome?

«A proposito, ha qualche idea da quel punto di vista?» chiese Samuel. «Per sopperire alla perdita della Shin Electronics. Presumo che non torneranno, visto come sono andate le cose durante il loro soggiorno.»

Samuel stava dando sui nervi a Levi. Stava suggerendo che avesse mandato all'aria lui l'affare con la Shin Electronics? E se così era, non erano affari dell'avvocato. Quell'uomo era lì per consigliare, non per giudicare le performance. *Quello* toccava a Levi. «Le farò sapere se esce qualcosa.»

Samuel sospirò. «Preferirei essere tenuto al corrente della situazione.»

Levi si alzò e Samuel si tirò indietro. La sua corporatura tendeva a intimidire la gente.

Levi andò alla finestra e guardò fuori. Era già irritato perché Samuel aveva suggerito di annullare il programma per i bambini prima ancora che partisse. Era per i bambini, per l'amor di Dio. E se Emily e il direttore finanziario erano a favore, sarebbe stato un bell'extra. «Faremo il programma per i bambini.» Voltò la testa. «Se non sarà in attivo entro un trimestre, potremo prendere in considerazione di annullarlo oppure riorganizzare il marketing.»

Emily gli rivolse un breve sorriso. Uno che mandò altro calore al suo corpo già accaldato. Solo essere nella stessa stanza con lei aveva acceso il fuoco nel suo sangue.

Levi si schiarì la voce. «Per ora è tutto.»

La sua attrazione per Emily non se ne stava andando. Stava crescendo, diventando qualcosa che gli sembrava fuori controllo.

Aspettò finché sia l'avocato sia Emily fossero usciti, perché non osava cambiare la sua espressione di ghiaccio e rivelare i suoi pensieri. Poi si lasciò cadere nella comoda sedia da ufficio e fissò le strutture del Club Tahoe.

Mike, il giardiniere, stava potando non molto lontano. Era un'istituzione al Club Tahoe, come lo era stata Esther. Ex Navy-Seal, Mike aveva insegnato a Levi e ai suoi fratelli le norme di sicurezza in barca, usando le esercitazioni e le tattiche da campo di addestramento. Levi sorrise. Era stato una figura paterna, la migliore che avesse mai avuto. Se c'era una cosa che suo padre aveva fatto bene, era stato circondarsi di gente valida.

Il resto della giornata procedette lentamente. Mentre Emily metteva in moto le cose per dar inizio al programma per i bambini e si dava da fare per portare altri intrattenitori al resort, Levi ricercava società cui offrire una notte di soggiorno gratuito in cambio di uno sguardo a ciò che offriva il Club Tahoe. Tra le difficoltà finanziarie del club e cercare di tenere le mani lontano da Emily, Levi era di pessimo umore quando arrivò la fine della giornata.

L'orologio segnava le dieci. Si strofinò gli occhi, stiracchiando la schiena. Si chinò in avanti, mettendo il computer in modalità di sospensione, poi uscì dall'ufficio chiudendo la porta alle spalle. Stava per svoltare verso l'uscita dei dipendenti quando notò una luce fioca in fondo al corridoio. La parte dove Emily aveva l'ufficio.

Levi si mosse in quella direzione prima ancora di ripensarci. Solo per controllare. Niente di male. Era una buona idea sapere chi c'era ancora in giro.

Oppure era una scusa per vedere Emily. Perché era suo l'ufficio illuminato, e lui sapeva che sarebbe stato così. Nessuno, oltre a loro due, restava così tardi.

Levi si fermò fuori dalla porta aperta. Avrebbe dato un'occhiata e poi sarebbe andato a casa. Almeno fu quello che si disse.

Bussò leggermente ed entrò nella stanza. «Sei ancora qui?»

Emily alzò gli occhi dal computer e sorrise stancamente. «Sì, ma stavo per uscire. Tu?»

«Stavo giusto uscendo.»

Emily annuì e si alzò, le mani lungo i fianchi che si muovevano irrequiete mentre lo sguardo scendeva lungo il corpo di Levi e poi si spostava in fretta.

Sembrava che Levi non fosse l'unico a trattenersi. Emily stava aspettando che lui facesse una mossa?

Levi avrebbe dovuto andarsene. Rendere le cose più

facili a entrambi. Potevano fingere che sabato sera non fosse successo niente.

Giusto. Proprio come era in grado di fingere che il bacio della notte del ballo non fosse mai successo.

Andò alla sua scrivania nello stesso momento in cui Emily le girava attorno. Esitarono per un secondo netto, senza dire una parola. Una veloce occhiata alla sua bocca, al suo seno. La tenera occhiata di Emily alle sue spalle, al suo torace e giù fino alla vita, prima di risalire in fretta.

E poi Levi l'aveva presa tra le braccia e la stava baciando. «Mi sei mancato questo pomeriggio» gli disse Emily.

Levi aveva il cuore che batteva forte. Per quanto fosse bello sentirglielo dire, una piccola parte di lui temeva di star andando troppo oltre.

Ma Emily gli sfilò la camicia dai pantaloni scuri, tirandola in alto sul petto e le sue riserve svanirono in fretta. Forse si stava sbagliando ed Emily avrebbe accettato un rapporto casuale.

Levi smise di baciarla abbastanza a lungo da tirarsi la camicia sopra la testa, poi le afferrò l'orlo del top e glielo sfilò. Poi toccò al reggiseno.

Emily gli slacciò la cintura e il bottone dei pantaloni, poi appoggiò il palmo della mano sopra i pantaloni.

Levi risucchiò il fiato. Il sangue stava già scorrendo caldo. Averla tra le braccia era come aggiungere legna al fuoco.

Emily gli abbassò la cerniera e l'aria fresca colpì la pelle surriscaldata di Levi. Lo afferrò con la mano piccola e lui strinse i denti. Probabilmente stava impazzendo, perché un attimo dopo l'afferrò per il sederino sodo e l'appoggiò sulla scrivania. Le sollevò in alto sulle cosce la gonna stretta, eppure fortunatamente elasticizzata.

Levi risalì con la mano dalla gamba alle mutandine, insinuando le dita sopra la sua parte più intima.

Emily ansimò. «Non fermarti.»

La mano era sotto le mutandine e, un attimo dopo, un dito stava scivolando dentro di lei. Emisero insieme un gemito.

Lei era pronta, così pronta e bagnata.

Perché fermarsi? Erano entrambi adulti. «Ti voglio.»

«Sì.» Emily fece scorrere la mano su e giù sul sesso di Levi, e non era nemmeno necessario. Era più duro di un mazzuolo.

Levi afferrò un preservativo dal portafogli nella tasca dei pantaloni sospesi sulle cosce. Se lo mise, baciandole il petto e il collo mentre lo faceva. «Hai un profumo così buono...»

Le tirò giù le mutandine, oltre le scarpe e le gettò da parte, posizionandosi al centro. Emily lo guardò con un sorriso sexy, adorante... *adorante*.

Levi deglutì e il dubbio si insinuò nella sua mente offuscata che stava funzionando in una sola direzione. Doveva assicurarsi che Emily non se ne sarebbe pentita. «Sei d'accordo che si tratta di una cosa occasionale, vero?»

Non appena le parole gli uscirono di bocca capì di aver fatto una cazzata.

Emily divenne rigida e il suo sorriso svanì. «Quello che abbiamo è nuovo, ma... Stai dicendo che questo...», indicò le loro parti che si stavano toccando, anche se non ancora abbastanza, «... è tutto quello che vuoi?»

«Sto dicendo che è tutto ciò che riesco a fare in questo momento.»

Emily si coprì il petto e Levi si diede mentalmente dello stupido. Avrebbe dovuto tenere la bocca chiusa.

Ma allora gli sarebbe sembrata una bugia. Per quanto

fosse attratto da lei, stare con Emily avrebbe complicato le cose.

«Perché?» gli chiese.

Levi si tolse il preservativo e rialzò i pantaloni e non contava che il suo corpo fosse pronto per un orgasmo. «Non è ovvio?» Tentò di usare un tono gentile, ma la frustrazione ignorò tutto, rendendo tesa la sua voce. «Lavori per me e sto cercando di evitare che il club faccia bancarotta. E c'è il mio passato con tua sorella. Sarebbe strano se stessimo insieme.»

«Strano.» Si accese un fuoco nei suoi begli occhi grigi. Emily scivolò giù dalla scrivania e si chinò a prendere il top e il reggiseno. S'infilò il top dalla testa e tirò giù la gonna, abbassandosi a prendere le mutandine che Levi le aveva sfilato. «È buffo, io non ci trovo strani. Sembrava veramente bello essere tra le tue braccia.»

«Sono perfettamente d'accordo con te, ma devi ammettere che ci sono altre cose che dovrebbero avere la precedenza sulla nostra attrazione reciproca. Devo prendermi cura dei miei fratelli e del resort. E tu e io non abbiamo molto senso come coppia.»

Emily annuì, ma non era un cenno amichevole. Aveva le labbra strette, i movimenti scattosi. Sembrava che stesse per scatenare tutta la sua collera. «Capisco. Quindi mia sorella va bene per te ma io no?»

«No, non è quello che intendevo dire.» Accidenti alla sua bocca. Avrebbe dovuto tenere per sé quell'ultima frase. Il suo corpo pensava che avessero senso, eccome. La sua mente però non riusciva a risolvere il puzzle. «Non vedo come potremmo avere qualcosa di duraturo con tutto il nostro bagaglio emotivo.»

«Bagaglio emotivo?»

«Il mio bagaglio emotivo.»

«Perché provi ancora qualcosa per mia sorella?»

Levi si passò la mano sul volto. «Sì... voglio dire no. Mi è passata. Ma questo non cambia il fatto che una volta l'amavo.» Fece una smorfia. «Considerando quello che sapevo dell'amore a quel tempo.»

«Quindi, dato che una volta amavi lei, adesso non puoi amare me?»

Levi non rispose. E probabilmente era in sé una risposta. Anche se il motivo per cui rimase in silenzio era che non aveva ancora mai pensato in termini di amore con Emily. Aveva pensato al desiderio, al sesso, al fatto di avere bisogno di lei. Non all'amore.

«Quindi per te è solo sesso?»

Era fondamentalmente quello che stava dicendo, ma in realtà Levi voleva di più. Però non pensava che potessero avere di più. Non erano destinati a stare insieme. Se fosse stato così, avrebbe notato Emily per prima e non sua sorella. Non ne avrebbe dimenticato la sua esistenza fino a quando Emily non era tornata nella sua vita come un ciclone.

Emily afferrò la borsa e corse fuori dall'ufficio.

«Aspetta.» Armeggiò con il preservativo che aveva ancora in mano e lo buttò nel cestino della spazzatura perché se ne occupassero quelli delle pulizie. Probabilmente non una grande mossa, ma in quel momento non gliene importava assolutamente nulla.

Corse dietro alla donna che stava cercando di lasciarlo. «Emily» disse. «L'unico motivo per cui ho detto qualcosa è perché non voglio ferirti.»

Emily si fermò ma non si voltò a guardarlo. «Non preoccuparti. Sono un'adulta.» Continuò a camminare e aprì la porta di uscita dei dipendenti, sparendo nella notte.

Gli bruciava il petto. Appoggiò le mani basse sui fianchi, con il mento che affondava nel petto. Che cosa aveva fatto? Sembrava tutto così sbagliato. L'ultima cosa che aveva voluto era sconvolgerla. Ma era l'unico modo in cui poteva finire. Lo sapeva. L'aveva semplicemente ignorato perché la desiderava.

Emily meritava di meglio. Di più. Ma lui non poteva darglielo.

Però non voleva nemmeno che glielo desse qualcun altro.

E di colpo, dopo tutti quegli anni, la silenziosa, studiosa ragazza di cui una volta aveva dimenticato l'esistenza, era l'unica donna che probabilmente non avrebbe mai dimenticato.

Capitolo Ventidue

Non c'era modo che Levi andasse a casa dopo ciò che era successo nell'ufficio di Emily e quasi sulla sua scrivania. Saltare nel lago non sarebbe bastato. Mandò un messaggio ai suoi fratelli. Incluse perfino Hunt nel messaggio tanto era disperato.

Si misero d'accordo di trovarsi al Blue Casinò, ironicamente, visto i problemi che il casinò stava creando al Club Tahoe. Il Blue stava ospitando un grande evento e Adam e Hayden stavano ancora lavorando nonostante l'ora tarda; quindi, Adam aveva chiesto loro di incontrarsi nel nightclub.

Levi non si prese la briga di cambiarsi. Entrò nel nightclub del casinò e individuò immediatamente Adam e il resto dei suoi fratelli nell'area salotto. Il volume all'interno era assordante, il posto sovraffollato per l'evento, che sembrava qualcosa a tema disco, ma Adam si era assicurato un tavolo riservato in un angolo.

Adam fissò Levi mentre si avvicinava. «Che c'è? Come mai quest'emergenza?»

Levi si sedette, nel posto che guardava verso la sala.

Osservare gente ubriaca in abiti anni Settanta sembrava un modo buono come un altro come per togliersi di mente Emily. «Non ho detto che era un'emergenza.»

Bran infilò distrattamente le dita nei suoi capelli biondi, ricevendo occhiate ammirate da una donna seduta al tavolo accanto al loro. «No, il tuo messaggio diceva: "Incontriamoci al più presto", e tutti abbiamo pensato che si trattasse di un'emergenza, ma non del tipo mortale.»

Levi tamburellò le dita sul tavolo. Okay, aveva disperatamente voluto il sostegno dei suoi fratelli. Ma ci stava ripensando minuto dopo minuto. Gli avrebbero dato del filo da torcere e non poteva parlare di ciò che lo stava realmente preoccupando.

Adam sorseggiò un cocktail dall'aspetto molto femminile. «Sputa il rospo, forza.»

«Niente da dire.» Levi adocchiò il drink in mano a Adam. «Non sei un po' cresciutello per i drink al Puffo?»

Adam lo guardò storto. «Vuoi o no il nostro aiuto? Perché Hayden è al piano di sopra e non mi dispiacerebbe tirarla in uno sgabuzzino per una breve pausa. E, per la cronaca, questo è il Martini d'autore del Blue. Dovresti assaggiarne uno.»

Levi fissò nel vuoto. «C'è una... situazione, ma non posso parlarne.»

«Cazzo, Levi, smettila di essere evasivo. Non abbiamo tutto la notte.» Alzò il mento in direzione di Bran. «Fai lampeggiare i tuoi begli occhi verso la cameriera. Ho bisogno di un'altra birra e il mio sguardo ardente non funziona. Dio solo sa perché. Devono essere troppo occupati qui dentro.»

Bran scosse la testa. «E tu pensi che io sarò più fortunato?»

Risposero tutti all'unisono: «Sì».

«Sorridile e basta» disse Wes. «E sbrigati. Sto morendo di sete. Se Levi ci ha trascinati qui solo per rimuginare in silenzio, mi serviranno parecchi altri drink prima che scateni il mio fascino sul quartetto di donne nell'angolo.»

Hunt era rimasto in silenzio da quando Levi si era seduto, ma adesso si aggiunse al commento di Wes. «Verrò con te, fratello.»

Wes gli diede un'occhiata. «Io non sono Levi. Non ho intenzione di condividere le donne.»

Levi gli diede un'occhiataccia. «Io non *condivido*.» Il suo tono era cupo. Era a un pelo dal far del male a uno di loro. Era stata una pessima idea.

Bran scosse la testa, accigliandosi. «Sai, Wes, Levi aveva ragione l'altro giorno: tu e Hunt siete fuori controllo.»

Ignorandolo, Wes guardò di lato e indicò con la testa. «Eccola. Attira la sua attenzione.»

Bran sbuffò, ma guardò la cameriera e le rivolse un sorriso.

Lei piroettò per dirigersi verso di loro, ancheggiando un po' di più.

Wes ridacchiò. «Te l'avevo detto.»

«Fottiti, stronzo. È stata pura fortuna.»

Sia Wes sia Hunt emisero un gemito. «Ragazzo» disse Hunt. «Se avessi io quegli occhi azzurri, scoperei molto più spesso di quanto non faccia già.»

«Stai già con una donna diversa tutte le sere» disse Bran.

«Direi una sera sì e l'altra no. E allora?»

Bran guardò Levi.

«Non guardare me. Ho esaurito le risposte.»

Si voltarono tutti a guardarlo.

«Che c'è?» disse Levi, proprio mentre arrivava la cameriera.

Bran lo fissò. «Non sei mai a corto di parole quando si tratta di comandarci a bacchetta.»

«Non sono poi così male» brontolò Levi.

Diedero i loro ordini e la cameriera se ne andò. Ma non prima di toccare la spalla di Bran almeno tre volte, ottenendo una reazione furiosa da parte dei suoi fratelli e un'espressione incazzata sulla faccia di Bran.

Adam si tolse la giacca del completo e arrotolò le maniche della camicia. Tecnicamente era ancora in servizio, motivo per cui indossava ancora i suoi capi firmati. «Levi, qual è il vero motivo di questa visita? O lo conosco, già?»

Levi distolse gli occhi, senza guardare suo fratello negli occhi. Con l'aiuto della sua astuta fidanzata, Adam era diventato un po' troppo perspicace.

«Si tratta veramente di Emily?» chiese Adam.

Levi grugnì. Non avrebbe mai dovuto lasciar entrare Adam l'altra mattina.

«Emily? La tua nuova assistente?» disse Wes. «Ti piacciono proprio queste ragazze Wright.»

Se quelle parole fossero venute da Hunt, Levi avrebbe saltato il tavolo e gli avrebbe dato un pugno sul naso, ma Wes stava solo dicendo una cosa ovvia. E Wes non aveva tradito Levi.

Provava qualcosa per una delle ragazze Wright. Qualsiasi sentimento avesse mai provato per Lisa era morto da tempo. «Forse.»

«Wow» disse Hunt, inserendosi nella conversazione. Levi gli lanciò un'occhiata e lui finse di chiudere una cerniera sulla bocca. «Non sto commentando, solo... Wow.»

«Emily mi piace» disse Wes. «Tu non sei alla sua altezza, ma lei mi piace. È una tosta.»

«Certo che non sono alla sua altezza.» Levi bevve un

sorso di birra. «Ma non è quello il punto. I sentimenti ci sono e non posso farci niente.»

«Perché no?» chiese Adam.

Levi lo guardò. «Non è ovvio? Lei lavora per me. E il passato è troppo ingombrante. Non funzionerebbe mai.»

Wes fece spallucce. «Ehi, potrebbe funzionare. Resta da chiedersi se tu lo vuoi o no.»

Prima che potesse rispondere, Levi colse un lampo di capelli rossi corti. Capelli rossi corti in cima alla testa di un uomo con la faccia da viscido e gli occhiali. «Che diavolo ci fa Samuel qui?»

Adam diede un'occhiata. «Chi? Samuel? Possiede una quota della nostra nuova casa madre. Ogni tanto gli piace controllare come va il Blue. E parlando del fatto che il Blue è stato acquisito da una nuova società, vi avevo detto che Hayden e io ci abbiamo guadagnato? Preparatevi per il matrimonio dell'anno questa primavera. Senza limiti. E sarà meglio che voi cazzoni non abbiate dimenticato la nostra festa di fidanzamento domani sera. Hayden ed Emily ci lavorano da settimane. Alle sette nel salone da ballo del club. Non fate tardi.»

Levi appoggiò la birra sul tavolo. «Woah, fermati! *Samuel Miller* possiede una quota della tua ditta? Ti rendi conto che era stato assunto da nostro padre come consulente, vero?»

Adam spalancò gli occhi. Scosse lentamente la testa. «Non lo sapevo.»

Bran si grattò la testa. «Non mi sembra regolare.»

«Se lavora per noi», disse Wes, «che cosa gli impedisce di rivelare i nostri segreti al Blue Casinò, e metterli al corrente di quello che stiamo facendo? Sappiamo di poterci fidare di Adam. Ha da perdere quanto noi.»

«Oh, grazie» disse Adam. «Lieto che sia l'unica ragione

per cui puoi fidarti di me. Non potrebbe essere perché sono *tuo fratello?*»

Levi roteò il collo, sentendo schioccare le vertebre. Gli prudevano le mani per la voglia di far schioccare qualcos'altro... una serpe di avvocato era il bersaglio perfetto. «Abbiamo perso tre grossi clienti che sono passati al Blue Casinò da quando è morto nostro padre.

Adam diede un'occhiata all'uomo in questione. «Pensi che Miller ci abbia avuto qualcosa a che fare?»

«Ci scommetterei le palle.»

* * *

Levi arrivò a casa verso l'una del mattino e cadde nel letto. La faccenda dell'avvocato era frustrante, ma non era quello che lo teneva sveglio. Aveva fatto la cosa giusta dicendo la verità a Emily. Allora perché si sentiva così da schifo?

Non riusciva a immaginare un futuro con Emily, dato il suo passato incasinato con Lisa. Cercare con tutte le sue forze di presentare un fronte unito per il Club Tahoe era tutto quello che poteva permettersi adesso. Ciò che avrebbe dovuto fare era dire *vaffanculo* e placare le sue voglie con una donna diversa la sera dopo. Una cui non dispiacesse mantenere le cose occasionali. C'erano state parecchie donne attraenti al club del Blue quella sera. Non sarebbe stato difficile.

Però aveva notato appena le altre donne. Perché l'unica donna che aveva in mente era Emily.

Capitolo Ventitré

Emily aveva inserito il pilota automatico mentre camminava su e giù per i corridoi degli uffici, qui lasciando documenti, lì programmando riunioni. Levi non l'avrebbe mai voluta. La sua storia dimostrava che non era il tipo di donna cui gli uomini si affezionavano. Forse erano i problemi causati dal padre assente che glielo avevano messo in testa, ma era un valido motivo. Eppure, a un certo punto, senza nemmeno ammetterlo con se stessa, aveva pensato che ci fosse qualcosa di speciale tra Levi e lei. Finché lui le aveva detto che voleva solo sesso. Non proprio con quelle parole, ma aveva detto di non volere niente di serio.

Le aveva fatto male. Parecchio.

Ora, tanto per dire, era un complimento favoloso. Emily non era una gattina sexy. Era lusinghiero che un uomo, *uno qualunque*, fosse così attratto da lei da comportarsi poco saggiamente. Ma, cavoli, le sue parole le avevano tolto un pezzo di cuore. Non voleva avere solo sesso occasionale con Levi. Voleva il sogno. Voleva tutto di lui.

Emily si fermò e appoggiò una mano sulla scrivania di fronte a lei, chiudendo gli occhi.

«Va tutto bene?» La receptionist alla cui scrivania Emily si stava tenendo, la fissava con evidente preoccupazione negli occhi.

«Sì, tutto bene. Sai se il signor Cade è nel suo ufficio?» Levi era l'ultima persona che avrebbe voluto vedere in quel momento. Aveva pur sempre il suo orgoglio. Ma le carte non sparivano e aveva dei documenti da fargli firmare che non accettavano la firma elettronica. Lo spettacolo doveva continuare. A meno che si fosse dimessa. Cosa che le sembrava sempre più allettante. Aveva promesso al padre di Levi che avrebbe lavorato al Club Tahoe per almeno un anno per aiutarli nella transizione, ma dubitava che perfino Ethan Cade l'avrebbe fatta restare, vista la situazione tra lei e Levi.

«Ha un appuntamento tra mezz'ora, ma dovrebbe essere ancora in ufficio.»

Emily la salutò con un cenno e si mosse rigidamente verso l'ufficio di Levi. Poteva farcela. Comportarsi come se non fosse stata respinta nel modo più imbarazzante. *Gattina sexy*, si disse. La desiderava, quello era certo. Solo non per il lungo periodo.

Questo raccontarsi la stessa storia non serviva a nulla.

Emily scosse la testa ed entrò nell'ufficio di Levi, la cui porta era parzialmente aperta. Ma Levi non c'era.

Due persone stavano guardando lo schermo del computer di Levi. Uno era seduto – Paul, l'amministratore del sistema – ed Emily riconobbe immediatamente l'altro per via dei suoi capelli rossi. «Oh, mi scusi Samuel. Stavo cercando Levi.»

L'avvocato del Club Tahoe si girò, bloccando la vista di Paul che le rivolse nervosamente un'occhiata ma continuò a lavorare sul computer. «È uscito. Gli farò sapere che lo stava cercando» disse, con un sorriso appena accennato.

Qualcosa non quadrava ed Emily si avvicinò. «Su che cosa state lavorando?»

«Solo aggiornamenti di routine.»

Emily diede un'occhiata allo schermo che l'avvocato cercava di impedirle di vedere con la sua figura magra. «Se è di routine, come mai lei è qui?»

L'avvocato incrociò le braccia sul petto, raddrizzando le spalle. «Niente di cui lei si debba preoccupare.»

Emily annuì, ma non se l'era bevuta. Gli girò attorno e diede un'occhiata al computer prima che l'amministratore riuscisse a minimizzare la pagina. «Le note di Levi sui clienti? Che cosa state facendo con quel file?»

L'avvocato si rivolse a Paul. «Finisci gli aggiornamenti e vai.»

L'amministratore cliccò su qualche pagina e uscì in fretta, convincendo Emily che non c'erano aggiornamenti e che Samuel stava nascondendo qualcosa. Aggiornare un computer era un lavoro lungo e non era una cosa cui dovesse assistere l'avvocato della società.

Stava spiando? E perché?

Samuel le girò lentamente intorno. «Se vuole scusarmi, sarà meglio che vada. Ho altri appuntamenti questo pomeriggio.»

Emily lo guardò uscire. E poi si sedette sulla sedia di Levi e cercò di riaprire la schermata, ma il computer era bloccato e lei non aveva la password. Avrebbe potuto richiamare l'amministratore del sistema, ma a che cosa sarebbe servito? Stava *aiutando* Samuel e significava che qualunque cosa stesse facendo Samuel, anche Paul era coinvolto.

«Che cosa ci fai qui?» La voce brusca di Levi la

sorprese. Stava guardando lei e il computer. Dove lei era seduta ancora con le dita sulla tastiera.

Emily si alzò in fretta e si lisciò la gonna. «C'è qualcosa in ballo con Samuel. L'ho trovato con l'amministratore del sistema che guardava i tuoi file sui clienti. Gli ho chiesto che cosa stesse facendo, ma non me l'ha spiegato.»

Levi si premette le dita sulla fronte e chiuse gli occhi, una reazione più forte di quella che si era aspettata Emily.

«Sai di che cosa si tratta?»

«Sì.»

Emily girò intorno alla scrivania. «Hai intenzione di dirmelo?»

Levi lasciò cadere la mano. «Lascia che me ne preoccupi io.»

Emily si avvicinò, non abbastanza vicina da essere un gesto intimo. «Levi, è una follia. Samuel non avrebbe dovuto essere nel tuo ufficio senza di te. Dimmi che cosa sta succedendo.»

Levi la guardò impassibile, mascherando lo stress che gli aveva visto sul viso un momento prima. «Sei venuta qua per un motivo?»

Emily rimase a bocca aperta. Erano soci. Almeno era quello che aveva pensato lei. Che stessero lavorando *insieme*. Sì, aveva desiderato qualcosa di più, ma anche senza quello, Emily aveva bisogno di essere apprezzata e che lui si fidasse di lei. Levi aveva cominciato a rivolgersi a lei quando succedeva qualcosa al lavoro. E adesso... era freddo. Si era rinchiuso in se stesso.

«Ecco.» Emily appoggiò le cartellette sulla scrivania. «Firmali quando hai un momento.» Uscì in fretta dall'ufficio e non osò guardarsi indietro. Sentiva un bruciore sospetto in fondo agli occhi, ma non gli avrebbe permesso di vederla piangere.

* * *

Emily fissò i vestiti sparsi sul letto della sorella. «Ne hai presi *quattro*?»

Lisa li esaminò. «Non ero sicura quale avresti voluto per stasera. E sono tutti fantastici. Ne riporterò indietro uno se non ti piace.»

«Solo uno?»

Lisa alzò un paio di orecchini pendenti ai lati della testa di Emily. «Hai avuto bisogno di due vestiti formali nelle ultime tre settimane. Ci saranno altre feste come questa, ora che lavori al Club Tahoe.»

«Ne dubito.» Agitò in aria una mano. «Eventi speciali. Non è la norma. Stasera è la festa di fidanzamento del fratello di Levi. Ho aiutato a organizzarla e la futura sposa mi ha invitato.»

«Sul serio?» disse Lisa. «Uno dei suoi fratelli si sta effettivamente per sposare?»

«Non Hunt, ovviamente. È Adam.»

«Uh. Adam non è mai stato un puttaniere come gli altri, ma era un po' stronzo.»

«Lisa!»

La sua espressione era di pura innocenza. «Che c'è? È vero. Se qualcosa non andava in una relazione, quell'uomo scaricava la ragazza più in fretta di un battito di ciglia.»

«Beh, è innamorato pazzo di Hayden. E lei è meravigliosa.»

Lisa annuì, approvando. «Buon per lui. Scommetto che l'ha fatto penare per averla.»

Conoscendo i fratelli Cade, era probabile che Lisa avesse ragione. Solo una donna forte poteva abbattere le barriere che avevano eretto quegli uomini testardi.

«Allora,» disse Lisa, «quale dei vestiti vuoi indossare? E,

cosa più importante, penso che dovresti tenerli tutti per gli eventi futuri.»

Emily si sedette sulla sponda del letto. «Non lo so. Potrei non lavorare lì ancora per molto.»

Lisa si sedette accanto a lei, con le mani in grembo. «Perché no? Pensavo ti piacesse lavorare al Club Tahoe.»

«Mi piace lavorare lì. O mi piaceva. Le cose con Levi sono strane.»

Lisa strinse gli occhi. «Strane in che senso?»

Emily fece un respiro profondo. «Ci siamo baciati.» Diede un'occhiata di sottecchi a Lisa, che non sembrava sorpresa. «Non è importante. Levi non vuole niente di serio e io non voglio stare con qualcuno che non vede un futuro per noi.»

Lisa reagì acidamente. «Perché non vede un futuro con te?»

«Sai, per via del suo passato *con te*.»

«Allora? Tu sei la cosa migliore che sia entrata nella sua vita. Oltre a me.» Sorrise sicura. «Dovrebbe cercare di affascinarti e corteggiarti, invece.»

Emily la guardo di traverso. «Perché ti stai comportando così?»

«Così come?»

«Come se non fosse strano che abbia baciato il tuo ex-ragazzo.»

«Forse perché non lo è?»

Emily era sul punto di discutere quando si rese conto che non era nel suo interesse. «Sei sicura che non ti dia fastidio? Non ci sono molte probabilità che ci baciamo di nuovo, ma... sei sicura che non ti importi?»

Lisa si alzò e prese uno dei vestiti, appoggiandoselo contro. «Guarda, Emily. Voglio bene a Levi. Voglio che sia felice. E *amo* te. Sono passati anni da quanto stavamo insieme e quand'è finita è stato meglio così. Non ero innamorata di lui.»

Emily scosse la testa. «È così strano. Com'è possibile che non lo amassi?»

Lisa le rivolse un sorriso dolce. «È così. Ma sembra che *tu* lo ami.»

«Mi *piace*, non sono innamorata.» Ma Emily temeva che i suoi sentimenti propendessero più verso la parola *amore*. «Non è facile dimenticarlo. Gli uomini con cui sono uscita in passato non erano niente a confronto di Levi.»

«Vero, avevo messo in dubbio un paio delle tue scelte, ma ci sono stati un paio di ragazzi che avevano del potenziale. Sei una bella ragazza e hai sempre attirato gli uomini. Una volta che guardavano oltre la tua tendenza a essere una nerd.»

«Cosa che non succedeva molto spesso.»

Lisa sbuffò. «Okay. Non m'importa se esci con Levi, purché quel pezzo di granito ti tratti bene. E non sto scherzando, farò in modo che Jared gli spacchi la faccia se non ti tratta come una dea.»

Emily rise, non solo perché l'immagine era ridicola: Levi era dieci centimetri più alto e almeno una decina di chili più pesante di Jared, ma perché sua sorella stava facendo la sciocchina. «Non credo che dovremo preoccuparcene.» Il suo sorriso svanì. «Ti ho già detto che non gli interesso.»

Lisa appoggiò il vestito, si avvicinò a Emily e le mise una mano sulla spalla. «Allora non ti merita.»

Emily annuì, ma non era sicura di crederlo. Levi era una brava persona. Anche Lisa lo aveva scelto, a un certo punto. Ma se lui non voleva stare con lei, allora Lisa aveva ragione, lei doveva voltare pagina.

Sua sorella batté le mani così forte che Emily sobbalzò. «Allora, quale vestito?»

Emily si premette una mano sul petto. «Gesù, Lisa, non fare così. Ho già i nervi a fior di pelle.» Guardò i quattro vestiti sul letto. Tre erano lunghi ed eleganti. Molto di classe. Uno era corto, nero, altrettanto elegante... e molto più sexy. «Quello nero.»

Se doveva fallire in modo spettacolare, tanto valeva farlo con stile.

Capitolo Ventiquattro

«Allora? È tutto come te l'eri immaginato?» Emily studiò il profilo di Hayden mentre l'altra donna ispezionava il salone da ballo, convertito in un paese delle meraviglie montano.

Gli archi di pietra e la serie di finestre erano coperte da migliaia di lucine bianche e altre ghirlande di luci erano tese tra le travi del soffitto. I lampadari di ferro battuto e cristallo fungevano da illuminazione centrale e l'effetto era sorprendente. Lo staff del Club Tahoe e alcuni specialisti avevano lavorato tutta la mattina solo per creare l'illuminazione.

Hayden si premette le dita sulle labbra, con gli occhi sgranati. «È favoloso.»

Le porte che davano sul patio erano aperte e lasciavano entrare una brezza leggera. All'esterno c'erano bracieri accesi, per fare scena. All'interno, sui tavoli con le tovaglie color avario c'era un migliaio di candele votive, disposte a spirale intorno a vasi di rame battuto pieni di sempreverdi e rose avorio e pesca. Emily pensava che il salone fosse splendido, ma ciò che importava era che Hayden fosse contenta...

Hayden si voltò verso Emily, sorridendo felice. «Non avrei mai potuto immaginare qualcosa di più bello. Hai preso le mie idee e le hai trasformate in realtà.»

Emily provò un'ondata di sollievo e le sue spalle si rilassarono. «Puoi ringraziare Pinterest e le schermate. Ne ho mandate a dozzine ai fornitori dopo aver parlato con te. Ma, davvero, non serve molto per far splendere questo posto.»

«Vero.» Hayden ridacchiò. «Comunque, Adam ne sarà veramente impressionato.»

«Lo credi davvero?» Emily ispezionò la sala. Era bella, ma l'intero resort era una bellezza. «Non è abituato a questo genere di cose?»

«Forse, ma questa volta è stata decorata in modo speciale per noi. Sarà così eccitato da quello che hai fatto.» Lo sguardo di Hayden si fissò sulla grande scritta "A & H" sulla parete opposta. Il legno era grezzo, eppure elegante e illuminato da dietro. Era venuto un amico di Adam quel pomeriggio a consegnarlo. «E la scultura. L'ha fatta Jaeg?»

Emily annuì. «Ha detto che le lettere erano un regalo suo e dalla sua fidanzata.»

Hayden scosse lentamente la testa. «Non avevo idea che Jaeg stesse facendo qualcosa per noi.» Piegò la testa di lato. «Non so se ci starà dentro casa nostra, ma sono sicura che Adam troverà un posto nella sua tana!»

«Tana?»

«Oh, sì. La casa che avevo comprato dai miei genitori era troppo piccola, e Adam ha costruito una sala giochi separata in cortile. Il suo amico Lewis ha un'impresa di costruzioni e hai visto che cosa riesce a fare Jaeg con il legno. La sua tana avrebbe dovuto essere la nostra stanza per gli ospiti, ma con Adam al comando è diventata un enorme soggiorno, con frigorifero, la TV più grande che tu abbia mai visto, un divano di pelle e poltrone reclinabili. Devo prendere appuntamento per poterci andare, altrimenti è occupata dai suoi amici. Oh, e da mio padre. Se i miei genitori non vivessero a Reno, mio padre sarebbe qui tutti i giorni, per approfittare della parabola.»

Emily scoppiò a ridere. «Posso visitarla? Non mi dispiacerebbe avere una tana.»

Hayden si chinò verso di lei, abbassando la voce. «Una volta al mese, le ragazze la invadono. Cali, la fidanzata di Jaeg, una volta ha lasciato una scatola di tamponi sul ripiano, solo per fare casino con i ragazzi» disse ridacchiando.

«Brillante. Non conosco Cali, ma mi piace già.»

«Adam non ha mai parlato del "regalo". È semplicemente entrato in casa e ha scosso la testa, sorridendo. I suoi amici sono molto più territoriali. Penso sia perché non hanno una tana tutta loro.»

Continuarono a chiacchierare mentre Emily aiutava Hayden a portar dentro i regali per le sue damigelle. Poi arrivò Adam con un completo blu scuro. Sembrava bello quasi quanto Levi, tutto in ghingheri, ma con una figura più sottile. Adam incarnava sicuramente da Dio il look alto, scuro e bello.

I fratelli Cade potevano lamentarsi finché volevano del loro padre, ma Ethan aveva dato loro dei geni formidabili.

«Ciao, bella.» Adam prese Hayden tra le braccia e la baciò.

Emily distolse gli occhi e armeggiò intorno, spostando candele che non avevano bisogno di essere spostate. Non aveva mai pensato molto al matrimonio. Solamente che un giorno le sarebbe piaciuto sposarsi e magari avere un figlio o due. Il problema con quel piano era trovare l'uomo giusto.

Gli uomini con cui era uscita non erano stati completamente contrari a impegnarsi, ma *lei* non si era mai vista sistemata con uno di loro. Il suo ultimo ragazzo era stato un vero stronzo e non aveva contribuito a farla pensare in modo positivo. Non aveva mai provato un legame così forte ed era un vero problema che lo provasse per il suo capo.

Controllò le e-mail sul telefono per assicurarsi che tutto nel resto del resort stesse andando liscio prima che gli uffici chiudessero per la notte e fu in quel momento che sentì Levi che si avvicinava.

L'aria era cambiata, o la tensione che esisteva tra di loro la stava travolgendo. Oppure, maledizione, un soffio del suo profumo pulito e virile l'aveva colpita a un livello subliminale, come se ci fossero in gioco dei folli feromoni. In ogni caso, aveva sentito la sua presenza prima di alzare gli occhi.

Emily abbassò il telefono e colse Levi che fissava il salone. Poi il suo sguardo arrivò a lei. Salutò brevemente Adam e Hayden, poi si avvicinò. «L'hai fatto tu?»

«Le idee sono di Hayden.»

Levi annuì. «Buon lavoro.»

Emily sentì il volto che si scaldava. Non importava che cosa si frapponesse tra di loro, il suo apprezzamento significava molto. «Gli ospiti arriveranno a momenti.» Guardò il suo vestito e notò che la cravatta era annodata. «Te l'hanno annodata le ragazze del Peak Attire?»

Levi guardò in basso e si toccò la cravatta. «L'ho fatto io.» Sul viso gli apparve un sorriso fanciullesco, il lato più spensierato di Levi che aveva imparato a conoscere. «L'ho imparato su YouTube.»

Emily rise e, Dio, era una bella sensazione. Anche Levi stava sorridendo. Ma poi lei ricordò lo scambio avuto in precedenza e non tutto andava bene. Tutt'altro. Il suo sorriso svanì. «Hai parlato con Samuel?»

Levi strinse le labbra e distolse gli occhi, con un'espressione dura. «No, ho parlato con il nostro contabile. Ora che so che cosa cercare, è venuto fuori che Samuel si è anche appropriato dei fondi della società. Probabilmente per pagare i suoi investimenti in altre imprese. Non è stato facile unire i puntini, ma il direttore finanziario pensa che uno degli account che abbiamo perso sia collegato a Miller.»

«Porca paletta.» Emily si guardò attorno e abbassò la voce. «Merda, sei serio? È il motivo per cui il resort stava perdendo soldi?»

«Miller non ha avuto il tempo per appropriarsi indebitamente di molto. Forse centomila dollari. Non abbastanza da farci andare in rosso, ma l'introito che abbiamo perso per i clienti che ci ha rubato e dirottato al Blue e, se ho visto giusto, ad altri alberghi in cui ha investito, *è stato* sufficiente a danneggiarci.»

«Lavora qui. Perché non investire nel Club Tahoe? Perché avercela con voi?»

Il sorriso di Levi era freddo e pericoloso. «Non è così. Si tratta solo di affari. Per lui contano solo i soldi. Non per noi però. Il Club Tahoe non è quotato. La proprietà è divisa in cinque parti uguali tra i miei fratelli e me.» Levi si infilò le mani nelle tasche dei pantaloni. «E mi fa incazzare perché anche se la società deve dare un profitto, noi restituiamo alla comunità. Il dieci percento va a enti di beneficenza locali e nazionali, un altro venti percento viene usato per i miglioramenti e una buona parte nei bonus per i dipendenti. Millar ha danneggiato la comunità, non solo noi. Con la crisi finanziaria in cui ci troviamo, ho ridotto a zero i benefit per i miei fratelli e me e tagliato i nostri stipendi finché non troveremo una soluzione. Non ho intenzione di toccare i salari o i bonus dei dipendenti. Non ce n'è motivo se riusciremo a ribaltare la situazione. I miei fratelli e io possiamo assorbire il colpo. I nostri dipendenti non devono andarci in mezzo.»

Emily si limitò a fissarlo. Non era la filosofia dell'uomo d'affari. Era la voce di un uomo che aveva passato la vita al servizio di altri. In cuor suo, Levi era ancora un vigile del fuoco. Deglutì e distolse lo sguardo. «Sei una brava persona, Levi.»

Levi la fissò, disperato e addolorato. «Non mi sento una brava persona dopo ieri sera. Per averti ferito. Se le cose fossero diverse...»

Emily strinse le labbra in quello che avrebbe dovuto essere un sorriso. «Ma non è così.» Un membro dello staff la guardò e alzò una mano in un appello silenzioso. «Sarà meglio che vada. Ho ancora del lavoro da fare. Goditi la festa.»

Emily si mosse per passargli accanto e Levi allungò la mano, sfiorandole il braccio. La fissò negli occhi. «Sei bellissima questa sera.»

«È stata Lisa a scegliere il vestito.»

«La tua bellezza non ha niente a che vedere con quello che indossi, anche se dai risalto a quel vestito. Sai che non si tratta di te, giusto?»

«No?» Emily si allontanò prima di cominciare a piangere. Accidenti a lui! Perché doveva affondare il coltello e rigirarlo quando si sentiva già vulnerabile? Aveva detto che non potevano stare insieme. E poi aveva aggiunto quant'era bella.

Nessun uomo l'aveva guardata come Levi. Ma si rifiutava di lasciare che interferisse con il suo lavoro. Non in quel momento, almeno. Forse ci avrebbe ripensato più tardi, quando avrebbe potuto annegare i suoi dispiaceri nell'intimità del suo appartamento, con una scatola di biscotti.

Gli ospiti cominciarono ad arrivare ed Emily si appiccicò un sorriso sul volto e li salutò, mostrando loro dove sedersi e il bar.

Entrambi i genitori di Adam erano defunti, ma c'erano conoscenti e amici di famiglia che si congratulavano con lui, dandogli una pacca sulla spalla o abbracciandolo, nel caso delle donne. E poi c'era la famiglia di Hayden e gli amici che si mescolavano con i conoscenti più ricchi dei Cade.

La madre di Hayden aveva fatto parte del distretto scolastico locale e adesso lavorava nel sistema educativo di Reno. Tra loro due, Hayden e Adam, conoscevano dozzine di persone nella comunità. L'insieme dell'élite del lago Tahoe con la popolazione di classe media riempiva la stanza con una sorprendente abbondanza di chiacchiere e risate.

Hayden era di classe, ma con i piedi per terra. E anche se Adam era il più chic dei fratelli Cade, la sua fidanzava tirava fuori il suo lato più caloroso. Era evidente, non solo per come si comportavano tra di loro, ma anche nel modo in cui erano in grado di mettere assieme amici e famigliari provenienti da diverse classi sociali per una festa piena di vita e allegra.

Alla fin fine, la comunità del lago Tahoe era piccola e la gente si conosceva o sapeva dell'esistenza degli altri. E poteva rendere le cose incestuose. Ad esempio, Emily si era innamorata dell'ex ragazzo di sua sorella.

Amore... Emily si premette le dita sulle tempie e le massaggiò. Sarebbero passati i suoi sentimenti per Levi e l'imbarazzo tra loro due. Dovevano passare.

Servirono la cena e stava per arrivare il dessert. Era stato servito un altro round di drink mentre la gente gironzolava e aspettava che apparisse il grande carrello dei dolci del Club Tahoe. Emily andò a una delle porte aperte, respirando a fondo l'aria fresca della sera. La festa stava quasi per finire.

«Ottimo lavoro stasera.»

Emily si voltò, trovando Hunt dietro di sé. Guardò oltre la sua spalla e, come previsto, Levi stava guardando nella loro direzione con una smorfia sul viso. Sospirò. Levi non la voleva, ma non voleva nemmeno che stesse con nessun altro. O forse non voleva solo che stesse con Hunt. Levi e il fratello minore avevano tutte le ragioni di avere un rapporto conflittuale, ma non rendeva le cose più facili al lavoro.

«Va tutto bene?» gli chiese.

Hunt sorrise, un sorriso che poteva sedurre la più forte delle donne. E che non era niente per Emily, perché Hunt non era Levi. Non sarebbe mai stato lui. Semmai si sentiva lievemente irritata. Era l'uomo che aveva tradito il fratello per Lisa e (Emily ne era abbastanza sicura) a Hunt non sarebbe dispiaciuto rifarlo.

«Volevo sapere come andavano le cose con il programma per i bambini. Ho sentito che sei riuscita a farlo accettare a Levi.»

Alla conversazione si unì una nuova voce. «Di che si tratta?»

Emily guardò indietro e vide Levi a un metro di distanza.

«Non te l'ha detto?» chiese Hunt.

Che cosa stava facendo Hunt? Le aveva fatto promettere di non dire a Levi che l'idea era stata sua. E ora che lei aveva un rapporto più stretto con Levi, si rese conto in che situazione spinosa l'aveva messa.

«Ho chiesto a Emily di proporti il programma dei bambini. Sapevo che non avresti mai accettato se la proposta fosse venuta da me. Ho immaginato che sarebbe andata meglio, venendo da lei, dato che sei particolarmente affezionato alle sorelle Wright.»

«Sei un idiota» disse Levi.

«Allora, non sei affezionato a Emily?»

Levi la guardò per un attimo, poi distolse in fretta gli occhi.

«No?» disse Hunt. «In quel caso...» Prima che Emily potesse immaginare che cosa aveva in mente Hunt, perché stava ancora cercando di capire di cosa si trattasse veramente, Hunt l'afferrò, la piegò all'indietro e le diede un bacio a bocca aperta sulle labbra.

Emily cercò di respingerlo, ma Hunt non la lasciò andare immediatamente. Non finché il suo corpo gli fu fisicamente strappato via.

Hunt si raddrizzò e si asciugò le labbra, sorridendo. «Ha un sapore dolce, proprio come...»

Qualunque cosa stesse per dire Hunt fu interrotto da un feroce gancio destro sul mento.

«Tieni quella lurida bocca lontano da Emily» disse Levi, chinandosi sopra il fratello, che era caduto a terra. «Lei non è tua.»

«È tua?» ringhiò Hunt.

«Sì!» Levi lo colpì di nuovo, ma con una qualche mossa di arti marziali Hunt fece volare il fratello sopra di lui. Appena Levi riprese l'equilibrio, Hunt gli diede un pugno nello stomaco, costringendolo ad arretrare. Levi riprese in fretta il fiato e si lanciò su Hunt. Lottarono, colpendosi a vicenda, e intorno a loro si formò una folla.

«Basta!» urlò Emily, cercando Adam o Bran, che vedeva muoversi velocemente verso di loro tra la folla. Indossava le stupide scarpe sexy con il tacco alto che aveva scelto sua sorella, che Emily aveva accettato in un momento di debolezza. Riusciva a malapena a camminare con quei tacchi, figurarsi sedare una rissa.

«Gesù, Levi!» disse rabbiosamente Hunt. «Non mi hai picchiato nemmeno quando ho scopato Lisa.»

Levi colpì Hunt in testa con il gomito, facendolo cadere. «Non parlare in quel modo della sorella di Emily» ringhiò. «Se mai toccherai Emily un'altra volta...»

«Tu che cosa farai? Mi ripudierai? Ci ha già pensato papà, stronzo.» Davanti all'espressione sorpresa di Levi, Hunt aggiunse: «Avresti dovuto leggere con più attenzione il testamento, fratellone». Hunt si rimise in piedi e se ne andò infuriato proprio mentre i suoi fratelli superavano finalmente la folla.

Tutti rimasero a guardare che cosa avrebbe fatto Levi. Senza guardare verso Emily, si raddrizzò i vestiti e si rivolse a Adam: «Sarò qui fuori se avrete bisogno di me».

Adam annuì, mettendo il braccio sulle spalle di Hayden. Entrambi sembravano preoccupati.

Emily si avvicinò a loro, torcendosi le mani. «Mi dispiace. Mi dispiace tanto.»

Hayden le sorrise. «Non è colpa tua.»

«Sono anni che non vanno d'accordo» disse Adam, torcendo le labbra. «Non sapevo di nostro padre e Hunt... Non sapevo del testamento. Dopo la sua morte, nessuno di noi si è interessato a che cosa ci fosse scritto. Una volta saputo che dovevamo occuparci del club, sembrò che fosse tutto quello che importava in quel momento.» Guardò nella direzione in cui era andato Levi. «Dovrei andare a vedere come sta.»

«No» disse Emily. «Ci penso io. Voi due andate dai vostri ospiti.» Diede un'occhiata verso l'ingresso e sospirò di sollievo. «È arrivato il dessert. Magari la gente dimenticherà che c'è stato un litigio?»

Adam ridacchiò. «Stai scherzando? Ne parleranno per settimane. I miei fratelli hanno scodellato un bel po' di materiale per alimentare i pettegolezzi.»

E, ovviamente, nella stanza erano tornate le chiacchiere, ma in un tono più acuto.

Emily non era sicura che altri pettegolezzi su questi fratelli fossero una buona cosa, ma non c'era niente che potesse farci. «Okay, va bene. Meglio che vada a vedere Levi.»

Hayden annuì. «Vai. Qui ci pensiamo noi.»

Capitolo Venticinque

Emily cercò intorno alla zona della piscina, ma sapeva dove trovare Levi. Era alla fine del molo e voltava la schiena al resort. Chiuse gli occhi e si fermò sul bordo della sabbia prima di salire sulla piattaforma di legno. Che cosa poteva dire per migliorare le cose? Non lo sapeva ancora quando cominciò a muoversi.

Levi aveva detto che era *sua*, ma non lo intendeva veramente perché aveva messo in chiaro che non voleva niente di serio. Non esisteva niente di più serio del rivendicare qualcuno come tuo. Quindi che cosa stava facendo Levi?

«Levi?»

Levi non tese le spalle, né mostrò alcun segno di essersi accorto della sua presenza. Probabilmente perché l'aveva già sentita arrivare. Piuttosto ovvio con quei tacchi che ticchettavano sul legno. A pensarci bene, era stanca da morire di quelle dannate scarpe. Le stringevano maledettamente le dita da tutta la sera.

Emily alzò un piede e si tolse una scarpa, poi l'altra, appoggiandole su una panchina accanto alla fine del molo e a Levi. Sospirò. «Non cercavo di nasconderti niente.

Quando Hunt ha suggerito il programma per i bambini, ho pensato che fosse un'idea eccellente. Mi ha chiesto di non dire chi l'aveva suggerito. Ma gli ho detto che se l'avessi chiesto te l'avrei detto. Mi dispiace se sembra che abbia mentito.»

Levi alzò leggermente una spalla e guardò indietro per un attimo prima di riportare lo sguardo sull'acqua. «Va bene. Non si tratta di te. Hunt sa come farmi innervosire e lo fa tutte le volte che può.»

Era quella la parte che la preoccupava da quando aveva incontrato Hunt per la prima volta. «È questo il punto; sembra che stia cercando di farti arrabbiare. Non voleva baciarmi.»

Levi questa volta guardò indietro, con un sorriso di derisione. «E ci credi veramente?»

«Non sto dicendo che Hunt rimpianga di aver baciato una donna, una qualunque, ma non lo stava facendo per sé. Lo stava facendo per attirare la tua attenzione. Pensaci, Levi. Non è venuto da te con un'idea brillante perché sapeva che l'avresti scartata. Che avresti scartato qualsiasi idea venisse da lui.»

«Perché tutto ciò che esce dalla sua bocca è puerile e repellente.»

«Tutto?»

Levi si voltò di nuovo verso l'acqua, come se non volesse ascoltare. Ma era quello il problema. *Aveva bisogno* di ascoltare.

«Hunt era sincero quando è venuto da me con l'idea del programma per i bambini, quasi timido. Ciò che hai visto stasera era Hunt arrabbiato che cercava di attirare la tua attenzione.»

«Non avrebbe dovuto toccarti. Non dovrebbe usare le donne per prendersela con me.»

«Hai ragione. Ma a volte la gente fa cose stupide quando è disperata. È ciò che ha fatto mia sorella quando è andata a letto con Hunt. La vostra relazione non la rendeva felice e lei l'ha rovinata. Ma penso che Hunt ci tenesse veramente a lei. Non credo che sia andato a letto con lei per ferirti.»

«Perché stiamo parlando del passato?» ringhiò Levi. «È passato. Non potrò mai perdonarlo per quello che ha fatto. Non potevo perdonarlo allora e non posso farlo adesso che ti ha toccato.»

«Perché no? Tutti meritano di essere perdonati, specialmente un fratello che ti ama. Non sarai mai felice e non lo supererai mai finché non lo avrai perdonato.»

Levi sbuffò. «Hunt non sa che cosa vuol dire amore.»

«Lo sa più di te.»

Levi si voltò di colpo, con gli occhi che lampeggiavano nella luce tenue. «Che cosa stai insinuando?»

Emily sentì il fuoco nel petto. «Non posso essere l'unica a provare *questo*.» Indicò con forza tra di loro. «Stasera hai detto che ero tua. Mi hai baciato. Ripetutamente. Io ho sentito quei baci in ogni cellula del mio corpo.»

Levi distolse gli occhi, alzando il mento.

«Maledizione, Levi!» Emily emise un aspro sospiro. «Capisco che ci sia gente che scopa per il puro gusto di farlo, ma non tu. Specialmente non dopo la storia con mia sorella. Non avresti scelto me per qualcosa di superficiale. Dev'esserci qualcosa di più. E, per la cronaca, non credo che ciò che abbiamo sia sbagliato. È la cosa più giusta che abbia mai provato.»

Levi strinse le labbra e guardò indietro. «È quello il problema. Non ti avevo scelto. Non eri in programma. Non sono pronto per una relazione.»

Emily guardò in alto e ringhiò. «Sei un uomo tremendamente testardo. Alcuni dei tuoi piani meglio studiati, come diventare un vigile del fuoco, sposare mia sorella e creare la famiglia perfetta, non hanno funzionato. L'hai ammesso perfino tu quando eravamo sul campo da golf, quando, una volta tanto, eri rilassato e spensierato. Adesso stai tornando indietro e stai cercando di controllare tutto. Come se potesse tenerci tutti al sicuro. Farti stare al sicuro. Beh, ho una notizia per te: non succederà. Abbiamo qualcosa di speciale e lo stai buttando via. Perché? Perché non te lo aspettavi. Che cosa ci vorrebbe per far crollare il muro che ti sei costruito intorno? Mi sono messa a nudo per te. Ti ho detto che cosa provo.» Emily mise una mano dietro la schiena e cominciò ad abbassare la cerniera del vestito.

Levi le fissò le braccia. «Che cosa stai facendo?»

«Che cosa credi che stia facendo? Ti ho visto saltare nel lago.» Si abbassò il vestito fino alla vita, coi seni in bella vista nella lingerie elegante. «È lì che trovi le risposte ai tuoi problemi?»

Levi abbassò gli occhi, che si scurirono ancora di più di quanto già lo fossero con quella luce.

Lisa non aveva solo rifornito Emily di abiti da lavoro eleganti, le aveva dato anche della bella lingerie. Modesta, in un certo senso, ma adatta ai gusti di Emily, ma il completo scarlatto era comunque sexy.

Emily si tolse completamente il vestito, restando in reggiseno e mutandine.

Levi deglutì, con gli occhi fissi sotto il mento di Emily. «Emily, se hai intenzione di saltare nel lago per dimostrare qualcosa, non farlo. Te ne pentiresti.» Lo disse mentre fisava il suo seno e la vita... e le gambe.

Emily gli passò accanto mentre andava alla fine del molo. «Voglio capire che cosa trovi qui, in piena notte. È qui che sei finalmente sincero con te stesso?» Guardò l'acqua scura. Era *veramente* scura. Ma Levi nuotava sempre nel lago, di notte. E lei era stanca di essere tenuta a distanza. Non aveva mai fatto tanto per un uomo. Ma avrebbe corso un rischio per Levi.

Non sapendo quanto fosse profonda l'acqua del lago in quel punto, si sedette sul bordo e si diede una spinta, con i piedi in avanti.

E lo rimpianse immediatamente.

«Oh mio Dio, oh mio Dio!» Si dibatté, agitando le braccia per tenersi il più possibile fuori dall'acqua. «È gelida! Perché diavolo ti butti sempre?»

Levi sospirò. Si tolse le scarpe, le calze e la giacca e saltò dopo di lei. Emerse agilmente e si asciugò l'acqua dalla faccia. «Sai nuotare, vero?»

«Non quando la temperatura è sotto zero!» Emily nuotò immediatamente verso di lui, avvolgendogli intorno le gambe e le braccia.

Levi era il suo capo... *Chi se ne fregava!* Aveva dubbi su di loro come coppia? Peggio per lui. Lei aveva bisogno di calore... e subito.

«È più di quindici gradi. Abbastanza calda» disse Levi, ma le avvolse attorno le braccia per proteggerla.

«Certo, quando sei una stufetta. Perché sei così caldo?» Emily premette la faccia sulla guancia di Levi, poi si arrampicò più in alto sul suo corpo, in modo da avere il torace fuori dall'acqua. «Non muoverti e non osare lasciarmi andare. Potrei morire di ipotermia.» Si aggrappò più forte, scossa da un forte brivido. Probabilmente lo stava strangolando, ma era grande e grosso, poteva sopportarlo.

«Apprezzo lo spettacolo» disse Levi nelle vicinanze del suo seno. Che era schiacciato contro la sua faccia, forse... E non era un problema suo, pensò Emily. C'era il freddo e poi c'era *questo*. E lei era un ghiacciolo.

«Comunque ti avevo detto di non buttarti.» Levi nuotò lentamente di lato, con lei tra le braccia.

Le stava facendo una predica? In quel momento? «Dove stai andando? Stiamo cercando di sopravvivere. Non di farci una nuotata.»

Levi aveva il braccio intorno alla schiena di Emily e la teneva contro di sé, ma non stava cambiando direzione. «Non sto facendo una nuotata, ti sto portando verso la riva.»

I denti di Emily batterono sopra la testa di Levi. «Buona idea.»

Emily era ancora aggrappata a Levi, braccia e gambe avvolte intorno a lui mentre usciva camminando dall'acqua. E non faceva più caldo, fuori, senza il sole. «Sono seria. Potrei veramente morire di ipotermia.»

Dal petto di Levi arrivò un rombo, come una risata profonda. «Non possiamo permettere che succeda.»

Levi stava camminando sulla sabbia. «Dove mi stai portando?»

«In un posto dove potrai scaldarti.»

«Per favore, dimmi che non hai intenzione di attraversare il salone con me conciata così, o la mia umiliazione stasera sarà completa e totale.»

Levi le avvolse intorno l'altro braccio – sì, stava portando tutto il peso del suo corpo con un braccio solo. Quell'uomo era stato un *vigile del fuoco*. «Diavolo, non ho intenzione di farti attraversare un gruppo di gente vestita come sei e... bagnata.»

«Lo fai sembrare sconcio.»

Levi tirò indietro la testa e le sorrise.

Ecco, quello era il Levi di cui si era innamorata. L'uomo che c'era sotto la responsabilità che gli pesava addosso come un masso. Quello era l'uomo che sapeva ridere e scherzare.

Quello gentile con il suo vecchio cane e con lei. Tranne quando si trattava di lasciarla entrare nel suo cuore.

Levi si fermò di fronte a un piccolo edificio accanto alla zona della piscina dove, grazie al cielo, non c'erano ospiti, e inserì un codice su un tastierino. Entrò in una stanza che sembrava uno spogliatoio con finestre lungo il soffitto che lasciavano entrare la luce. C'erano asciugamani bianchi del Club Tahoe impilati su uno scaffale in un angolo e ganci con accappatoi puliti.

Non aveva mai visto quella stanza. Lavorava al Club Tahoe da oltre un mese e non aveva ancora visitato tutte le dépendance. Era troppo occupata ad aiutare Levi.

Levi rimise Emily sul pavimento piastrellato e lei si avvolse le braccia intorno al corpo. Levi le porse un asciugamano, poi controllò gli accappatoi. Ne prese uno piccolo e glielo drappeggiò sulle spalle.

Emily infilò in fretta le braccia nelle maniche e lo fissò, con i denti che battevano.

Levi scosse la testa e si tolse la camicia bagnata. Seguirono i pantaloni.

Anche delirante com'era per il freddo, la visione del corpo quasi nudo di Levi non aiutava Emily a superare la confusione.

Levi usò un altro asciugamano e si sedette sulla lunga panca imbottita lungo la parete. Drappeggiandosi un asciugamano sopra la vita, si stese per il lungo. «Monta qua.»

Emily non esitò un attimo, strisciò sopra di lui e si appiccicò alla sua pelle calda, continuando a tremare.

«Meglio?»

«Un po'» riuscì a dire Emily tra un brivido e l'altro. «C'è una corrente d'aria.»

Usando un qualche tipo di folle forza maschile, Levi si

spostò e la rovesciò finché fu stesa sulla panchina con lui che la copriva. «Va bene adesso?»

Emily l'afferrò per il collo e gli tirò giù la testa finché fu appiattita contro il suo petto, riscaldandola anche lì. «Molto meglio. Resta così finché mi scongelo, per favore.»

Levi ridacchiò e il movimento causò una frizione tra i loro corpi. «Ti avevo detto di non farlo.»

«Me l'hai già sbattuto in faccia e, comunque, tu nuoti spessissimo di notte nel lago.»

«Sono un uomo. Il freddo non mi infastidisce così tanto.» Le diede un pizzicotto sulla vita. «Non c'è abbastanza carne su queste ossa per tenerti al caldo.»

«Sono atletica, non ossuta.»

«Mai detto che sei ossuta.» Levi fece scivolare la mano stringendole il fianco. Emily sentì il calore espandersi nel ventre e, di colpo, non sentì più così freddo. Tutti i punti dove i loro corpi si toccavano si erano accesi.

Emily tolse la mano da dov'erano infilate sotto il petto di Levi e gliele avvolse intorno alla schiena, accarezzando l'incavo lungo la colonna vertebrale.

«Ti sto schiacciando?» Levi fece per sollevarsi.

«Non osare muoverti.» Emily si tenne a lui e continuò a esplorarlo lungo la spina dorsale e le spalle ampie per poi riscendere. Appoggiò le mani sulla curva liscia dove la schiena incontrava il sedere sodo. Avrebbe voluto far scivolare le mani più in basso, ma sarebbe stato approfittarsi della situazione. Non che non lo stesse già facendo, perché cominciava veramente ad apprezzare la faccenda.

Levi le sfiorò il petto col naso, lungo la curva del seno. «Che cosa devo fare con te?»

Che cosa voleva dire? Emily poteva pensare a un mucchio di cose che avrebbe potuto fare con lei, che avrebbe accolto con piacere. *Se* lui l'avesse voluta veramente.

In segno di sfida per la sua testardaggine, Emily allungò le mani e gli afferrò il sedere. «Non lo so, *Levi*. Che cosa vorresti fare con me? Io non vado da nessuna parte, sai?»

Anche se aveva preso in considerazione di fare proprio quello, andarsene prima del tempo senza rispettare la promessa fatta a Ethan Cade.

Levi sospirò. Spostò la mano sul lato del seno di Emily, premendo e ottenendo un più facile accesso alla propria bocca per baciarlo e stuzzicarlo. «Non voglio che te ne vada.»

La mano di Emily si bloccò sul sedere che stava strizzando, godendoselo. Quella era la parte più facile, si disse. Non c'erano mai stati dubbi sulla loro reciproca attrazione fisica. Era l'altra parte che era in dubbio, il lato relazionale e se ci potesse essere un futuro per loro. «Se non vuoi che me ne vada, smettila di allontanarmi.»

Levi scivolò verso l'alto e le toccò il lato della tempia, fissandola a lungo. «Non posso fare promesse.»

Emily deglutì, provando una stretta al cuore. Aveva messo a nudo il suo cuore, si era spogliata quasi nuda ed era saltata nell'acqua gelida... e non era cambiato un accidente di niente.

Forse era la loro posizione, così vicini. O la scarsa illuminazione nella stanza. O forse non le importava più niente. Fletté i fianchi, strofinandosi contro Levi, che contrasse le labbra, abbassando lo sguardo lungo il corpo. «Sei sicura di volerlo fare?»

«Non lo so» rispose Emily, impertinente. «Sei in grado di affrontare un tale grado di intimità? Non vorrei spaventarti e farti scappare.»

Levi si scostò e aprì i lembi dell'accappatoio, avvolgendosi le sue gambe intorno alla vita. Abbassò la testa per un bacio che le tolse il fiato, mentre i fianchi si flettevano, strofinandola nel punto giusto e mandando il calore a espandersi dappertutto.

Emily tolse l'asciugamano che stava scivolando dal corpo di Levi. Non aveva nulla indosso, tranne i boxer di maglia bagnati. Tra quelli e la sua lingerie, le sembrava che fossero nudi.

Il respiro di Levi accelerò mentre strofinava la sua erezione contro di lei. Le tolse l'accappatoio dalle spalle.

Prima di cominciare a preoccuparsi di tutti i motivi per cui era una pessima idea, Emily infilò le mani, oramai calde, sotto i boxer, fin sotto il sedere, verso le cosce muscolose. Alzò gli occhi e lo vide che la fissava.

Levi spostò la mano sul fianco e le tirò giù le mutandine, togliendogliele, insieme ai propri boxer.

Il cuore di Emily batteva come un tamburo. Le mancava il fiato e le tremavano le mani. Forse era stupido, ma lo amava e non voleva perdersi l'opportunità di stare con lui.

Poteva farcela. Era solo sesso. Perché se non avesse colto quel momento, avrebbe potuto rimpiangerlo per il resto della sua vita.

Levi sistemò i fianchi tra le sue gambe, il suo sesso bollente contro la sua coscia. Le baciò il seno e la sollevò leggermente. Quando la riappoggiò alla panca, il reggiseno era sul pavimento e le stava succhiando il capezzolo.

Si accesero scintille nel suo ventre e gli afferrò le braccia, tirandolo, facendogli capire che lo voleva più in alto. Era troppo grosso per riuscire a spostarlo senza il suo aiuto.

Levi si spostò verso l'alto, facendo scorrere il corpo contro quello di Emily, baciandole il mento, la bocca, affondando la lingua e mimando ciò che lei sperava sarebbe successo.

Levi spostò la bocca verso l'angolo di quella di Emily e mormorò: «Contraccezione?».

«Sì, ma sei stato...»

«Sono pulito.»

E poi la stava penetrando lentamente e lei tremava, ma era così calda. Il tremore non c'entrava con il freddo ma con l'uomo che amava, in un modo o nell'altro, da quando l'aveva conosciuto. Però adesso non conosceva più quel giovanotto. La versione matura era gentile, protettiva – *follemente testardo* – ed era completamente dentro di lei.

Levi le stava toccando il seno, la stava baciando e muovendo il corpo a un ritmo lento che le faceva battere forte il cuore con lampi di piacere che erompevano da dove erano uniti.

Levi abbassò la testa verso l'orecchio di Emily, respirando affannosamente. «È una sensazione così bella. Troppo bella.» Spostò un piede, appoggiandolo al pavimento e infilò una mano per toccarla, continuando a spingere.

E lei poteva vedere perfettamente quant'era sexy. Spalle e torace ampi giù verso uno stomaco piatto che aveva più creste e valli di quanto avesse visto in chiunque altro. Con la mano che la stava toccando e il grosso pene che si muoveva dentro di lei, pensò di poter perdere il controllo. O venire.

Piegò la testa di lato, mordendosi il labbro quando una fitta di piacere la travolse. Emise un gemito. Stava ansimando, aggrappata a lui quando l'orgasmo colpì.

Levi le tirò le braccia sopra la testa e continuò le sue spinte. «Dio Emily, com'è bello.» La baciò, con la bocca aperta e imperiosa, causandole uno sfarfallio di fitte di piacere.

Emily lo sentì gonfiarsi dentro di lei, mentre Levi gemeva, con il corpo teso, tremando per il suo orgasmo.

Dopo un momento, il respiro di Levi rallentò e lui appoggiò la testa sulla panca, di fianco a quella di Emily, con la gamba ancora piantata sul pavimento, senza pesare su di lei. Facendo leva sul piede, Levi si spostò e si sedette con cautela, tirandosela in grembo. Le avvolse l'accappatoio intorno. «Ricordami di non sedurti su una panca, la prossima volta.»

Emily gli diede un'occhiata di sottecchi. Non era sicuro di che cosa stesse provando in quel momento. «Sei sicuro di avermi sedotto? Pensavo di essere stata io la seduttrice. Mi sono tolta i vestiti per prima, dopotutto.»

«Giusto. Ricordami di ricordarti di tenerti addosso i vestiti finché saremo in un posto in cui potrò veramente adorare il tuo corpo. Questa panca aveva dei problemi di manovrabilità.»

Emily tirò indietro la testa per poterlo vedere meglio in volto. «Ci sarà una prossima volta? Pensavo non lo volessi.»

Levi voltò la faccia e chiuse gli occhi. «Mi piacerebbe che ci fosse una prossima volta. Ma ti ho detto...»

Niente promesse, aveva detto. Che cominciava a sembrare la storia della loro relazione.

Le bruciò la gola e lo stomaco sembrò annodarsi. Accidenti a lui. *Accidenti*. Sapeva che non voleva niente di serio. Era stata d'accordo un momento prima... ma adesso faceva un male cane. Perché fare l'amore le aveva aperto ancora di più il cuore. E lui continuava a essere riluttante.

Si dimenò per scendere dalle sue gambe, si alzò e si strinse intorno l'accappatoio. «Capisco.»

Levi alzò gli occhi e non aveva un'espressione felice. Era risoluta e forse anche spaventata.

Era stato stupido portare le cose fino a quel punto.

Aveva chiarito a che punto fossero e aveva fatto comunque l'amore con lui. Perché aveva sperato che se Levi si fosse lasciato andare, avrebbe capito che erano fatti l'uno per l'altra.

Ma non funzionava mai e lei era abbastanza intelligente da saperlo.

«Va bene, davvero.» Emily cercò di sorridere, ma sentiva la faccia rigida.

Non sapendo che cos'altro fare, Emily andò alla porta e uscì, correndo verso il molo dove aveva lasciato i vestiti e le scarpe. Corse verso il lato dell'edificio accanto all'entrata dei dipendenti e si vestì con la copertura del buio, ignorando i richiami lontani di Levi. Scappare era come mettere nuovamente a nudo il suo cuore, ma non poteva restare. Non un minuto di più. Prese la borsa dal suo ufficio e lasciò l'edificio.

Doveva lasciarlo andare. Rinunciare al sogno. Non quello che aveva avuto a ventun anni, ma quello che si era costruita nelle ultime settimane mentre imparava a conoscere il vero Levi.

E si era innamorata dell'uomo, non della fantasia.

Capitolo Ventisei

Emily si diede malata quella mattina, ma Levi non le aveva parlato. No, aveva dovuto saperlo di seconda mano dalla receptionist.

E non gli piaceva.

Aveva incasinato tutto. Di nuovo.

Si strofinò la fronte. Tutto ciò cui riusciva a pensare era com'era sexy Emily la sera prima e quanto la desiderava. L'aveva cercata quando era scappata, ma era buio e lei era stata furtiva. I vestiti erano spariti dal molo, quindi sapeva che doveva essersene andata. Aveva ignorato i tre messaggi che le aveva inviato. Se quella mattina Emily non avesse chiamato, avrebbe mandato una squadra di ricerca.

Emily pensava di non essere alla sua altezza? Si sbagliava. Era lui che aveva un bagaglio emotivo troppo grande e non era abbastanza buono per lei. Emily se ne sarebbe resa conto appena avesse trovato qualcun altro.

No. Detestava pensare a Emily con qualcun altro. Gli faceva venire voglia di prendere a pugni qualcosa.

Incrociò le braccia sulla t-shirt e appoggiò i piedi sul

davanzale della finestra del suo ufficio. Si sentiva da cani quella mattina, quindi aveva abbandonato i vestiti eleganti che erano diventati un'abitudine nelle ultime settimane e aveva indossato abiti comodi.

Non contava quanto fosse agitato per via di Emily, doveva distogliere la sua attenzione dalla donna che desiderava ma non poteva avere e rivolgerla alla fottutissima situazione di Samuel Miller. Quell'uomo aveva rubato informazioni dal club con l'aiuto di almeno uno degli impiegati di Levi, il loro sistemista. Aveva anche rubato dei soldi, e il direttore finanziario di Levi stava controllando entrambe le situazioni, imprecando in continuazione. La società era cresciuta. Il suo direttore finanziario aveva avuto bisogno di un backup per un po', motivo per cui non aveva notato la sparizione dei soldi. La distrazione dei fondi aveva fatto emergere le lacune nelle loro risorse umane e stava spingendo oltre il limite il loro direttore finanziario.

Levi doveva trovare qualcuno pienamente qualificato per aiutare il suo tizio delle finanze e prima l'avesse trovato, prima sarebbe stato in grado di portare le informazioni alle autorità. Non si fidava degli avvocati che stavano usando, quindi aveva bisogno anche di un nuovo avvocato.

La gente pensava di potersi approfittare di lui e dei suoi fratelli? Che i figli di Ethan Cade fossero dei buoni a nulla e che non potessero gestire il resort? Si sbagliavano.

Levi compose il numero che aveva avuto da Lisa qualche momento prima. «Pronto, Jared? Sono Levi Cade.»

«Ehi... Levi... Emily sta bene?»

Levi si premette le dita sugli occhi. «Io... uhm, sì. Cioè ha preso un giorno di malattia, ma non credo sia niente di serio.» Tranne il fatto che in quel momento lo odiava a morte. «Ti stavo chiamando per una proposta di lavoro.

Emily dice che sei uno dei migliori esperti finanziari in città. Ho già un direttore finanziario, ma abbiamo una situazione spinosa e al mio direttore servirebbe un aiuto extra. È da un po' che penso di assumere qualcuno e questa nuova situazione ha reso urgente la faccenda. Ti pagherò il dieci percento in più di ciò che guadagni adesso. Voglio qualcuno di cui possa fidarmi e ne ho bisogno adesso.»

«O-okay. Non me l'aspettavo, ma è un'offerta che apprezzo... Mi piacerebbe incontrarti e parlare della situazione spinosa che hai menzionato. E incontrare il direttore finanziario. Vorrei anche parlare con Lisa e assicurarmi che per lei vada bene.»

«Certamente.»

Chiusero la telefonata con l'accordo di incontrarsi la mattina seguente.

Emily aveva ragione su una cosa. Il passato era andato e tutto ciò che restava era il futuro. Aveva in programma di assicurarsi di prendersi cura del club e della gente che ci lavorava e che i suoi fratelli avessero il miglior futuro possibile. Con tanta responsabilità sulle spalle, i desideri personali di Levi erano irrilevanti.

* * *

Emily si diede malata il giorno successivo e anche quello dopo. Levi stava per sclerare. Le cose stavano procedendo con l'indagine su Samuel Miller e Jared aveva perfino accettato l'offerta di Levi di assumere la carica di vice-direttore finanziario e aveva cominciato subito a lavorare. Ma Levi si sentiva da cani e la sensazione non se ne voleva andare.

Jared era venuto in ufficio alle cinque quella mattina e lui e il direttore finanziario avevano lavorato senza nemmeno fermarsi per il pranzo in modo da mettere in ordine le cose. Si era messo in contatto con la polizia e stavano raccogliendo tutto il materiale da portare alle autorità. Poteva anche non essere più un vigile del fuoco, ma sapeva ancora spegnere gli incendi. Tuttavia, l'unica cosa che provava in quel momento era rabbia.

Emily non aveva risposto alle sue chiamate e non si presentava al lavoro. Se quella mattina non avesse parlato di nuovo con la receptionist, sarebbe andato a casa sua per assicurarsi che non le fosse successo qualcosa. Ma l'unica cosa che le era successa era *lui*.

Poteva essere in grado di risolvere la situazione con Miller, ma non era così divertente senza Emily al suo fianco, con il suo tablet in mano, che cercava di tenerlo in riga. Non che lui ne avesse bisogno, ma... gli piaceva. Gli piaceva averla lì e anche a casa sua quell'unica volta in cui l'aveva convinta a prendersi cura di Grace.

Levi poteva farcela a gestire il Club Tahoe, ma senza Emily non c'era più calore in quel vecchio posto. Diavolo, lei aveva aggiunto calore alla sua *vita*.

Era un errore fare del resort la sua priorità? Merda, suo padre aveva fatto la stessa cosa e aveva quasi rovinato le loro vite. Che diavolo aveva avuto in mente? Negli ultimi due giorni non era nemmeno più riuscito a immaginare perché fosse un tale problema il fatto di stare con la sorella della sua ex. Forse avrebbe potuto essere un problema per qualcuno, ma Levi stava cominciando a pensare che non gliene importava un accidente.

Da quando Emily lo aveva lasciato nella dépendance della piscina qualche sera prima, si era sentito come se avesse perso una gamba. Come se stesse zoppicando in circolo. Emily non aveva avuto bisogno di essere salvata, come la maggior parte delle donne con cui era stato. C'era stata *per lui*. E lui l'aveva allontanata.

Maledizione.

Levi uscì dal suo ufficio e lo chiuse per la giornata. Non si era preoccupato di vestirsi in modo formale per tutta la settimana. Troppa fatica e aveva bisogno di tutte le sue forze solo per mettere un piede davanti all'altro. Per qualche motivo, si sentiva depresso come dopo l'incidente. Ed era folle, se ci pensava. A parte i suoi fratelli, niente era stato più importante per lui della stazione dei vigili del fuoco.

Per la prima volta, tutto stava andando a posto al Club Tahoe. Le finanze erano in ordine, la fonte del danno era stata identificata e al momento era sotto accusa. Levi aveva assunto un altro avvocato, oltre a un nuovo sistemista, con un background nella programmazione, in modo da assicurarsi che il precedente non avesse installato una backdoor nel sistema. E il programma per i bambini era prenotato per un pezzo. Ma Levi si sentiva da schifo e non aveva niente a che vedere con lo stress di gestire il resort.

«Me ne vado» disse alla reception, dove quel giorno c'era un uomo. C'erano due receptionist che lavoravano part-time. Una giovane donna che frequentava il college locale e un aiuto cameriere che voleva far esperienza di lavoro d'ufficio. Il ragazzo era perfino vestito come conveniva: pantaloni neri, camicia bianca e cravatta. In quei giorni, il suo aspetto era migliore di quello di Levi.

Avrebbe dovuto ricominciare a vestirsi in giacca e cravatta. Per quanto la sua vita privata facesse schifo, non poteva continuare ad andare in ufficio in jeans e stivali se voleva che i suoi dipendenti e gli ospiti lo prendessero sul serio.

Uscendo dal resort, passò dal negozio di golf, dove trovò

Wes dietro il bancone, con un'espressione burrascosa sul volto.

«Che cosa c'è che non va?» Se quella settimana fosse successo un altro guaio, Levi avrebbe potuto rompere qualcosa.

«Niente» borbottò Wes, contrassegnando le voci di una lista sul bancone.

Non sembrava che non ci fosse niente. Wes aveva le labbra tirate, strette tanto da essere bianche intorno e non aveva alzato gli occhi. «Va tutto bene nel campo?»

«Bene.»

Levi si guardò attorno. Il negozio sembrava in ottimo stato, c'erano clienti che gironzolavano. «Allora che cosa diavolo hai?» disse a bassa voce in modo che potesse sentirlo solo Wes.

Wes alzò finalmente gli occhi, ma non guardò Levi. Fissò una coppia dall'altra parte della stanza che stava guardando le magliette da golf con il logo del club.

L'uomo aveva circa l'età di Levi e anche la donna, forse qualche anno in meno. Carina. «C'è un problema con quella coppia?»

Wes lo guardò storto. «Nessun fottuto problema. Voglio solo che si levino dai coglioni.»

Levi alzò le mani. «Calmati. Dovremmo fare una chiacchierata, se è così che tratti i nostri clienti.»

Wes si afferrò i capelli scuri, con gli occhi che scintillavano furiosi. «Perché doveva venire proprio qui?»

Levi guardò di nuovo. «La ragazza?»

«Sì, *la ragazza*» sibilò suo fratello.

«Chi è?»

Wes distolse gli occhi. «Nessuno.»

Levi scosse la testa. «*Giusto*. Stacca. Adesso. È un ordine. C'è qualcuno che può sostituirti?»

Wes indicò uno dei dipendenti che stava stoccando dell'abbigliamento su uno scaffate in fondo.

L'impiegato si avvicinò e Wes gli consegnò le chiavi del negozio. «Chiudi tu e assicurati che l'espositore sia spolverato prima di uscire.»

Levi e Wes uscirono dal negozio.

«Vieni a casa mia» disse Levi. «Non c'è niente come il lavoro manuale per toglierti qualcosa dalla testa.»

Wes era talmente incazzato che non discusse nemmeno.

Attraversarono il parcheggio e Levi gli chiese: «Che cos'è successo in negozio? Non ti ho mai visto arrabbiato con una donna prima d'ora».

Wes continuò a fissare direttamente davanti a sé. «Uscivo con lei quando andavo a scuola.»

«Alle superiori?»

«Al college» rispose Wes dopo una piccola esitazione.

Levi si fermò in mezzo al parcheggio. «Non sarà la stessa che era stata la tua ragazza per due anni e poi ti aveva scaricato appena prima che la tua carriera da professionista andasse a rotoli, vero?»

L'occhiata che gli diede Wes fu tutta la risposta di cui aveva bisogno. Lo lasciò in pace. Dopotutto, aveva anche lui i suoi problemi di donne. Non c'era bisogno che si caricasse anche di quelli di Wes.

«Allora, qual è il lavoro manuale di cui hai bisogno?» Wes si fermò davanti alla sua auto e guardò oltre il cofano verso il punto dove aveva parcheggiato Levi.

«Costruiamo una struttura ad A sopra la buca per il fuoco.»

Wes sbuffò. «Ti è mai venuto in mente di chiedere prima di dare ordini. Non sono il tuo schiavo.»

Levi sbuffò. «Hai qualcosa di meglio da fare? Ho immaginato che avessi bisogno di uscire dal negozio prima che cominciassi a comportarti da cavernicolo.»

Wes ringhiò e salì in auto.

Prima di partire, Levi si assicurò che anche il resto dei fratelli si riunisse a casa sua.

Ciò che Levi non aveva detto a Wes, e che non avrebbe detto a nessuno di loro, era che in quel momento aveva bisogno di loro più di quanto loro avessero bisogno di lui.

Capitolo Ventisette

Levi martellava i chiodi nella piattaforma che sarebbe diventata il pavimento della struttura della tenda, ascoltando lo scanner della polizia.

Wes lo guardò stupito mentre preparava il legno che doveva segare. «Perché ascolti ancora quella roba?»

«Mi calma.» Levi non era per niente calmo, ma doveva togliersi in qualche modo Emily dalla testa. Aveva fatto casino e non sapeva come sistemarlo. A volte, ascoltare le chiamate lo aiutava a rilassarsi.

Il giorno prima aveva preso le misure, scavato, versato il cemento per i pilastri, basandosi sulle misure esatte del telone che era arrivato. Fino ad allora, la semplice tenda pop-up era bastata. Improvvisamente, voleva qualcosa di meglio per quando restava fuori sotto le stelle. Un posto dove portare una persona speciale.

Si era ripetuto un mucchio di volte che non poteva nemmeno pensarci, da quando Emily aveva cominciato a lavorare al Club Tahoe. Che era off-limits. Aveva isolato molto tempo prima la parte di sé che voleva una relazione, ma ora si chiedeva se non avesse fatto l'errore più grande della sua vita. Più giorni Emily restava via, più lui diventava irrequieto.

Wes lavorava con la sega in un angolo, con un'espressione cupa sul volto, probabilmente a causa della donna in negozio, mentre Adam inchiodava le assi dall'altra parte di Levi.

Adam appoggiò il martello sulla socia. «Ho parlato di Miller al nuovo amministratore. Porterà al consiglio di amministrazione le informazioni che mi hai dato. Non c'è molto che possiamo fare – non esiste una legge che impedisca di comprare azioni nella nostra società – ma il Blue Casinò non si consulterà più con Miller riguardo a nuovi, potenziali clienti. Non apprezzano la sua etica dopo ciò che ho detto loro.»

Levi grugnì. Il Blue Casinò aveva approfittato di un'opportunità. Ogni società lo avrebbe fatto. Ma capiva quello che stava dicendo suo fratello. Il casinò aveva una lunga storia di pratiche commerciali losche. Sembrava che la nuova gestione stesse cercando di restare pulita.

Proprio in quel momento arrivò Jaeg, con una confezione di birre da dodici. «Ho sentito che avete bisogno di un po' di aiuto.» Salutò con un cenno della testa Adam, uno dei suoi migliori amici dal tempo delle superiori.

Levi era grande e grosso, ma Jaeg era enorme. Una specie di gigante gentile. Era stato uno sciatore professionista prima che un infortunio al ginocchio lo mettesse fuori gioco. Nonostante la carriera fallita nello sport, aveva sempre un codazzo di belle donne che lo seguiva. Finché aveva incontrato Cali. Adesso era cotto di lei esattamente come lo era Adam di Hayden. Niente più far tardi la sera con i ragazzi, quei due restavano con le loro donne, e per il resto di loro era uno schifo.

Ma Levi cominciava a capire e ad apprezzarne il

richiamo. Con la donna giusta, anche a lui non sarebbe dispiaciuto restare in casa. In effetti, tutto ciò che voleva in quel momento era vedere Emily.

Accettò la birra che gli porgeva Jaeg, ma la mise da parte. Sentiva il petto stretto, le mani irrequiete ed era il motivo per cui aveva cominciato a costruire.

Jaeg era un artista e aveva scolpito le lettere appese alla parete durante la festa di fidanzamento di Adam e Hayden, per non dire poi che aveva costruito il tavolo preferito da Levi per la sua casa. Jaeg era un mastro falegname. La roba che stavano costruendo era un gioco da bambini a paragone dei pezzi complicati che costruiva e questo rendeva ancora più significativo il suo sostegno. «Grazie per essere venuto.»

«Non preoccuparti. Cali aveva una serata tra donne con Hayden, Mira e Gen, prima che scappassi di corsa. Ho dovuto farlo. Stavano cominciando ad aggiungere altre voci alla lista di Cali delle cose da fare durante la luna di miele.»

Adam si sedette sui talloni e si grattò la testa. «Cali ha una lista? Maledizione, pensavo che Hayden fosse la sola. Quella lista cresce in modo esponenziale tutte le volte che cancello una voce.»

La risata profonda di Jaeg rombò tutto intorno. Prese un martello e andò a lavorare all'altra estremità della piattaforma.

I ragazzi stavano lamentandosi della lista per la luna di miele e tutto ciò cui riusciva a pensare Levi era come sarebbe stato bello avere una donna di cui prendersi cura, ma non una donna qualsiasi. Non era più interessato a qualcuno che avesse bisogno di essere salvato. Improvvisamente, voleva una donna che lo apprezzasse. Qualcuno per cui volesse fare cose solo perché poteva.

Bran finì in fretta la birra che gli aveva dato Jaeg e schiacciò la lattina, gettandola in un angolo dove avevano ammonticchiato la spazzatura. Si accucciò per sollevare una pila di travetti di legno 5 x 15 cm. Ma appena fu in piedi, il legno si rovesciò e fece cadere un cavalletto con delle attrezzature costose.

«Puoi stare attento?» disse Levi. «Da quando hai due piedi sinistri?»

Bran lasciò cadere il legname. «Stronzo! Siamo qui per *te*. Hai mai pensato di ringraziarci invece di aspettarti che ci presentiamo tutto le volte in cui hai bisogno qualcosa?»

Adam, Wes e Jaeg smisero di lavorare. Hunt non era stato invitato. Levi non credeva che avrebbe mai più invitato Hunt dopo che aveva osato toccare Emily. Il solo pensiero gli faceva ribollire il sangue. «In tutti questi anni vi ho aiutato parecchie volte.»

«E ti abbiamo ringraziato» disse Bran, con la faccia rossa. Aveva bevuto solo una birra, quindi non era ubriaco. «Queste ultime due settimane sei stato uno stronzo peggiore del solito. Che cosa sta succedendo?»

Adam si mise in piedi e gettò a terra il martello, fissando torvo Levi. «Bran ha ragione. L'unico motivo per cui non ti ho preso a calci quando hai aggredito Hunt alla *mia festa di fidanzamento* è perché Hayden adorava quello che aveva fatto Emily per noi. Si è divertita, nonostante le tue stronzate.»

Levi strinse le labbra. Adam sapeva che Levi avrebbe potuto fargli il culo. Levi era più alto, pesava di più e, in verità, era semplicemente più forte. Ma il fratellino che amava gli abiti firmati era aggressivo. Levi non se la sarebbe cavata senza qualche livido.

«Cazzo, vai da lei!» urlò Adam. Jaeg lo guardò, confuso. «Wes e Bran hanno voglia di strozzarti. Anche Hunt, ma quella non è una novità. E io non sopporto di starti vicino per più di qualche minuto. È ancora peggio di quando hai lasciato i pompieri. A chi importa se Emily è la sorellina di Lisa? Sei innamorato di lei, altrimenti non ti comporteresti come una testa di cazzo. Questo piangersi addosso deve finire!»

«Piangermi addosso?» Levi diventò rosso in viso. «Con chi cazzo credi di parlare?» Levi si tolse la camicia di flanella e la gettò per terra. Okay, qualche livido sarebbe andato bene. «Tu e io, adesso. Non saremmo in questo casino se non ci avessi piantato per andare a lavorare al Blue Casinò.»

Jaeg si piazzò tra di loro, una mano sul petto di ciascuno dei due. «Whoa. Non litigavate così da quando eravate bambini. Datevi una calmata.» Fissò Levi. «Se si tratta di una donna, scopala e fattela passare.»

Adam fissò minaccioso gli altri. «E sono stufo che voi stronzi incolpiate me per i casini in cui vi trovate al Club Tahoe. Se non volete lavorare qui, assumete qualcun altro!»

«Diversamente da voi quattro,» ringhiò Levi, «*io* sento la responsabilità di rispettare i desideri di nostro padre.»

«Da quando? Non hai mai fatto ciò che voleva papà.»

«Da quando è morto.»

«E tu sei ancora vivo» reagì immediatamente Adam. «Quindi vivi la tua di fottuta vita. Perfino papà non avrebbe voluto che tu gestissi il Club Tahoe se avesse pensato che ti avrebbe reso così infelice. Forse, solo forse, pensava che ti avrebbe dato uno scopo, dopo l'incidente. E forse aveva anche visto qualcosa in te che pensava avrebbe funzionato per il club.»

Levi non disse niente. Perché non era così infelice lavorando per il Club Tahoe. Non era il lavoro dei suoi sogni, ma cominciava a piacergli. Era fottutamente incazzato perché Emily si stava allontanando.

Dallo scanner arrivò un annuncio. Un incendio in un palazzo d'appartamenti.

Levi voltò la testa, ascoltando con attenzione. «È l'indirizzo di Emily» disse tra sé e sé.

Un attimo dopo stava correndo come un pazzo in discesa verso casa, con i suoi fratelli che gli urlavano dietro.

Nel fuoristrada di Adam c'era la chiave inserita. Salì in fretta e accese la vecchia bestia, inserendo la marcia e precipitandosi lungo la strada. Meno male che aveva seguito Emily a casa una sera e sapeva esattamente dove andare. E magari aveva mandato a memoria l'indirizzo quando lei aveva cominciato a lavorare al Club Tahoe.

Levi aveva controllato i documenti all'ufficio personale per assicurarsi che i suoi fottuti avvocati avessero ragione ed Emily fosse veramente maggiorenne. Adesso non riusciva a ricordare perché avesse pensato che fosse così giovane. Aveva un aspetto giovanile, ma già allora Levi stava cercando di trovare un motivo per mantenere le distanze, un modo per convincersi che lei non fosse giusta per lui. Perché aveva sentito la scintilla.

Da allora, aveva nascosto i suoi sentimenti e adesso Emily stava vivendo l'incubo peggiore. Era in pericolo e magari stava rischiando la vita.

Il motivo per cui era diventato un pompiere tanti anni prima non era perché voleva proteggere le montagne che amava, anche se ovviamente lo faceva. E nemmeno perché essere un pompiere era un lavoro perfetto per il suo amore della fisicità e dell'ordine. Anche se era così. Era perché non voleva perdere un'altra persona cui teneva come aveva perso sua madre e, in senso figurato, anche suo padre.

Il modo migliore di non perdere quelli che amava era diventare qualcuno in grado di proteggerli. Proteggere Emily. Perché la *amava*.

Emily riempiva un buco che non sapeva nemmeno esistesse. Un posto nel suo cuore che non era mai stato aperto. E adesso che era aperto, senza di lei stava perdendo sangue. E continuava a sanguinare, portando dolore a tutti quelli intorno a lui.

Emily era sua. Poteva non essere più un pompiere, ma accidenti, non sarebbe rimasto fermo permettendo che si facesse male.

Stringeva tanto il volante da rischiare di strapparlo.

Calmati, idiota. La troverai.

Capitolo Ventotto

tupido. Emily si asciugò le lacrime che le scendevano sulle guance. L'unico modo che conosceva di superare qualcosa che l'aveva veramente sconvolta era piangere. Però quelle lacrime erano state un diluvio che era durato tre giorni.

Pestò più forte sui pedali della cyclette, con gli Spandau Ballet che suonavano a ripetizione nelle orecchie. Aveva gli occhi talmente gonfi che non osava nemmeno uscire per fare una passeggiata, con quell'aspetto da donna maltrattata. Inoltre, gli Oreo erano lì in casa.

Ne prese uno e se lo ficcò in bocca. «*Stupido, stupido uomo*» disse, con briciole di Oreo che volavano dalle sue labbra.

Levi si sbagliava. Ciò che avevano *era* speciale. Com'era possibile che lui non lo vedesse?

Cocciuto, testardo muro di mattoni. Ci aveva sbattuto contro ripetutamente. Bene, basta! Ne aveva avuto abbastanza. La sua stessa sorella aveva predetto il risultato, perché Lisa conosceva Levi meglio di tutti. Emily non era un'eccezione alla regola. Lei era la regola, non diversa da chiunque altra con cui lui fosse stato. Almeno con Lisa aveva preso un impegno. Tutto ciò che Emily aveva ottenuto era sesso.

Okay, sesso fantastico.

Sesso bollente.

Ma lei meritava di più da Levi o da qualunque altro uomo.

Più della telefonata occasionale che aveva ricevuto da suo padre, quando lui se la sentiva.

Più delle umiliazioni ricevute da quello stronzo del suo ex.

Non aveva mai avuto un uomo che l'amasse, ma ne meritava uno.

Aveva imparato a conoscere Levi. Lui era un tipo affidabile, un uomo d'onore e proteggeva le persone cui voleva bene. Ma era un somaro. Se non voleva metterla al primo posto, non avrebbe continuato a struggersi per lui, nonostante quanto fosse importante per lei.

Stupidi gli uomini. Ringhiò e una briciola di biscotto le andò di traverso, facendola tossire. E quindi piangere più forte.

Stupide lacrime.

Perché l'universo doveva farle proprio questo? Si era innamorata dell'uomo più testardo al mondo. E adesso doveva sopravvivere senza vivere con lui.

Emily allungò la mano verso il fazzolettino sul comodino, ma la cyclette era troppo lontana e quasi si ribaltò. Prese un fazzolettino dalla tasca ma l'aveva usato tante volte che le si disintegrò in mano.

Togliendosi gli auricolari e scendendo barcollante dalla cyclette, attraversò la stanza e si soffiò il naso qualche migliaio di volte finché riuscire a respirare di nuovo.

E fu a quel punto che lo sentì.

Fumo.

*   *   *

Levi si fermò davanti alla casa di Emily proprio mentre i pompieri stavano scendendo dai loro camion. Sentì le parole "attacco veloce" provenire dalla radio di uno della squadra, ma non aveva bisogno di aggiornamenti. Le fiamme stavano uscendo dalla finestra in alto a sinistra.

Il cuore di Levi cominciò ad accelerare, i muscoli a contrarsi.

Mentre la squadra camminava in fretta verso lo scalone principale e intorno al retro dell'edificio, Levi corse verso la ringhiera laterale. Sarebbe stato in guai seri se avesse ostacolato il lavoro dei pompieri ma non sarebbe rimasto a guardare mentre Emily era ancora dentro. Non rispondeva al telefono e non credeva che sarebbe stata in giro a zonzo se si era data malata. Anche se era solo per restare lontana da lui.

Gesù. *Emily.* Perché non le aveva detto che cosa provava per lei? Perché le aveva permesso di andarsene?

Saltò sulla ringhiera che correva lungo il pianterreno e si aggrappò a quella del primo piano, tirandosi su. Sordo alle urla dei pompieri, corse lungo il corridoio, controllando il numero sulle porte degli appartamenti. Esitò per un attimo davanti alla porta dell'appartamento numero nove, controllò la temperatura della porta e abbassò la maniglia.

Chiusa a chiave. «Emily!»

Sbirciò dalla finestrella e non la vide. Non vedeva nemmeno fumo, grazie a Dio. Ma una piccola quantità stava sicuramente entrando lentamente nel suo appartamento che si sarebbe riempito in fretta a meno che i pompieri riuscissero a spegnere le fiamme in poco tempo.

Levi diede un calcio alla porta, una volta. Due volte.

Dopo il terzo calcio sentì un forte crac. Sbatté forte lo stivale per la quarta volta e la porta si spalancò.

«Emily!» Entrò, controllando prima la stanza da letto, piccola e che poteva contenere ben poco oltre a una scrivania e una sedia.

E poi vide Emily nel corridoio, con gli occhi gonfi e rossi. Sembrava che non dormisse da giorni, occhiaie scure sotto gli occhi.

Levi finalmente respirò. Si avvicinò e la strinse a sé. «Stai bene?»

«Che cosa sta succedendo?» La voce di Emily era attutita dato che aveva la faccia premuta contro il suo petto, e Levi allentò la stretta, ma non di molto. «Ho appena notato il fumo e sentito le sirene.»

Levi non rispose, la buttò semplicemente sulla spalla e la portò fuori dall'appartamento, superando i pompieri che stavano salendo le scale.

«Levi Cade!» gridò l'ufficiale al comando. «Quando avrò spento questo incendio, mi sentirai!»

Levi si fermò davanti al fuoristrada di Adam ed esitò, non voleva lasciarla andare.

«Levi...», Emily gli diede un colpetto sulla schiena, «mettimi giù. Non hai bisogno di portarmi. Avrei potuto camminare.»

Certo che avrebbe potuto. Ma lui si era sentito molto meglio tenendo sotto controllo la situazione finché l'avesse portata fuori dall'edificio in fiamme. Succedevano cose brutte negli edifici in fiamme. I tetti crollavano. Blocchi di cemento cadevano sulla testa.

La rimise a terra, tenendola stretta a sé. Sapeva che cosa avrebbe dovuto fare, ma, per la prima volta nella sua vita, spegnere un incendio era l'ultima cosa che *voleva* fare. «Starai bene per un momento?»

«Sì» rispose Emily, ma gli mise le braccia intorno e appariva così piccola.

Si era tolto la camicia di flanella per lottare con Adam e adesso avrebbe voluto prendersi a calci perché non aveva niente da metterle sulle spalle

Frugò dietro il sedile e prese la coperta che Adam teneva lì, drappeggiandogliela intorno. «Non andare da nessuna parte, okay? Tornerò subito.»

Emily annuì e Levi andò dall'ufficiale. Non voleva lasciare Emily ma doveva parlare con la squadra prima di andar via.

Si avvicinò al pompiere a capo della squadra. «Vi serve aiuto?»

Bill, un uomo con cui Levi aveva lavorato, scosse la testa. «È già stato evacuato.» Diede un'occhiata alla porta che Levi aveva aperto a calci. «Metteremo delle assi.» Diede un'occhiata di rimprovero a Levi. «Adesso vattene da qui prima che i civili comincino a credere di poter correre dentro gli edifici in fiamme.»

Non serviva dirglielo due volte. Levi tornò immediatamente da Emily e l'afferrò, tirandola tra le braccia. Appoggiò il mento sopra la sua testa e si riempì il naso con il suo dolce profumo floreale.

Gli bruciavano gli occhi, e non era per il fumo.

Aveva pensato che il suo passato con sua sorella importasse qualcosa? Non era così.

Che dovesse proteggere il resort, beh, era giusto, doveva farlo, ma poteva comunque avere Emily al suo fianco. Il club e tutto ciò che significava era incasinato, e allora? La vita era incasinata e a Emily sembrava non dispiacere aiutarlo a sistemare i casini. Sembrava le piacesse. E allora, quale diavolo era il problema?

Poteva essere in grado di spegnere gli incendi, fisici o

altro, ma niente importava a meno che non avesse a che fare con Emily. «Sono stato un idiota, penso di aver avuto paura di perdere un'altra persona cui tenevo. Mi dispiace per tutto.»

La sentì deglutire. «Sei sicuro?»

Levi abbassò la testa e le baciò il naso. «Ho dato priorità al mio lavoro, al mio stupido passato, che avrebbe dovuto restare nel passato, invece che a te. Correre dentro un edificio in fiamme era sempre molto più facile. Prendere in consegna un'impresa di cui non sapevo niente mi aveva infastidito più di qualunque altra cosa. Ma mettermi a rischio per te mi terrorizzava. Non eri parte del mio piano, ma i piani possono andare a puttane. Lo so bene come chiunque altro. E non mi interessa più, se tu non ne fai parte. Voglio correre il rischio, per noi, ma mi vuoi ancora? Non ti biasimerò se hai cambiato idea.»

Il petto di Emily sobbalzò quando rise. «Sei un mulo testardo. Certo che ti voglio ancora, ma non posso farcela a meno che tu sia sicuro.»

Levi le avvolse le braccia attorno finché la punta delle dita le toccò il lato dei fianchi e lei fu completamente racchiusa nel suo abbraccio. «Sono sicuro.»

Emily tremò leggermente e si avvicinò un po' di più. «Come diavolo hai fatto a sapere dell'incendio? Per la cronaca, avevo sentito odore di fumo e stavo per uscire, perfettamente al sicuro.»

«Non volevo correre rischi» borbottò Levi, parlando nei suoi capelli. «Ho sentito dell'incendio dallo scanner della polizia. Lo ascolto ogni tanto. Vecchie abitudini.»

Sollevando una mano e mettendogliela dietro la testa, Levi abbassò gli occhi. «Ci saranno sempre incendi da spegnere. Ma non voglio liberarmi di quello dentro di me che brucia per te. Voglio che continui a bruciare lentamente e a lungo.» Abbassò la testa e la baciò, a lungo.

Emily si tirò indietro, ansimando. «Vorrei dirti che non mi sono lavata i denti.»

«Per me hai un sapore dolce.» Le baciò lo zigomo e cercò di baciarla di nuovo sulla bocca.

Emily aggrottò la fronte, incerta. «Devono essere tutti quegli Oreo che ho mangiato cercando di auto-convincermi che sarei riuscita a dimenticarti.»

Levi divenne serio. «Non dimenticarmi.»

Emily gli toccò dolcemente la cicatrice sopra l'occhio. «Non respingermi. Devi ascoltarmi.»

Levi appoggiò la testa sul collo di Emily. «Ti ho sempre ascoltato. Però non ascoltavo il mio istinto. Ma non rifarò lo stesso errore.» La strinse un po'. «Mi darai un'altra chance?»

Emily sospirò. «Immagino di sì. Quegli Oreo sarebbero stati la mia morte. Almeno adesso posso smettere di mangiarli per sentirmi meglio.»

«Puoi sempre mangiarli. Solo lo farai a casa mia. Nel mio letto.»

Capitolo Ventinove

Andarono direttamente a casa di Levi e Adam li aspettava di fuori quando arrivarono. Scosse la testa ed Emily immaginò che avesse qualcosa a che fare col fatto che Levi aveva guidato il suo fuoristrada.

Scesero dall'auto e Levi gettò le chiavi a suo fratello, salutandolo con un cenno della testa.

Non si parlarono mentre andavano a casa, ma Levi le aveva tenuto la mano per tutto il percorso, disegnando lievi cerchi sul dorso con il pollice.

Adam partì con il suo fuoristrada mentre lei e Levi entrarono in casa. Lui chiuse la porta e la sollevò mettendole le mani sotto il sedere.

Emily gli mise le braccia sulle spalle. Levi la stava guardando come se fosse bella, quando non aveva mai avuto un aspetto peggiore in vita sua. Certamente non di fronte a lui. Le baciò teneramente le labbra e la portò verso il retro della casa, con gli occhi che rivelavano un milione di pensieri. Pensieri sporchi, se stava leggendoli nel modo giusto.

Sentì un brivido di eccitazione percorrerle la schiena. «Probabilmente dovrei tornare a casa mia. Prendere la borsa. Il telefono...» disse Emily, improvvisamente nervosa mentre Levi apriva la porta della sua camera.

Lo stavano veramente facendo. Quando Levi l'aveva ferita così profondamente?

Levi la baciò di nuovo. «Innanzitutto, non hai più la porta d'ingresso. L'ho buttata giù a calci. I pompieri stanno mettendo delle assi per coprire il buco. Secondo, il tuo allarme antincendio non stava suonando quando sono arrivato e questo significa che il posto in cui vivi non è veramente sicuro, se anche l'incendio non fosse già un grosso indizio. E, terzo e ultimo, non avrai comunque bisogno della borsa o del telefono per ventiquattro o quarantotto ore.»

Emily alzò un sopracciglio, con la sua espressione più severa. «E come mai?»

«Perché», Levi le strizzò il sedere, «ho intenzione di tenerti...», disse, dando a Grace una piccola spinta in modo che non entrasse nella camera, «molto...», chiuse la porta con il piede e la gettò sul letto «... occupata.»

Levi la seguì sul letto e si chinò su di lei, coprendo parte del suo corpo e prendendole il volto nella mano. E poi la sua bocca fu su di lei, invitandola e facendola sciogliere.

Levi alzò la testa e le sfiorò il mento con il pollice. «Avrei potuto perderti.»

«Per l'incendio?» Emily scosse la testa. «L'avevano assolutamente sotto controllo.»

«Forse, ma avrei potuto perderti anche perché ero un idiota e avevo dato la priorità ad altre cose, cercando di proteggere me stesso.»

Emily passò le dita nei capelli morbidi di Levi. «Hai cambiato idea. È questa la cosa importante.» Gli rivolse un sorriso malizioso per alleggerire l'atmosfera. «Che cosa farai con me adesso?»

Levi si tirò indietro, con intenti maliziosi. «Tanto per

cominciare», disse e poi si sedette e le tolse i pantaloni con una mossa veloce, «toglierti questi.»

«Non mi hai tolto le scarpe!» Sembrava un'imbranata in mutandine e sneaker di tela.

Levi sorrise e si diede da fare con i lacci delle sue scarpe da tennis, slacciandole con cura e poi buttandole una dopo l'altra sopra la spalla, guardandola mentre lo faceva. Alzò il mento. «Non avrai bisogno di quella felpa. Che ne dici di togliertela?»

«Ma mi verrà freddo.» Emily stava trattenendo un sorriso, più che altro perché le piaceva questo suo lato. Quello sicuro di sé, libidinoso, che aveva trattenuto, il provocatore.

«Niente da fare.» Levi si buttò addosso a lei ed Emily emise un guaito. Lui sorrise mentre afferrava l'orlo della felpa, le faceva il solletico in vita e poi le rialzava la maglia sopra la testa.

Fissò il suo sguardo sul petto di Emily, dilatando le narici. «Niente reggiseno?»

«Mi stavo allenando» rispose Emily indignata. «Normalmente ci vorrebbe un reggiseno, ma ero in casa... ed è possibile che indossi le stesse cose che avevo messo per dormire la notte scorsa.»

Levi aveva già appoggiato la mano e la bocca aveva trovato il capezzolo. «Mmm, non dovresti mai portare un reggiseno quando sei con me. Almeno a casa mia.»

«Significa che tornerò qui? O hai intenzione di tirarti indietro anche dopo questa volta?» Non voleva rovinare l'atmosfera, ma aveva bisogno di sapere.

Levi si bloccò e la guardò negli occhi. «Ti voglio.»

Emily deglutì. Gli occhi azzurri di Levi erano più sinceri di come li avesse mai visti. «L'avevi già detto.»

«Non solo nel mio letto. Ti voglio nella mia vita.»

Corrugò la fronte e le prese le mani, sollevandogliele appena sopra la testa. «Ho saputo che saresti stata un problema dal primo momento in cui sei entrata nel mio ufficio. Che saresti stata una tentazione e che mi avresti complicato la vita. Ciò di cui non mi rendevo conto era che avresti reso molto migliore ogni minuto della mia vita. Sarei fortunato se diventassi la mia ragazza. Se mi vuoi ancora.»

La sua ragazza. Era quello che voleva, ma... «Mi hai ferito.»

Levi strinse i denti e negli occhi apparve un'espressione addolorata. «Io... stavo tentando di fare tutte le cose giuste ma il risultato è stato un disastro.»

«Non tutto. Va meglio adesso. E stai facendo un bel lavoro nel gestire il Club Tahoe, anche se non te ne prendi il merito.»

«Lavorare al club non è così brutto come credevo.» Le lasciò andare le mani e le tolse una ciocca di capelli dal volto. «Anche se mi sono reso conto da quando sei stata *malata*», disse rivolgendole uno sguardo d'intesa, perché era ovvio che si stava nascondendo e non era veramente malata, «che è tutta una stronzata se non ci sei tu. Non mi interessa se lavori o no al Club Tahoe, ma ti voglio nella mia vita. Sei più gentile di me, più premurosa e mi fai desiderare di essere un uomo migliore. E non riesco a toglierti gli occhi di dosso.» Le baciò il mento. «Inoltre non me la fai mai passare liscia se sbaglio, e lo trovo divertente perché non lo fa nessun altro, tranne i mie fratelli.»

Emily stava sorridendo quando Levi arrivò all'ultima voce del suo elenco. «Parlando di non accettare le tue stronzate, devi sistemare questa storia con Hunt. Ha fatto un errore quando aveva diciotto anni. Non intendeva ferirti. Penso che tenesse sinceramente a Lisa. Quant'eri sveglio tu a quell'età, quando si trattava di donne?»

Levi sbuffò, con il senso di colpa ben visibile nella sua espressione.

«*Esattamente*. Sono passati anni e Hunt ha bisogno di te. Avete bisogno l'uno dell'altro, specialmente dopo la perdita di vostro padre. Lo hai punito abbastanza a lungo.»

Levi sospirò a lungo. «Farò uno sforzo.»

Emily si chinò in avanti e gli baciò dolcemente le labbra. «Significa che mi darai un'altra chance?»

Emily gli strinse le spalle, toccandolo attraverso la maglietta. «Immagino di sì. Ma se vedi in giro degli Oreo, sappi che è un indizio che hai fatto casino. E smettila di essere così testardo e ascoltami davvero da ora in poi.»

«Oh, ti ascoltavo. Ma avevo semplicemente deciso di ignorare quello che dicevi.»

Emily gli diede uno schiaffo sul braccio e lui ridacchiò.

«Finora, cioè. Non ho mai detto di essere perfetto.» Le diede una beccatina sulle labbra tirate che, nonostante i suoi sforzi di tenerle rigide, si ammorbidirono sotto il suo tocco. «Mi sono innamorato di te. Sono quasi sicuro che sia stato quando mi hai rotto le palle sul campo da golf. Ancora di più quando hai rotto le palle dei miei fratelli alla festa della Shin. E poi mi sono innamorato del tutto quando ti ho trovato addormentata sul mio divano con Grace, ma non volevo riconoscerlo. Pensavo che se li avessi ignorati, i miei sentimenti sarebbero spariti e non ti avrei perso. Ma in verità quello era il modo più sicuro di perderti. Non era stato programmato e non c'erano regole, solo una sensazione profonda che mi diceva che eri destinata a me.»

Emily gli tirò giù la testa e lo baciò appassionatamente per poi spingerla di nuovo in alto. «Mi prometti che non cambierai idea? Perché ti romperò più delle palle se rifarai un'altra volta questo giochetto.»

Levi ridacchiò e le afferrò il sedere. «Sono sicuro. Sono un uomo di parola.»

«Lo so. L'ho sempre saputo, ma sei un osso duro quando ti metti in testa qualcosa di diverso.»

«Mi hai appena paragonato a qualcosa che rosicchiano i cani?»

«Sì, esatto. E che cosa hai intenzione di farci?»

Levi si sollevò. «Tanto per cominciare sei in topless, grazie al cielo, ma credo che sia ora di mettersi in pari.» Si tolse la maglietta e si distese su di lei. «Mmm, comincio a capire perché Grace abbia deciso che eri perfetta come cuscino. Potrei addormentarmi così ogni notte.»

Emily gli picchiettò leggermente la sommità della testa con le nocche. «Solo per dormire?»

Non era quello che aveva in mente lei. Sentì il suo sorriso contro il seno. Levi stava massaggiando l'altro con il palmo. «Dopo.»

«Dopo?» Anche nella voce di Emily c'era un sorriso.

Levi le sollevò una gamba, sistemando i suoi fianchi tra le sue cosce. «Dopo aver fatto l'amore con te sul letto. E sul divano.» Allungò una mano intorno al sedere di Emily, passando la punta delle dita lungo la pelle morbida della coscia e la piega della gamba.

Il respiro di Emily diventò erratico. «Mi sembra vada bene... anche se la panca non è stata male come avventura.»

Levi abbassò la testa, passando le labbra lungo la clavicola e trovando uno dei seni con la bocca. «Sei una ragazza avventurosa?»

Emily sentì il viso che si scaldava. «Non lo pensavo, ma... penso che ci sia parecchio che mi piacerebbe fare con te.»

Levi inserì le dita sotto le mutandine. «Scopriamolo.» Stuzzicò la carne morbida, disegnando piccoli cerchi con il pollice nel punto dove lo desiderava di più e inserendo un dito. Poi tolse la mano.

Emily aprì gli occhi. A quanto pareva a un certo punto li aveva chiusi. Levi si era seduto e stava esaminando il suo corpo.

Lei si alzò sui gomiti. «Qualcosa non va?»

«Voglio un accesso migliore.» Le tolse con cura le mutandine facendole scivolare lungo le gambe e buttandole di lato, poi le afferrò la mano e la tirò verso di sé. Le gambe si allargarono intorno ai fianchi di Levi finché fu a cavalcioni. Le afferrò i fianchi e la tirò in avanti, portandosi il suo seno alla bocca. «Molto meglio.»

Le mani di Emily fluttuarono verso le spalle di Levi. «Aspetta! E i tuoi jeans?»

Le labbra di Levi si fermarono sul suo capezzolo, dandogli un ultimo bacio prima di alzarsi, con lei in braccio, a sufficienza per spingere in basso i jeans e mettersi a nudo, continuando a guardarla negli occhi.

«Sì» rispose mormorando Emily, allungando la mano verso la parte di lui che si protendeva verso di lei, calda contro la sua pancia.

Levi riprese a baciarla mentre lei lo guidava verso la propria apertura per poi affondare sopra di lui.

Levi trovò di nuovo il suo punto più intimo, strofinando il fascio di nervi, facendo aumentare la pressione mentre Emily aumentava il ritmo dei propri movimenti.

«Non riesco a resistere,» disse Emily, «sto per... per...»

«Non c'è bisogno che duri. Questa è solo la prima portata.» Levi avvolse le labbra intorno al capezzolo, stuzzicandolo con la lingua.

L'orgasmo la colpì forte... dopo tutta la pressione che aveva subito nei giorni passati, con la paura di averlo perso. O di dover dimenticare l'uomo che amava tanto. Il suo corpo si irrigidì, col piacere che si diffondeva a ondate mentre gemeva forte.

Quando riprese fiato, Levi cominciò a spingere verso l'alto, tremando di desiderio. Si aggrappò a lei, con il petto che si alzava e abbassava mentre il corpo era scosso dagli spasmi.

Il respiro di Levi tornò lentamente alla normalità ed Emily ricadde sul letto, seguita da Levi che rimase sdraiato metà su di lei e metà sul materasso, con il viso sepolto contro il lato della sua faccia e dei suoi capelli. Tutto ciò che vedeva Emily era un sedere nudo, mezzo scoperto ed estremamente sexy. Non esisteva una vista migliore.

Levi le afferrò un seno e le baciò la tempia. «Non dimenticarlo. Sei mia per le prossime ventiquattro-quarantotto ore. Anche di più, se potrò decidere io.»

Non si era nemmeno tolto del tutto i pantaloni e stava già pensando al secondo round?

Oddio.

Emily era innamorata. Il suo cuore era talmente pieno che non c'era spazio per altro. E la parte migliore? Anche Levi l'amava. L'aveva sempre sentito, ma adesso l'aveva sentito dalle sue labbra.

Non c'era niente di meglio dell'essere amata da Levi Cade.

Capitolo Trenta

Levi era tornato a indossare completi al lavoro, per quanto li detestasse. A Emily piaceva toglierglieli e non c'era niente che potesse mettersi in mezzo tra la sua donna e il piacere che provava.

Sorrise, ricordando come avevano battezzato la nuova tenda. Aveva costruito una struttura per un letto e comprato un materasso nuovo. Aveva costruito la tenda per Emily nel suo punto preferito nella proprietà, anche se allora non aveva ammesso che era per lei. Aveva voluto un posto dove poterla portare, dove potessero godere del panorama del lago, delle montagne e delle stelle. Perché, improvvisamente, niente nella sua vita era così piacevole senza lei al suo fianco.

Suonò il telefono sulla sua scrivania e prese la cornetta, svuotando la mente dei ricordi della sua ragazza nuda nella loro tenda nuova. «Levi Cade.»

«Salve, signor Cade. Sono Hwan Kim della Shin Electronics. Sono stato incaricato di mettermi in contatto con lei per programmare il nostro meeting annuale al vostro resort per l'anno prossimo. Raddoppieremo il numero dei partecipanti e vorremmo prenotare in anticipo, visto le dimensioni del gruppo. Uno dei nostri importanti clienti americani ci ha contattato dopo il nostro soggiorno presso di voi quest'estate, dichiarando quanto era stato piacevole soggiornare al Club Tahoe. Desidera tornare il prossimo anno e noi, ovviamente, vogliamo accontentarlo.»

Levi non riusciva a credere a ciò che stava sentendo. Aveva pensato di aver completamente rovinato le loro chance con la multinazionale dopo l'ultima disastrosa impressione. «È stato un piacere avervi con noi. Saremo lieti di ricevere il vostro gruppo il prossimo anno. Permettetemi di mettervi in contatto con Emily Wright, la direttrice del resort. Lei si assicurerà che tutto sia esattamente come lo volete.»

Levi aveva promosso Emily. Certo, era la sua ragazza, ma aveva sempre svolto il lavoro di direttrice, senza averne il titolo. Levi aveva semplicemente trasferito il lavoro di basso livello che stava facendo Emily ai loro due nuovi receptionist e a uno dei manager della sua squadra e tutti erano stati felicissimi dell'aumento di stipendio.

Era stato frugale negli ultimi mesi, ma con l'account quadriennale per una conferenza che aveva acquisito la settimana prima e ora la Shin Electronics prenotata per l'anno successivo, le cose promettevano bene. Emily aveva anche inviato un secondo round di materiale pubblicitario per il programma dei bambini. Il feedback era estremamente positivo e le prenotazioni erano aumentate di un altro dieci percento.

Avevano faticato, dopo aver perso clienti importanti e una piccola percentuale di capitale, grazie a Samuel Miller. Dovevano ancora stare all'erta e mantenere lo slancio, ma una volta che Levi aveva saputo delle attività dietro le quinte di Miller, lo aveva licenziato insieme a chiunque altro avesse collaborato con lui. Usando le informazioni che avevano raccolto il suo direttore finanziario e Jared, aveva sporto denuncia contro Miller e gli altri.

Il ragazzo di Lisa, Jared, era una brava persona e si era integrato in fretta con il resto della squadra del Club Tahoe. Aveva perfino trovato un modo per risparmiare soldi, cosa che aveva permesso a Levi di aggiungere un altro ente di beneficenza alla loro lista. Levi non se lo sarebbe aspettato da un tizio che si occupava di finanze. Lisa aveva scelto bene e lui non poteva essere più felice per lei, o per se stesso: si era guadagnato un ottimo esperto finanziario.

Hunt bussò sulla porta aperta. «Mi hai convocato?»

«Entra.» Levi si alzò in piedi e andò alla finestra, appoggiando il fianco contro il davanzale, con le braccia incrociate sul petto. Era ora che parlasse con suo fratello. Non era sicuro di riuscire a spegnere l'animosità che era cresciuta tra di loro negli anni, ma voleva provarci. «Siediti.»

Hunt espirò in modo brusco. «Preferirei restare in piedi. Ho del lavoro da fare.»

«Giusto. Volevo invitarti a una partita di golf questo pomeriggio.»

Hunt lo guardò, cupo. «Non abbiamo bisogno di giocare a golf. Dimmi solo quello che pensi abbia sbagliato e me ne vado.»

Levi sospirò. Per certe cose ci sarebbe ovviamente voluto tempo. «Non ho niente da rimproverarti. Pensavo solo che dovremmo passare del tempo insieme.»

Hunt lo guardò sospettoso. *Tempo insieme...* Sei serio?»

«Dovremo lavorarci se vogliamo ritornare a com'era tra di noi, ma io sono disposto a fare uno sforzo.»

Hunt sbatté le palpebre. Distolse gli occhi e ficcò la

mano in tasca. Rimase in silenzio per un po'. «Ero innamorato, sai.» Tornò a guardarlo. «Di Lisa.»

«È quello che ha detto Emily.»

Hunt lo fissò a lungo, poi annuì. «Ci vediamo al tee alle sei meno un quarto. Forse riusciremo a farci stare nove buche prima che faccia buio. Prima devo aiutare Emily con il programma per i bambini.» Spostò il peso da un piede all'altro. «Non avrei dovuto toccare Emily. Ero arrabbiato.»

«Toccala di nuovo e sarà l'ultima volta che usi quella mano.»

Hunt scosse la testa, con un lieve sorriso sul volto. «Ne prendo nota. Ci vediamo più tardi.» Uscì con un passo più leggero, che Levi non vedeva da tanto tempo.

Era stata la cosa giusta da fare: ricucire i rapporti. O almeno cominciare a gettare le fondamenta. La strada era lunga, ma c'era speranza.

Emily entrò, fissando lungo il corridoio e quella che Levi immaginò fosse la schiena di Hunt. «Ho sentito bene? Vedrai Hunt più tardi? Non aveva un'espressione furiosa sul volto. Voi due vi siete scusati?»

«Non con tante parole, ma era implicito. Gli ho chiesto di giocare a golf con me questo pomeriggio e lui ha accettato.»

Emily appoggiò la pila di cartellette sulla scrivania (sembrava non fosse mai senza) e girò attorno per raggiungerlo alla finestra. Levi la tirò contro il suo petto, avvolgendo le braccia intorno alla vita sottile. Emily gli appoggiò le mani sulle spalle, facendole scorrere lungo le braccia. «Ma come farà a sapere che vuoi lavorare sul vostro rapporto?»

Levi inarcò le sopracciglia. «Forse perché l'ho invitato a una partita a golf?»

«È un qualche tipo di codice maschile per dire *mi dispiace*?»

«Fondamentalmente sì.»

Emily gli rivolse un'occhiata incredula.

Levi sorrise e si chinò a baciarle il collo, slacciandole il primo bottone della camicia con il colletto troppo alto per avere un miglior accesso alla roba buona. «Abbiamo mezz'ora prima del mio prossimo appuntamento.» Le tempestò di baci la pelle sotto la clavicola, proprio come piaceva a lei.

Le mani di Emily stavano già insinuandosi sotto la camicia di Levi, che aveva sfilato da dietro. «Siamo terribili. Come faremo a tenere le mani a posto se lavoriamo insieme ogni giorno?»

Levi si tirò indietro, confuso. «Perché dovremmo farlo? Questo è il piano migliore che abbia mai fatto.»

«*Non* lo avevi programmato.»

«Dettaglio trascurabile. Tornando a bomba...» Abbassò le mani e le strizzò il sedere. «Dammi due secondi.»

«Eh?»

Lo guardò confusa mentre attraversava la stanza, diretto alla porta, mettere fuori la testa e guardare da entrambi i lati... e arretrare di un passo. Poi un altro.

«Levi» disse Esther seguendolo dentro e chiudendosi la porta alle spalle. Si guardò attorno. «Ed Emily. Che bello vederti, cara.» Esther sorrise e poi si fermò, guardando la camicia in disordine di Levi, che se la infilò in fretta nei pantaloni. Era come essere colto a limonare da sua madre. Ma sua madre non era vissuta abbastanza a lungo per farlo, quindi era toccato a Esther. «Mi fa piacere vedere che voi due andate così d'accordo.»

Era divertimento quello che si sentiva nel suo tono di voce? Ah, vabbè. Era un piccolo prezzo da pagare per stare con Emily.

«Stai benissimo, Esther.» La donna indossava una tuta

elegante, probabilmente firmata. Sapeva veramente come fare la pensionata con stile. «Sei qui per confermare il nostro appuntamento a pranzo la settimana prossima?»

«Sono qui per darti una cosa. In privato, se non ti dispiace.» Diede un'occhiata di scusa a Emily, che raccolse la sua pila di cartellette.

«No, no» disse Emily, andando alla porta. «Stavo giusto per...» diede un'occhiata a Levi. Come bugiarda era veramente pessima. Levi sorrise e lei gli diede un'occhiataccia. *«Andando.»*

«Sarò a casa dopo il tramonto» le disse Levi, rivelando la loro relazione.

Non era ancora riuscito a convincere Emily a trasferirsi da lui, ma la stava prendendo per sfinimento. Lei voleva aspettare un anno, e a lui stava bene. L'avrebbe aspettata per sempre, se necessario, specialmente visto che facevano a turno a dormire a casa dell'uno o dell'altra, anche se sembrava che Emily passasse più tempo a casa di Levi. A entrambi piaceva la posizione e portare a spasso Grace.

«Levi!» Emily diede un'occhiata nervosa a Esther, che si limitò a sorridere. «Immagino che non sia più un segreto.»

L'espressione di Esther era serena. «Oh, sì, mia cara. È stato evidente appena vi ho presentati.»

Emily abbassò le spalle e atteggiò le labbra a un piccolo broncio. «Davvero?»

Esther sorrise di nuovo. «Davvero.»

Si abbracciarono in fretta ed Emily se ne andò. Appena uscì, Esther si avvicinò alla scrivania di Levi, che si era seduto. Ma non si sedette sulla sedia davanti a lui. «Sono venuta solo per darti questa.» Tolse una busta formato lettera dalla borsa e gliela porse. «È di tuo padre.»

Levi sbatté gli occhi. «Scusa?»

Esther sorrise tristemente. «L'ha scritta prima di morire.

Non so che cosa dica, ma avevo istruzioni precise riguardo al momento in cui avrei dovuto consegnartela ed è arrivato.»

Levi tenne la busta in mano, rigido.

«Te la lascerò leggere. Mi ti aspetto al ristorante esattamente a mezzogiorno, mercoledì, per il pranzo. La mia agenda è molto piena.»

Levi alzò gli occhi e la guardò stupito. «Sei in pensione.»

«Sì, caro. Ma essere in pensione non significa finire di vivere.» Si gonfiò i capelli perfettamente acconciati. «È solo l'inizio.»

Esther andò verso la porta, a passo decisamente allegro e Levi fece una smorfia. Non voleva sapere che cosa significasse. Non voleva pensare a sessagenarie con una vita romantica...

Quando Esther chiuse la porta, Levi fissò nuovamente la busta. Suo padre gli aveva scritto? Che cosa poteva avergli detto? Si erano scambiati raramente parole positive, erano troppo simili, entrambi troppo testardi.

Levi strappò il lembo della busta e aprì il foglio di carta intestata di suo padre, deglutendo mentre lo faceva. La mente si riempì di ricordi del padre seduto esattamente nello stesso posto che occupava ora lui. E poi lesse.

Caro Levi,

Volevo che questa lettera ti arrivasse quando fossi stato al club per qualche mese, quindi non prendertela con Esther per avertela consegnata tardi. Ha fatto solo ciò che le avevo chiesto.

Forse ti chiederai perché ti abbia affiancato Emily Wright come assistente. La verità è che l'ho mandata lì per sistemare le cose. Lei ha il cuore che mancava a me, una grinta che rispetto e per te sarà un bene.

So che non hai mai voluto accettare consigli da me

su... beh, niente. Ma se avessi ricevuto il compito di scegliere una delle sorelle Wright per te, sarebbe stata Emily, non perché quella appariscente non fosse una ragazza piacevole, ma perché tu hai bisogno di qualcuno che possa farti superare i tempi duri. Qualcuno che possa smussare gli spigoli dovuti alla tua infanzia e adolescenza; diavolo, potresti averli ereditati da me. In questo caso sono tuoi di diritto.

Ti voglio bene, Levi. Avrei dovuto dirlo più spesso. Avrei dovuto fare un sacco di cose. Alla fine, non volevo che gli ultimi mesi insieme fossero pieni di sensi di colpa. Mio o tuo. Ma ti dico ora, grazie all'aiuto apprezzato e dedicato di Esther, che sei l'uomo che avrei scelto per gestire il resort, quali che fossero le tue precedenti esperienze. Sei forte e non sopporti gli sciocchi.

A volte la vita ci porta a fare un viaggio che non potevamo prevedere. So che ti prenderai cura del club e della mia ragazza, Emily. E se ti aprirai con lei, come avevo fatto io con tua madre, anche lei si prenderà buona cura di te.

Con amore,
Papà.

Levi si appoggiò allo schienale, con la testa contro la sedia di pelle. Si portò le mani alle palpebre e premette forte. Non stava piangendo. Gli bruciavano semplicemente gli occhi, ecco tutto.

Accidenti a suo padre. Avrebbe sogghignato in quel momento se avesse saputo di essere riuscito a colpire in quel modo il suo imperturbabile figlio maggiore. E come diavolo aveva fatto suo padre a predire come sarebbero andate le cose con Emily? Avevano complottato lui ed Esther?

No, non aveva senso. Esther aveva detto di non conoscere il contenuto della lettera e aveva ammesso di aver visto una scintilla tra lui ed Emily quando li aveva presentati. Le predizioni erano arrivate dopo. E questo significava che suo padre aveva scelto personalmente la donna di cui si sarebbe innamorato Levi.

Levi detestava veramente ammettere quando suo padre aveva ragione, ma in questo caso non gliene importava niente.

Sorrise. Poteva permettere al vecchio di avere ragione. In questo caso avrebbe permesso al mondo intero di dire "te l'avevo detto", perché Levi era il fortunato bastardo che aveva la ragazza.

Epilogo

Wes

Ne aveva avuto abbastanza. Era la seconda volta che veniva in negozio. Il pro-shop era territorio di Wes, non *suo*.

Wes si precipitò ad attraversare il negozio, superò i putter a coppia bilanciata che erano arrivati il giorno prima e le magliette da golf da donna. Lei gli voltava le spalle mentre fissava l'abbigliamento. «Che diavolo ci stai facendo qui?»

Kaylee irrigidì le spalle e si voltò lentamente. «Salve, Wes. È bello rivederti.» Aveva un'espressione cauta, come se avesse paura di *lui*.

Che. Diavolo? Quella donna, lei... lei... «Ti ho fatto una domanda.»

«Sto facendo acquisti. Non è ovvio?» Finalmente Wes colse un lampo di fuoco nei suoi occhi.

Così andava meglio. In effetti, non ricordava che lei avesse tanto fuoco. Era sempre stata così dolce. *Era stata...*

vale a dire, una parte del passato. Aveva perso quell'innocenza il giorno in cui lo aveva fottuto.

«Esattamente. Perché stai facendo compere qui? Sai che questo resort è della mia famiglia. Non cercare di dirmi che non sapevi quello che stavi facendo apparendo qui dal nulla.»

«Sapevo del resort. Non sapevo che lavorassi qui dietro il bancone. Avevi altri programmi, l'ultima volta in cui ci siamo parlati.»

Wes arrossì, stringendo i pugni lungo i fianchi. Cazzo se aveva altri piani. Piani che *lei* aveva mandato a puttane. Non in modo specifico, ma da quando Kaylee l'aveva scaricato, Wes aveva cominciato a perdere partita dopo partita a golf e non era più riuscito a riaversi. «Ho ancora altri programmi. E apprezzerei se andassi a farti...»

Una mano pesante afferrò la spalla di Wes. «Va tutto bene?» Levi allentò la stretta. «Sono Levi, il fratello di Wes. E tu devi essere...?»

Lei deglutì, voltandosi per stringere la mano di Levi. «Kaylee. È un piacere conoscerti. Ricordo di aver sentito parlare di te da Wes quando eravamo a scuola insieme» disse, rivolgendo a Levi un sorriso timido.

Chi voleva prendere in giro? Lei non era timida. Tutto il contrario. Ovviamente quella era una parte di lei che aveva mostrato solo quando erano stati soli. Per il resto del mondo, e prima che Wes imparasse a conoscerla, lei era stata timida.

Bene, quella parte non era una recita, ma il resto...

Levi si voltò a guardarlo. «Emily e io stiamo tirando qualche palla sul percorso. Vuoi unirti a noi?»

Il tizio con cui era arrivata Kaylee l'altro giorno si avvicinò alle sue spalle. Le mise la mano sul braccio. «Sarà meglio che andiamo, baby» disse, sorridendo a Wes e Levi.

Wes si voltò di colpo e andò al bancone dove stava

controllando i turni del personale. Lo ficcò nel cassetto e indicò a uno dei commessi di prendere il suo posto.

Levi si avvicinò. «Sei stato scortese. Non hai nemmeno dato a Kaylee la possibilità di presentarti il suo ragazzo.»

Ignorando il commento di Levi, Wes cambiò completamente argomento. «Dare qualche colpo sul campo mi sembra una bella cosa. Non mi dispiacerebbe colpire qualcosa.» Prese le sue mazze da dietro il bancone.

Levi gli diede un'occhiata preoccupata prima di seguirlo e prendere le mazze che aveva lasciato fuori dalla porta.

Mentre andavano verso il campo, Levi gli chiese: «Che cosa diavolo stavi facendo?».

«Niente.»

«È quello che mi hai risposto l'ultima volta, con lo stesso tono rabbioso.»

Wes gli lanciò un'occhiata che diceva: *non provocarmi*. «Ed è quello che volevo dire anche l'ultima volta.»

Levi scosse la testa ma, un secondo dopo, vide Emily che stava provando il suo swing, e sul viso gli apparve uno stupido sorriso.

Porca puttana. Wes aveva pensato che una volta che Levi avesse finalmente ceduto e avesse ammesso i propri sentimenti per Emily, lui e i suoi fratelli avrebbero smesso di soffrire. Levi era stato un orso nelle settimane prima che i due si mettessero insieme. Ma si sbagliava. Guardare quei due farsi gli occhi dolci gli stava quasi facendo perdere la testa o restituire il pranzo.

«Emily, stai di nuovo tirando verso sinistra» disse Levi, avvicinandosi a lei. «Anche se il resto della forma sembra buono.» Il suo sguardo percorse il corpo di Emily, soffermandosi sul sedere.

Wes sbuffò. Adesso era quello che doveva sorbirsi. Anche se non poteva lamentarsi del tutto. Emily si stava occupando di tutte quelle cose che lui e i suoi fratelli avevano trascurato quando avevano tentato di gestire il Club Tahoe. Era stata di enorme aiuto.

Pensò che avrebbe potuto voltarsi quando i due diventavano sdolcinati. Meglio avere Emily per tenerli fuori dai guai e impedire a Levi di staccare la testa a morsi a tutti.

Appoggiò le sue mazze a monte di Levi ed Emily, dove non avrebbe dovuto guardare il fratello maggiore, il duro per antonomasia, strofinare il naso della sua ragazza come un cane innamorato. Ma a quel punto era solo a due posti dietro a Kaylee che si stava preparando.

Che cosa aveva fatto per meritarsi il ritorno di quella donna nella sua vita? Lo aveva lasciato e lui aveva voltato pagina. Molte volte e con più donne di quanto riuscisse a contare. E non era ancora riuscito a giocare come un tempo, ma ci stava lavorando.

Kaylee provò a tirare e mancò la palla. Aveva la posizione peggiore che avesse mai visto. Per quanto ne sapeva lui, non aveva mai giocato. Certo, non quando stavano insieme. Perché diavolo doveva cominciare proprio adesso?

E poi vide il suo ragazzo davanti a lei. Era un po' meglio. Chiaramente era lui il motivo per il suo improvviso interesse in uno sport che era stato la linfa vitale di Wes da quando poteva ricordare.

Kaylee non avrebbe dovuto essere lì. Che fosse apparsa dal nulla sembrava una coincidenza sospetta. E l'ultima cosa di cui aveva bisogno Wes era che facesse peggiorare ancora il suo gioco. Non quando si stava preparando per il torneo di qualificazione che avrebbe avuto luogo tra due mesi.

Non sapeva il motivo esatto per cui era lì, ma si sarebbe assicurato di scoprirlo.

* * *

Care lettrici, cari lettori,

Spero che *La tentazione di Levi*, il primo volume della serie *I fratelli Cade* vi sia piaciuto. Iscrivetevi alla mia newsletter per ricevere aggiornamenti mensili, informazioni sulle nuove pubblicazioni e offerte speciali.

Volete scoprire che cosa successe tra Wes e Kaylee e se questi due avranno una seconda possibilità di trovare l'amore?

Procuratevi **La sfida di Wes**!

Baci,
Jules

Libri di Jules Barnard

I fratelli Cade

La tentazione di Levi

La sfida di Wes

La seduzione di Bran

La riforma di Hunt

Serie: Never Date

Mai con un amico di tuo fratello

Mai con un donnaiolo

Mai con la tua ex

Mai con il tuo miglior amico

Mai con il tuo nemico

Potete trovare la bibliografia completa di Jules Barnard sul sito:

julesbarnard.com/i-libri-di-jules

L'autore

Jules Barnard è un'autrice bestseller di USA Today di romance contemporanei e fantasy romantico. Le sue serie contemporanee includono Mai frequentare e I fratelli Cade. Scrive Fantasy romantico sotto lo stesso pseudonimo con la serie Halven Rising che il Library Journal definisce "... un'eccitante nuova avventura fantasy. Che stia scrivendo di uomini sexy intorno al Lago Tahoe o di un mondo di fate inserito nel campus di un college, Jules racconta storie coinvolgenti, piene di cuore e umorismo.

Quando non è in tuta da ginnastica a scrivere, premiandosi con il cioccolato, passa il tempo con suo marito e i due figli in una cittadina sulla costa nordoccidentale del Pacifico. Dice di avere la capacità di leggere mentre corre sul tapis roulant o brucia la cena.

Per conoscerla meglio visitate il suo sito web:
julesbarnard.com/i-libri-di-jules

www.ingramcontent.com/pod-product-compliance
Lightning Source LLC
Chambersburg PA
CBHW031029310726
48969CB00007B/1913